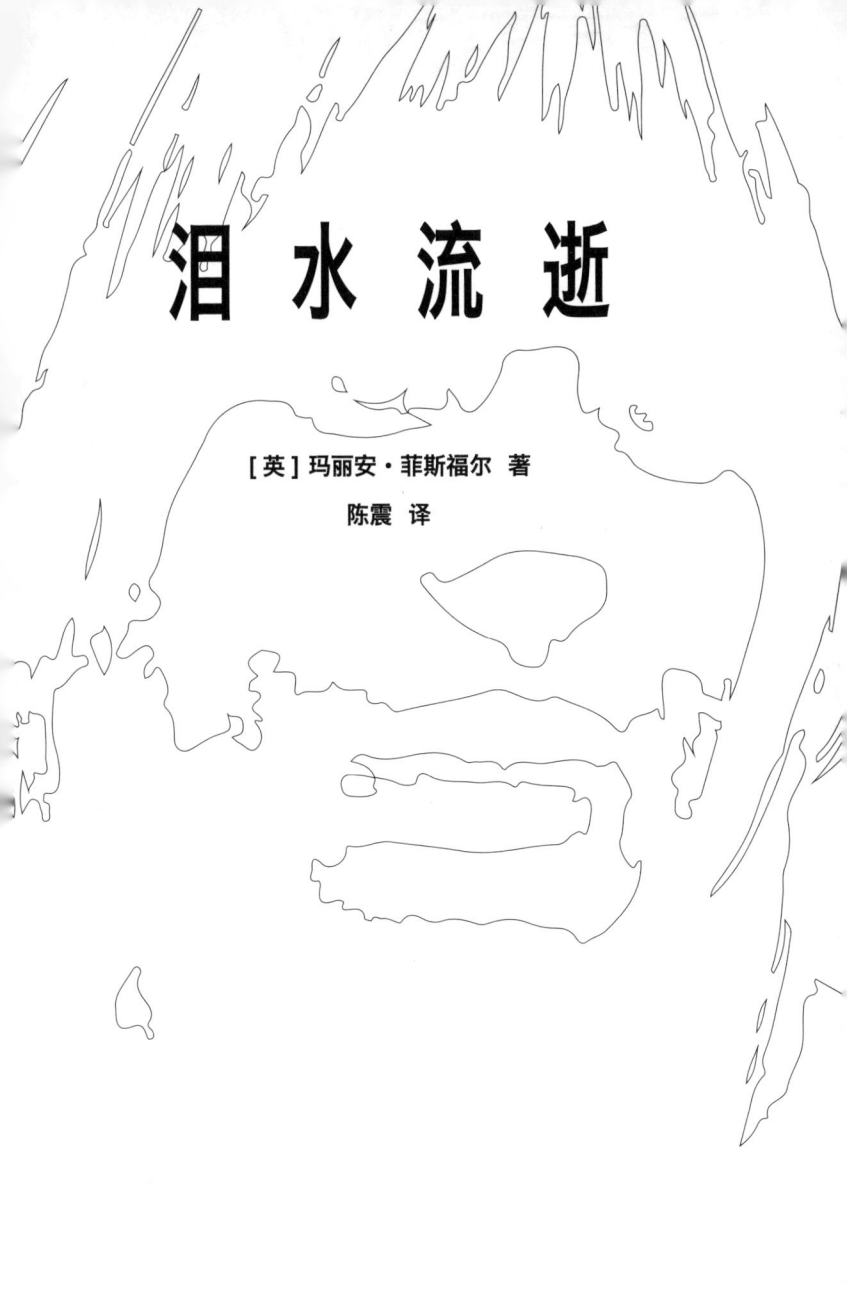

泪 水 流 逝

[英] 玛丽安·菲斯福尔 著

陈震 译

北京联合出版公司
Beijing United Publishing Co.,Ltd.

雅众文化 出品

目录

1	童年生活
20	泪水流逝
44	你一个甜心来这种地方干吗
64	科特菲尔德路
79	科尔斯顿会堂
94	哈雷大楼
110	红 地
123	余 波
138	与撒旦同行
163	镜中缘
182	如果我是玛丽·雪莱,那我的《弗兰肯斯坦》在哪里
202	张冠李戴的自杀

211　**任血流淌**

223　**阿迈特的诅咒**

232　**露宿街头**

259　**蹩脚英语**

278　**迪伦归来**

286　**迷失岁月**

305　**霍华德**

325　**未竟之事**

童年生活

我最早的记忆是一个梦。阳光透过窗帘洒进来。我三岁,躺在自己的床上,蓝色的窗帘随风飘荡。满眼都是蓝色,丹吉尔[1]的艾哈迈德大麻珠宝店的那种蓝。窗外是花园,英式草坪碧绿如毯。一个声音在呼唤我:"来,玛丽安,来。"我不能自已,我没有选择。

"玛丽安,玛丽安!"声音再度响起,这一次有些刺耳。我爬下床,像爱丽丝[2]那样飘到窗沿,掀开窗帘,飞到花园尽头。那儿是一块母亲开垦的芦笋地。母亲的身影隐约呈现。她身披盔甲,头戴银蛇缠绕的冠冕,像是博阿迪西亚女王。她在做饭,用火钳拨弄煤块。她把我夹到腋下,再放到烤

---

[1] Tangier,摩洛哥北部港口城市,旅游胜地。(本书注释均为译注)
[2] 《爱丽丝漫游奇境》中的主人公。

架上。梦的最后,是我躺在烤架上,任由她炙烤着我。

这个梦夜复一夜地出现,我一次又一次地被她放到炭火上。没有疼痛,算不上噩梦,更像是一种仪式。一个来自中欧的魅影,一个关于母亲和女神的梦。也许是某种训练,让我对今后的生活有所准备!

我母亲叫伊娃·范·萨克-马索克。范·萨克-马索克家族是一个历史悠久的奥匈帝国贵族家族。伊娃的叔祖父是利奥波德·范·萨克-马索克[1],"受虐狂"一词便源自他的小说《穿裘皮大衣的维纳斯》(*Venus in Furs*)。二战期间,伊娃和我的外祖父母生活在维也纳。我的外祖母是犹太人,所以伊娃全家都处在危险之中,而在一九四五年苏联红军入侵奥地利后,她们家的处境变得更加危险起来。

伊娃遭苏联红军士兵强奸后堕胎。事后不久,我的父亲、英国间谍格林·菲斯福尔(Glynn Faithfull)少校来到了伊娃家。他受伊娃的哥哥亚历山大之托,将亚历山大还活得好好的消息告诉他们。当时亚历山大在南斯拉夫,和铁托的游击队并肩作战。格林和伊娃一见钟情。她有些孤傲,有点儿古怪,也非常漂亮。二战前,她是舞者兼演员。二战刚打响的时候,她还参加过一部好莱坞电影的试镜。

伊娃和格林成婚了,她误以为自己嫁给了一位当时电影里的那种英国绅士。这是个可怕的黑色幽默:她之所以

---

[1] Leopold von Sacher-Masoch(1836—1895),奥地利作家,乌托邦思想家,其虚构和非虚构作品中经常表现出对社会主义和人文主义的拥护。他最为人知的作品是虐恋小说《穿裘皮大衣的维纳斯》。

嫁给我父亲,是因为他看起来很正常。他彬彬有礼、魅力十足,能让她笑逐颜开。经历了战争的动荡和不安后,她需要的是平静和正常。问题是格林有温和与理智的一面,也有非常疯狂的一面。事实上,我可怜的母亲嫁给了一个沉迷于乌托邦计划和前卫改革理论的怪人。他俩如此迥异,如果婚前就看到对方的本性,两人无论如何都不会走到一起。

彼时战争已经结束,不过格林仍在为英国情报部门工作。婚后不久,他被派往开罗执行任务。伊娃让他途经米兰时给她买高跟鞋和长筒袜。众所周知,在意大利能买到上档次的鞋和袜。然而他带回家的却是一双廉价的高跟鞋和一双蹩脚的长筒袜。母亲很不开心,她以为格林会给她买精致的高跟鞋。

我们先是住在兰开夏郡的奥姆斯柯克,当时父亲在利物浦大学攻读博士学位。我们有像样的房子和正常的生活,这是母亲想要的。但父亲奇怪的那一面开始暴露无遗。他来自一个非常奇怪的家庭。我的祖父西奥多是个性学家,曾经抛下我祖母弗朗西丝和一个马戏团舞蹈演员私奔。西奥多发明了一种叫"性冷淡机器"的装置,认为它能通过激活性欲治愈世上的一切疾病。他试图说服伊娃使用这种装置。当然,门儿都没有。和那些理论同样奇怪的是,他从不洗澡。他来我家住的时候,伊娃会拼命劝他洗澡,但他就是不洗。她说西奥多是你们能想象到的最脏最可怕的老头。

西奥多父子对心理性欲理论的轻信让伊娃抓狂,虽然她就来自弗洛伊德精神分析治疗的故乡。她深深地藐视精神分析，也要求我藐视它。在她看来，精神分析是一种哗众取宠、粗俗原始、古老陈旧的玩意儿。她喜欢引用卡尔·克劳斯的名言："精神分析是把自己当作治疗之法的心灵之疾。"

这对父子认为愉悦的性爱是一切问题的答案。伊娃显然不这么想。我可怜的父亲着迷于和伊娃做爱。可伊娃嫁给他是为了离开维也纳！也许还有诞下我，我想。她并不好性这口。一旦有了孩子，她就尽可能少地和他同房。

伊娃在英国过得很不适应。她的家人是她生活的中心。离开所爱的家人和熟悉的环境，远嫁异国他乡，她需要做出巨大的调整。美丽迷人的她期望像公主一样被对待。她从小就像公主一样被对待！伊娃以为她会被丈夫宠着惯着，然而很遗憾，父亲最不愿意这样对待伴侣。他要的是一个能和他一起做乌托邦之梦的人。

结识志同道合的诺曼·格莱斯特（Norman Glaister）博士后，格林的古怪行为开始绽放。格莱斯特博士买下一座名叫火盆公园（Braziers Park）的十七世纪庄园，与格林共同创办了一所综合社会研究学校。我四岁那年，我们搬进了火盆公园。高高的城垛，美丽的地面，无边的麦田，亚瑟·拉克姆[1]笔下的树。到处都可以攀爬奔跑。我喜欢这里，但母亲不喜欢。

1　Arthur Rackham（1867—1939），英国著名图书插画家。

火盆公园就像一个公社。伊娃为全公社的人做饭。她感觉自己与别人越来越疏远。她不一样，她不随和，她是外国人。她喜欢在吃午餐时喝红酒。她完全被宠坏了。父亲花起钱来很谨慎，母亲则大手大脚惯了。他俩截然相反。

他们吵个不停，通常与我有关。比如我房间的灯夜里要不要关。父亲不想花钱，母亲不想我害怕。我觉得全是我的错。小孩子喜欢开着灯睡觉，我也是，因为怕做噩梦。那些噩梦可怕又奇怪，里面有好多长得很像父亲的小胡子男人。他们用长长的指甲挠我痒痒，朝我身上泼热茶。

伊娃给我讲过一个搞笑的故事。我的外祖父过世后，伊娃想把妈妈从维也纳接来英国，结果遭到了格林的强烈反对。当时格林开始在外面拈花惹草，她内心十分痛苦，这成了压垮她的最后一根稻草。但她没有像端庄的英国女人那样静悄悄地离开，而是带着个锣跑到火盆公园的大礼堂死命地敲。人们从四面八方循声跑来。她尖声大叫，大吵大闹，在场的英国人都吓坏了。格林也看得心惊肉跳。

格莱斯特博士的夫人邦妮跑到她面前说："伊娃，伊娃，快别闹了！英国的女士不会有这样的举止。"

伊娃挺直身子，用她滑稽的口音说道："亲爱的邦妮，我的祖先成为贵族的时候，你的祖先还在用尾巴倒挂在树上荡来荡去呢。"

她能让别人心惊肉跳，她有这个天赋。她爱戏剧性，也懂戏剧性。她会"篡改"一切，家谱、个人逸事乃至历史本身，让它们成为她想要的模样。这让我感到不安。她讲给我听的故事往往引人入胜，可无助于我了解真相。她不会告诉我真相。我第一次戒毒期间，曾要她告诉我她的童年是什么样子的。我听说她和她哥哥有过乱伦的关系，想知道这件事对她有什么影响。

"我的童年完美。"她坚定地盯着我的眼睛说。

"不可能，没有人的童年是完美的。"我说。

"我的是。"

"好吧，我的不是。"

"好吧，那是你自己的问题，不是吗？"她寸步不让。

我大概六岁的时候，父母分居了。我和母亲及外祖母搬进了雷丁市米尔曼路12号。那儿是雷丁的一个贫民区。在那之后，我和父亲的关系迅速恶化。我们一文不名，为了维持生计，伊娃做过很多卑贱的活计。她在鞋店干过，在咖啡馆干过，甚至还做过一段时间的巴士售票员。但她总要装门面。我的童年充满了令人尴尬的事件，就因为她对自己的身份地位有着不切实际的认知。

有一年夏天，格林邀我去火盆公园住一个礼拜。他的一位意大利同事的女儿和我年龄相仿，他觉得可以做我的玩伴。去之前，伊娃把我打扮得像是要在皇宫住几天。我穿着领口和袖口带蕾丝花边的绣花长裙，仿佛成了她想要的那个小公主。当我走下公交车时，穿着牛仔裤和T恤的意大利小女孩咯咯笑着问我："你是要去参加化装舞会吗？"

很显然，伊娃是以牺牲我为代价来向格林传递一个信息。格林写了封信让我带给伊娃，上面写道："你疯了吗？

怎么能这样对待你自己的孩子！让玛丽安穿那么可笑的衣服过来！你怎么可以在她的小伙伴面前如此羞辱她？"

母亲把那封信给我看了。在这件事上她做得真刻薄，但我是她唯一的伴儿。她逼我站队。一切对她来说非黑即白。从那以后，我对父亲的感受再也回不到以前。现在回头看，我意识到他是对的。他知道她想干吗，而其中最荒唐可笑和自命不凡的是，她想在雷丁的穷街陋巷里把我培养成一个公主。

伊娃在巨大的特权感下长大。她专横又冷酷。我和她像是来自别的星球的生物，真的。她把我当成她的一只猫来抚养。父亲后来说她的独断专行已经趋近于病态。她把这种病态遗传给了我。

格林和伊娃的下一场争吵关于天主教。现在回头看，格林也是对的。我七岁时，伊娃决定送我去当地的女修道院学校——圣约瑟夫学校当寄宿生。我们太穷了，外祖母又罹患癌症，需要悉心照料。

格林恳求伊娃别这么做。我连天主教徒都不是！我记得他说："别送她去那儿，否则她这辈子在性方面都有麻烦。"

伊娃并非虔诚的天主教徒，只是偶尔去教堂做弥撒。她与一位名叫墨菲的老神父过从甚密，但实际上两人只是酒友而已。在女修道院学校，出于合群的考虑，我对修女假称获得了神启，然后皈依了天主教。直到十三四岁，我才开始心仪弥撒仪式，一切皆是音乐的缘故。我有一副好嗓子，也爱唱歌，所以加入了唱诗班。弥撒仪式非常华美，穿祭服的神父、以拉丁语进行的主持、向祭品奉香，无不充满戏剧性。与对教皇的尊崇相比，沃尔特·佩特[1]的唯美主义才是我皈依天主教的原因。

我是女修道院学校的贫困寄宿生，不用付食宿费的那种。我经常想到这一点。太丢脸了。当然这也很讽刺，少女时代得到了修女的引导，成年后却深陷毒海。

虽然皈依了天主教，但我从未适应女修道院学校的生活。别人玩耍聊天时，我总是独自一人看书。我不想打曲棍球。她们全都觉得我自命不凡。

我有一个很棒的好朋友，名叫萨莉·奥德菲尔德（Sally Oldfield）。凭《管钟》（*Tubular Bells*）一炮而红的迈克·奥德菲尔德（Mike Oldfield）是她弟弟。我们处得很好，因为我们的父母都怪。我和萨莉经常编借口翘体育课。我告诉德洛丽斯修女，我有严重的哮喘病，没法儿打曲棍球。然后我俩绕着曲棍球场一圈圈地踱步，边踱步边谈论生死，主要还是谈论死亡。

谢天谢地，我家不是雷丁城里唯一的反常家庭——奥德菲尔德家和菲斯福尔家有得一拼。萨莉·奥德菲尔德的母亲是我遇到的第一个瘾君子。她丈夫是医生，所以她能轻而易举地弄到药片。奥德菲尔德太太酒不离手，药不离身，永远都是踉踉跄跄的。这样的行为我前所未见。她的家人

---

[1] Walter Pater（1839—1894），英国著名文艺批评家、作家，英国唯美主义运动的理论家和代表人物，其散文和理论在英国文学发展的历程中有着很高的地位。

承受着巨大的压力，尤其是萨莉。每天放学回到家，她还得为父亲和年幼的弟弟们做晚餐。

把我送到女修道院学校后，伊娃得以抽身去一所学校教书。这是一所为心理失调的儿童开设的学校，创办人是有救世情怀的富家女加勒德小姐。这是她自己的学校，所以可以聘用没有教学资格证书的伊娃。伊娃在这里教舞蹈和绘画，吊诡的是，她还教时政。

这所学校的学生全都来自贫苦不幸的家庭。许多孩子遭受过殴打和性侵。伊娃反对给这些伤痕累累的孩子做罗夏墨迹测验。这种测验需要无休止地询问他们的童年经历和家庭状况，以分析他们的心理和人格。对伊娃而言，这仅仅证明了精神治疗本身的不切实际。她相信行动、同情和爱的力量。

一旦伊娃铁了心要做什么，就是地震洪水也阻止不了她。最惊人的一个例子，是她在我十三岁那年送给我一个哥哥。我十二岁时，她注意到我的社交生活里缺了些什么。她注意到我是多么孤单，注意到我在参加集体活动方面的无能，游戏、社团、体育之类。伊娃开始把学生和家长往家里带——任何她觉得能给我带来家的氛围和归属感的人。我的生活里没有男性，这同样令她感到担忧。

我和萨莉认识了一个名叫克里斯·奥德尔（Chris O'Dell）的新朋友。他的母亲病入膏肓，罹患多发性硬化症；他的父亲半身不遂，有酒后打人的恶习。认识克里斯不久，他母亲就辞世了,他姨妈不得不承担起照顾他父亲的责任。伊娃决定插手干预。

伊娃打电话给他姨妈:"他爸揍他。这种情况绝对不能容忍,你同意吗?"

"同意,伊娃。"

"我有解决的方法。我要把克里斯接到我们家来。"

正常情况下,这个可怜的女人可能会反对说:"嗯,伊娃,非常感谢你的好意,但他是我的外甥,应该由我们来抚养。"

但伊娃没有给她回答的机会。当伊娃决心已下时,没人能阻止得了她。你得按她的话去做。几天后,克里斯住进了我们家。既成事实。十六岁的克里斯和十三岁的我成了兄妹。不久后,他和我们一起去度假了。我们都不知道会发生什么,但最终我们成了朋友。

和我一样,克里斯来自反常家庭,与外界格格不入。我永远没法儿和正常家庭的孩子成为朋友。他们有钱,有安全感,还有一对正常的父母。他们的家庭让我羡慕不已。

克里斯很适应这个家庭,但这种安排很奇怪,显然不是每个人都会赞成。十六岁的时候,我交了一个男友,他父亲是一所贵格会男校的校长。他肯定觉得我和我母亲很古怪。这个可怜的家伙没法儿接受克里斯的存在。他就此质疑我的母亲,语气是英国式的,妄自尊大得让人难以忍受。这是个错误。

"嗯,菲斯福尔太太,我和你意见一致,玛丽安和克里斯都喜欢对方。但从性的角度来看，你觉得这种情况很可取吗？"

"从什么角度来看？"伊娃故意装糊涂。

"嗯，我觉得，唔，玛丽安和一个不相关的人同住一个屋檐下，显得有点儿不健康。"

"一派胡言。我出身范·萨克-马索克家族，来自弗洛伊德的故乡维也纳，你不觉得这方面我比你更懂吗？"

谈话结束，同时恋情结束。

尽管克里斯是被伊娃强行掳进我家，但刚开始那几年，事事都很如意。他的到来对我有好处。我拥有了第一份纯洁的异性友谊。伊娃对克里斯非常好，给了他一个家，或者说一个家庭，帮助他完成了大学学业。克里斯干得不错。但伊娃的傲慢自大一定在他心里埋下了什么。我很好奇他内心深处到底是怎么想的，因为无论结局是好是坏，他终究是被利用了。他内心深处必定有难以化解的疑虑——最终，他疏远了伊娃，和我们在长达二十年的时间里没有任何往来！

克里斯走进我们的生活之前，我是伊娃唯一的说话对象。她爱讲故事给我听。她从不让真相侵扰一个精彩的故事！她根据自己的想象重新编写我的家族史。

她两眼放光地跟我讲述范·萨克-马索克家族的历史："神圣罗马帝国查理曼大帝时代，萨克家族的祖先出现了。你的这位祖先是西班牙摩尔人，后来皈依基督教，最终成为查理曼大帝的贴身男仆。你可以在维也纳的帝国档案里查到他的事迹。回头我们一起去查。他原来的名字是个阿拉伯名字，萨西、萨切什么的，变成奥地利语就是萨克。查理曼大帝赐给他大片的匈牙利土地。

"嗯，几百年后，另一个贵族家族——马索克家族面临消亡，为了将马索克的名号世世代代传承下去，国王宣布将它加到萨克后面。你知道的，在宫廷中，只有世袭了超过十二代的贵族才有资格在国王面前跳舞。但萨克-马索克家族对宫廷不感兴趣。那些姓格拉德斯通和迪斯雷利[1]的英国佬自认为是他们发明了改革！说吧，为什么战士头盔上有交叉的盐锤和盐镐？那是因为萨克-马索克家族拥有乌拉尔山脉的盐矿！数百年来，无数奴隶在这些盐矿上流血流汗，当它们被赐给萨克家族的时候，第一位萨克男爵将奴隶们全部释放！这是一千年前的事情！他让他们获得了自由！当时英国佬还在围着石头跳舞！

"披着金色盔甲的男人在迎接从爱琴海远道而来的大船。船上有贡马、柑橘和香料。噢，亲爱的，你应该看看那匹白色的骏马！多么漂亮的种马！"

……

这些故事我都耳朵听出老茧来了。她跟我解释她的女男爵封号为何源自希腊的两个小岛，她说我的祖先每隔七年就会收到一匹来自岛上的白贡马……我在我们的小房子

---

[1] Gladstone and Disraeli，格拉德斯通和迪斯雷利是英国历史上的著名政治家，都担任过英国首相。

里夜复一夜地听这些故事。我没有钱,没有车,没有唱机,没有父亲!我什么都没有,当然也没有城堡。同学们嘲笑我,因为我家连电话都没有。但我有秘密而辉煌的家族史——来自爱琴海的白贡马,大片的土地,解放了盐矿奴隶的摩尔人祖先……

现在我知道了,伊娃之所以跟我讲这些故事,是希望我明白我是谁,我从哪里来,是让我为我的奥地利贵族出身感到骄傲,以弥补我们在现实生活中缺失的一切。伐木工的女儿被告知邪恶的王子抢走了她母亲的王国。我记得自己默默地做了个决定:"等我长大后,我要把这个闪闪发亮的王国夺回来还给她。"

在未来的日子里,人们无一例外都以为我是典型的英国人,来自富裕和受保护的家庭。这是一种错觉。我母亲是奥地利人,父亲是威尔士人,我有犹太血统,祖先是皈依基督教的摩尔人。我性格里英国式的独断专行实际上来自我的母亲。

十三岁那年,我加入了雷丁的业余戏剧团体进步剧场(Progress Theatre)。在那儿,我能参与表演,认识男孩。一天,凡妮莎·蕾格烈芙(Vanessa Redgrave)过来讲演。她刚在莎翁戏剧《皆大欢喜》中扮演了罗莎琳德。她谈到戏剧、父母和她的生活。她二十二岁了,看起来很成熟。我们排演了桑顿·怀尔德的《我们的小镇》,我演一个中年长舌妇,我的朋友玛丽·艾伦(Mary Allen)演涉世未深的女主角。我们的父母都来看了。对大多数孩子来说,学习表演只是一个过渡阶段,就像学习骑马或上芭蕾舞课,但我知道,某种程度上,这将是我的人生。伊娃总觉得我会成为艺术家。

我偶尔在咖啡馆和民谣俱乐部唱琼·贝兹的歌:《旭日之屋》(House of the Rising Sun)、《答案在风中飘》(Blowing in the Wind)、《宝贝,我将离开你》(Babe I'm Gonna Leave You)……雷丁有不少琼·贝兹。

我有一台小黑胶唱机。我买诸如《穿牛仔裤的维纳斯》(Venus in Blue Jeans)、《棕色眼睛的美男子》(Brown-eyed Handsome Man)之类的唱片。巴迪·霍利、查克·贝里、埃弗里兄弟。我记得在咖啡馆里听到《不会消逝》(Not Fade Away),好奇是什么样的人写出了这样的歌。十五岁时,我买了迈尔斯·戴维斯的《西班牙素描》(Sketches of Spain)。它给我留下了难以磨灭的印象,而我买的一张滚石专辑却没有在脑子里留下印记。二十世纪六十年代初,尤其是在英国,摇滚乐还没有得到它最终获得的声誉。在那时的人们看来,爵士乐很酷,布鲁斯也很酷,但摇滚乐华而不实,商业味浓。摇滚乐意味着比利·弗里(Billy Fury)和把飞机头染成金色的家伙们。

青春期头两年,我经常和黛博拉还有她儿子安东尼一起去伦敦。黛博拉是母亲的朋友,安东尼是一个舞者。我们去看芭蕾舞剧和歌剧。我看过玛丽亚·卡拉斯[1]主演的普契尼歌剧《托斯卡》。有一次,我和几个朋友去看一个

---

1 Maria Callas(1923—1977),著名美籍希腊女高音歌唱家。

传统爵士音乐节。英国传统爵士乐蠢极了，英国人总是热衷于老掉牙的美国音乐流派。当时美国已经是比波普爵士乐的时代，可他们还是喜欢傻里傻气的传统爵士乐。萨特、波伏娃、塞利纳、加缪和卡夫卡的名字在口口相传。我重复着这些不可言喻的名字，像重复着基督教的教理问答。我如饥似渴地阅读报纸上关于碧姬·芭铎、朱丽特·格蕾科的文章。所有关于潮流的文章。格蕾科是存在主义者的偶像，我努力让自己看起来像她。我试过涂白色的唇膏，但我是金发，所以不管用。

我是那个时代的典型少女，好奇、叛逆、渴望步入禁地，乐于接受一切事物。你从一个朋友那儿听说伦敦有好些时髦的俱乐部，她也是从一位去过其中一家的朋友那儿听来的。光听名字就极具魔力：华盖（Marquee）、罗尼·斯科特（Ronnie Scott's）。大约十六岁时，我经常光顾华盖、火烈鸟（Flamingo）等爵士俱乐部。祖特·马尼（Zoot Money）、约翰·马雅（John Mayall）、妮娜·西蒙（Nina Simone）在里面表演。观众们有些邋遢，多是学生、老爵士迷和披头族[1]。我喜欢爵士乐，这些场景让我目眩神迷。一个女孩从外地来到大城市，看看它能给予她什么。我谁都不认识，跟谁都不说话。和赶时髦有关。我想抽高卢烟，喝黑咖啡，和邪恶的女人、劫数难逃的男孩聊化妆品和谬论。我试图理解萨特、加缪和卡夫卡，但我喜欢塞利纳和

---

[1] Beatnik，在英语语境中常用于描述"垮掉的一代"的参与者。

波伏娃。事实上我读过波伏娃的《第二性》。不同的元素堆砌起了我的表面形象。六十年代还未真正开始,只能隐约看到山雨欲来。服饰依然无趣。但我知道,有比徜徉在烟雾弥漫的爵士俱乐部更酷的事情将会发生。当它发生时,我要不顾一切地在场,无论它是什么。

上层社会和劳工阶级、男人和女人、工作和娱乐、政治和生活之间的差别变得模糊起来。在二十世纪六十年代,所有这些东西都变得模糊起来。

我成长在二战的阴影下。与朋友们相比,我对此的感受更加强烈。二战期间,住在英国和住在被德国吞并的奥地利不可同日而语。我虽然没有亲历过战争,但从母亲身上吸入了硝烟的余味。我觉得自己也是从废墟里爬出来的,因为劫后余生,所以只想过得开心。

我暗自决定离开雷丁。母亲对此从未察觉。我秘密谋划着,从未透露给任何人。我以为秘密是不能吐露的,一旦吐露就会消失。我和母亲之间真的就是这样——我一跟她吐露什么,什么就没了。从很小的时候起,我便不再向她吐露内心深处的想法。

那时候,在我眼中,男孩子就像外星人。在与一个男孩偷吃禁果前,我从未如此近距离地观察这一物种。他们的行为举止是一个大谜团。但我隐隐知道,男孩子会是我逃离现实的出口。事实确实如此。十七岁时,我和一个邻校男生去剑桥大学参加舞会,在那里,我邂逅了我的初恋约翰·邓巴(John Dunbar)。他将成为我的催化剂,我的维吉尔[1]。约翰为我打开了一扇大门。

约翰不同于我见过的任何一个男孩。他无疑是最酷的。他甚至没参加那场舞会——舞会对他来说太土了。你永远不会在这种资产阶级的活动上逮到他。在剑桥大学丘吉尔学院,我走过一间宿舍,见门上贴着达·芬奇名作《维特鲁威人》。我吃了一惊,问同来的男孩:"谁住在里面?"就在那一刻,约翰从门里走了出来,周围的一切黯然失色。

约翰有一张美丽敏感的脸。他是新潮的典范,浑身散发着酷味。他穿熨平的牛仔裤,戴角质框眼镜。我遇见他时他还不到二十一岁,在剑桥上大一。我们一见钟情。我甩掉了我的男伴。他严肃认真、与众不同,背景和我很像——他母亲是苏联人。他父母是电影制片人,这让我无法抗拒;他成长在一个完整的家,这同样让我无法抗拒。这是我对家庭上瘾的开始。从此以后,每找到一个家,我都试着去融入。

我乘火车来到伦敦。我住进了约翰家,和他父母及他的一对双胞胎妹妹同住一个屋檐下。她俩和我一般大,有着迷人的美貌。约翰会在午夜溜进我的房间,和我云雨一番。这很令人兴奋,不过没有我想象的那样惊天动地。我还不大会做爱,我们的性爱质量一般。约翰和我就像两条小狗。

约翰的父母阅历丰富,见多识广。他们读每周从纽约寄来的《纽约客》,这让我印象极为深刻。约翰陶醉于这一

---

1 Virgil,古罗马诗人。

切。他出生在墨西哥，童年在苏联度过。他父亲二战期间派驻在苏联。真是太棒了，充满了异国情调。

约翰像爱情故事里痛苦不堪的男主角。他是个虚无主义者，会跟你讨论自杀，像陀思妥耶夫斯基笔下的男主人公一样。这让我又爱又怕。我将成为他的缪斯。如果他有我，那他以后就不会寻死吧。约翰爱听比波普爵士、约翰·柯川、查理·帕克、莫扎特、贝多芬的《晚期弦乐四重奏》、黑人音乐，以及所有棒极了的音乐。他是我的皮格马利翁[1]，我已准备好像海绵一样吸收一切。

约翰把我介绍给他的每一位朋友。他似乎认识你想在伦敦见到的每一个人。毕竟，他是彼得·阿舍（Peter Asher）的好友。彼得是二重唱组合彼得和戈登（Peter and Gordon）成员，当时刚推出热门金曲《没有爱的世界》（*A World Without Love*）。不久后，彼得出钱，和约翰、巴里·迈尔斯（Barry Miles）合开了一家名叫英迪卡（Indica）的画廊兼书店。彼时，保罗·麦卡特尼住在彼得家位于温坡街的大房子里。他在那里住了很久。他非常年轻，非常友好，非常坦诚，非常英俊，非常自信。彼得的妈妈在他们的卧室门上分别贴着"彼得的房间""保罗的房间""简的房间"[2]。

---

[1] Pygmalion，古代塞浦路斯的一位善于雕刻的国王，由于他把全部热情和希望都放在自己雕刻的少女雕像身上，后来竟使这座雕像活了起来。"皮格马利翁效应"成为一个人只要对艺术对象有着执着的追求精神，便会发生艺术感应的代名词。
[2] 简·阿舍（Jane Asher）是彼得·阿舍的妹妹，英国著名女演员，当时是保罗·麦卡特尼的女友。

我从没见过这种标牌。你们瞧瞧,这就是家庭生活。

所有这些画廊老板、摄影师、流行歌星、贵族、游手好闲的天才或多或少地创造了伦敦的场景,所以"上帝创造天地"时我在场。二十世纪六十年代的伦敦有其"起源神话"。我们在切尔西区的一家意式咖啡馆里编织了这个神话,就像他们在苏黎世的火车专列上策划了十月革命。一九六三年初的一天,约翰、巴里和一个名叫保罗·利昂(Paolo Leone)的左翼披头族坐在咖啡馆里,密谋着一个计划。这些疯狂的知识分子,穿着存在主义的一身黑,制订着地球的未来计划。年轻的我观看着这一切。

"伙计们,伦敦将是世界的心灵中心!"保罗自负地宣布。瑞士心理学家荣格梦见自己身处利物浦,他觉得那里将是世界的中心。但未来世界的中心不是利物浦而是伦敦。他们几个你一言我一语地提出了大量证据,而一旦我们都深信这是事实,便开始认真对待。"对,这是我们的使命。"我们开始沿着《巨人传》里的巴黎防线建造新耶路撒冷的城墙。自由性爱、迷幻药、时装、禅、尼采、部落廉价饰品、存在主义、享乐主义、摇滚乐。看哪,伦敦很快就要闹哄哄了。

泪水流逝

据摇滚史话记载,我的人生始于一九六四年三月阿德琳妮·波丝塔(Adrienne Posta)的单曲发布派对。在那里,我邂逅了米克·贾格尔。米克当场爱上了我(据说如此),认定我适合做他的妻子,然后写下《泪水流逝》(*As Tears Go By*)。与此同时,我开始滥用药物,沉溺于性爱。

阿德琳妮的这张单曲由滚石乐队经纪人安德鲁·鲁格·奥德汉姆(Andrew Loog Oldham)担纲制作。约翰·邓巴和我是彼得·阿舍带来的客人。保罗·麦卡特尼偕彼得的妹妹简前来,滚石的米克、基思和布莱恩也在。彼时,几位滚石和流氓学生没有两样。他们全无约翰·列侬和保罗·麦卡特尼的优美高雅,而比之我的约翰,他们也显得既粗鲁又土气。

至于米克，如果不是他和他女友克丽茜·诗琳普顿[1]发生了激烈的争吵，我甚至都没有注意到他。她哭着冲他大喊大叫，情绪达到最高潮的时候，假睫毛都脱落了。

我对米克和他的队友们毫不在乎，而形成鲜明对比的是，温尔文雅、异国风情的安德鲁·鲁格·奥德汉姆让我倾倒。他一边盯着我看，一边和他的合伙人托尼·考尔德（Tony Calder）窃窃私语。派对上的多数女人涂睫毛膏、戴假睫毛、穿晚礼服，可我下穿一条跟约翰的妹妹借的牛仔裤，上穿一件约翰的衬衫。我把衬衫塞在牛仔裤里。性格坦率的安德鲁后来在多个场合说过："我看到一个大胸天使，然后签了她。"

我坐在暖气机旁边，看到他像只食肉鸟一样向我猛扑过来。他看起来很危险。庆幸的是，最后一刻，他转过身背对着我，向约翰·邓巴发问：

"她是谁？她会演戏吗？她叫什么名字？"他说着递给约翰一张大号名片，"我是安德鲁·鲁格·奥德汉姆，亲爱的。"他对谁都叫亲爱的，尤其是对男人。这让他们感到紧张，也给他带来了优势。他处于优势地位。他充分显露出威胁、冲击和剃刀式的酷味。

"她叫玛丽安·菲斯福尔。"约翰说。

"噢，亲爱的，应该可以更好的。"

"我刚听到时也不敢相信自己的耳朵，"约翰说，"但她

---

[1] Chrissie Shrimpton（1945— ），英国模特，一九六三至一九六五年间是米克·贾格尔的正牌女友。

的确就叫这个。我对名字怪里怪气的妞儿特别着迷,我还交往过一个名叫佩内洛普·天堂的女友!"

所有人都笑了。

"她会唱歌吗?"安德鲁补充道。

"应该会吧,为什么不会?玛丽安,你会唱歌,是吧?"约翰说。

我从没见过安德鲁这样的人。他真的很奇怪,浑身洋溢着醉人的荒唐。从时尚到电影到波普艺术,形形色色的疯狂计划从他嘴里噗噗地涌出。他涂眼影,这在那个时代极不寻常。他看起来有点儿娘,但这只会增加他的魅力。他后来告诉我,他有意在约翰面前凸显自己的妩媚劲儿。当他想勾引某个妞儿时,就会用这招来蒙蔽她的男友——看到他脸上的粉饼和眼线后,他们会放松警惕。

安德鲁会说你只能在电影里听到的话,诸如:"宝贝儿,我能让你成为明星,而这只是个开始!"或者:"你不需要面试,我已经在你的眼睛里看到了魅力,亲爱的。"我真的以为他喝多了。大家都喝多了。来这种场合的重点便在于此。你可以不花一个子儿喝到酩酊大醉。

一周后,我收到了安德鲁发来的电报。当时我家还没装电话。"下午两点,奥林匹克录音棚见。"

十点六分,我和萨莉从雷丁登上开往帕丁顿的火车。那一年我十七岁。录音前,我和安德鲁还有作曲家莱昂内尔·巴特(Lionel Bart)开了个会。莱昂内尔·巴特被誉为英国现代音乐剧之父,《奥利弗》就出自他的手笔!我将录一首他写的歌。

安德鲁是个出色的制作人。一进棚他就换了一个人。焦虑不安的安德鲁大师大踏步地走来走去,像是狂躁版的贝多芬。后来我才知道,他是在模仿菲尔·斯派克特[1]：墨镜,瓦格纳式的强烈、夸张的喜怒无常。米克和基思也来了,不过他俩像老鼠一样安静。这是安德鲁的表演时间。

奥林匹克录音棚布局极其古怪,控制室高高在上。米克、基思、安德鲁、安德鲁的合伙人托尼·考尔德、莱昂内尔·巴特、录音师迈克·利安德（Mike Leander）坐在控制室里,像诸神一样俯视着我和一支管弦乐队。我们就像工厂里辛苦劳作的工人,被站在高处的大老板指挥着干活。那个年代,控制室里的人没多少活要干。最多就录两轨。我在管弦乐队伴奏下同期录音。单声道。

莱昂内尔的这首歌糟透了,名叫《不知道怎么跟你说》（*I Don't Know How to Tell You*）。里面有句歌词是这样的：

命中注定

爱上我的另有其人。不！

这是一首大路货的流行曲,我的嗓子不对它的路子。

---

[1] Phil Spector（1939— ）,美国传奇唱片制作人、词曲作者、音乐家,音墙制作技术的创始人,制作推出了大量经典作品,被认为是流行音乐史上最有影响力的人物之一。二〇〇九年因枪杀女演员拉娜·克拉克森被判二级谋杀罪。

我们录了一遍又一遍,乐手们变得焦躁不安,但我就是唱不好。绝望之际,安德鲁让我改录原定放在B面的歌——米克和基思合写的《泪水流逝》。

它是米克和基思这对创作组合写出的第一首歌。安德鲁把他俩锁进厨房,说:"写首歌出来,我两个小时后回来。"安德鲁告诉他俩他想要的感觉:"砖墙围绕,高高的窗,没有性爱。"米克和基思交出一首《时光流逝》(As Time Goes By)。安德鲁对歌曲的结构十分了解,虽然《时光流逝》还很粗糙,但他知道自己能处理好。还有一个问题:歌名。电影《卡萨布兰卡》里,杜利·威尔逊唱的那首家喻户晓的歌也叫《时光流逝》,所以安德鲁把歌名改成《泪水流逝》。

安德鲁把小样放给我听,同时递给我一张潦草的歌词手稿。小样是米克唱的,大吉姆·苏利文[1]弹的十二弦吉他。我回到棚里录唱。一听到英国管吹出的前奏,我就知道这首歌有戏。两遍就录完了。安德鲁从奥林匹斯山上走下来,给了我一个大大的拥抱。

"祝贺你,亲爱的。你有一首排行榜第六名单曲了。"

"第六名或第八名。"托尼·考尔德修正道。

"一定是第六名,伙计。如果不是,那就是第三名。"

录完音,米克和基思开车送萨莉和我去车站。米克试图让我坐他大腿上,我让萨莉坐上去了。真是个厚脸皮的小无赖,我心里暗想。太不成熟了。我敢肯定,他把我当

---

[1] Big Jim Sullivan(1941—2012),二十世纪六七十年代英国最炙手可热的录音吉他手之一,参与过无数金曲的录制。

成喜欢琼·贝兹和奥黛塔[1]的小傻妞儿了。

《泪水流逝》像法国女伶弗朗索瓦丝·哈迪（Françoise Hardy）的歌，真的。也许我让米克想到了法国流行歌、一点点存在主义和意大利圣雷莫音乐节。更确切地说，是安德鲁看到了我身上的这种感觉，然后交代米克去写出这种感觉。

迈克·利安德是录音师兼音乐总监，具体都是他在指导我，与我一起工作。安德鲁大师就做了一点儿小小的指导："靠近话筒唱——要靠得非常近。"这是个无价的建议，当你贴着话筒唱歌的时候，空间维度改变了。你把自己投射进了歌里。通常来讲，民谣歌手的演唱都过于讲究，像阿巴拉契亚的手工艺品。我也可以照琼·贝兹的路子唱的。我最终演绎的版本更扣人心弦也更具主观意象。照安德鲁的说法，"更像是方法派演技[2]"，没有距离，能听到气音和亲密。你仿佛就在我的脑子里，零距离地听我唱歌。

莱昂内尔的歌被束之高阁，《泪水流逝》从B面换到了A面。接下来我们灌录了亨利八世的《绿袖子》，作为我的首张单曲唱片的B面歌曲（词曲作者署的是安德鲁的名字）。

我从未痴迷于《泪水流逝》这首歌。天知道米克和基思是怎么写出来的。我脑海中浮现的画面是夏洛特夫人对

---

[1] Odette（1930—2008），美国黑人音乐家、演员、吉他手、人权活动家，常被誉为"美国民权之声"。她的音乐极大地发展了民谣、爵士、灵魂乐、布鲁斯等音乐类型。鲍勃·迪伦、琼·贝兹和詹尼斯·乔普林等人受她影响很大。
[2] Method Acting，一种影视戏剧表演技巧，要求演员在镜前幕后都要保持同角色一样的精神状态。

着镜子看时光流逝，回首自己做过的傻事。令人无比吃惊的是，这出自一个二十岁的男孩之手！它写的是一个女人回首自己的人生！更不可思议的是，我和他的故事尚未开始，他就已经在歌里预言了一切！

四十岁那年，我重新灌录了这首歌。我已拥有与之呼应的年纪和心境。我真正体会到了歌里那股诗意的愁思。

《泪水流逝》上榜后不久，安德鲁接我去纽卡斯尔做宣传——上一个电视节目。他叮嘱我穿白色套装，别戴帽子，可以戴围巾。他和莱昂内尔开着兰博基尼来接我，那是辆可怕的双门跑车，我蜷在后座（甚至都不能叫后座），颠簸了六七个钟头才到达目的地。

录完节目，见他们醉倒在酒店，我如释重负——他们不能开车送我回去了。我坐着舒适的火车头等座回伦敦，坐我对面的是贵族范儿的流行歌星杰瑞米·克莱德[1]，他是民谣二重唱组合查德和杰瑞米（Chad and Jeremy）成员，十分讨人喜欢。

火车到站后，我跟着他回家了。没多少炽烈的情感，我们直接上床了。和他做爱感觉很棒，我有点儿怅然若失。我马上察觉到杰瑞米脸上的忧虑。我在这些事情上的经验仅限于约翰，所以我很自然地认为与某人发生性关系意味

---

[1] Jeremy Clyde（1941— ），英国民谣歌手、演员。其外祖父是第七世惠灵顿公爵。第一世惠灵顿公爵阿瑟-韦尔斯利是大英帝国元帅，第二十一任英国首相，并获得法兰西王国、普鲁士王国、俄罗斯帝国、西班牙王国、葡萄牙王国和荷兰王国六国授予元帅军衔，是世界历史上唯一获得七国元帅军衔者。

着一段恋曲。杰瑞米有点儿担心我会爱上他。他显然觉得我不懂门道。

他跟我灌输一夜情的游戏规则。爱与性是两码事。有时会一起发生，但有时可能不会。这堂课的结语是："和你在一起很开心，玛丽安，也许我们很快就会再见。"

我大半辈子都在试图看清男女之间的追逐游戏，然而直到现在依然云里雾里。

这段时间，我第一次和同性有了一腿。她叫赛达，是个美丽的印度女孩。这是我的伟大实验的一部分。一天，她给了我一片镇静药，然后开始引诱我。她比我小一岁，真的非常漂亮。小巧、朴实、短发、精致，像印度寺庙里的小雕像。我俩做爱的时候，我妈走了进来。我忘了她也在家！但她只是关上门，之后再也没提这件事。

《泪水流逝》出炉前夕，约翰跑去希腊过夏天了。他不在的时候，《泪水流逝》在排行榜上扶摇直上，我成了冉冉升起的流行歌星。我既高兴又尴尬，不知道他回来后该怎么跟他解释。

约翰回来后不久，我们到南肯辛顿地铁站附近的一家小熟食店喝咖啡。我苦苦思索该怎么跟他明说。我害怕被他嘲笑。太多的英国人终其一生都未能取得成功，我父亲就是他们中的一个。他可能会震惊于我成了流行歌手，然后居高临下地蔑视我。我呷着这辈子喝过的最难喝的咖啡，他渴望地凝视着我的眼睛。突然，收音机里飘出了《泪水流逝》,我差点儿噎着。我俩静静地听着,一言不发。曲终,DJ说:"这是玛丽安·菲斯福尔的热门金曲《泪水流逝》,目前在排行榜上位列第九。玛丽安·菲斯福尔带着这首米克·贾格尔和基思·理查兹为她而作的歌横空出世!"可怜的约翰哑口无言。我也哑口无言!但他很冷静,对我成为流行歌手表示了宽容!

唱红《泪水流逝》后,几乎是一夜之间,我离开了女修道院学校(已经是最后一个学期),并且从此离开了母亲的生活。没有一丝征兆,她对此毫无准备。

但从离开她的那一刻起,我的生活就垮了。我逸入了一个噩梦,被扔进一种奇特险恶的生活。我才十七岁,之前都是在翅膀的庇护下生活。残酷地、不间断地持续了两年多的巡演。除了承受演出带来的重压外,我还得做一些愚蠢的事情。接受当地报纸的采访,一遍又一遍地回答相同的问题("你生命中有没有特别的人,玛丽安?");上电台接受采访,一遍又一遍地回答相同的问题("披头士里你最喜欢哪个?");参加社区活动("你知道吗,市长的女儿是个崭露头角的小提琴手。");去影棚拍宣传照("表情再忧郁些。");上电视节目假唱(《各就各位,预备,跑!》[1]《流行之巅》[2])。天天都很忙乱,一点儿喘息的机会都没有。

---

[1] Ready, Steady, Go!,二十世纪六十年代的一档英国电视音乐现场节目,当时的传奇摇滚乐队大都在该节目上表演过。
[2] Top of the Pops,英国BBC制作播出的著名流行音乐节目,每周播出一期,有现场表演和单曲榜发布等环节,在全球有大量山寨版本。

1964年11月下半月的日程表：

11月15日 伯恩茅斯冬季花园剧院
16日—19日 进棚录音
20日 伦敦温布利体育场
21日 林肯郡滑翔机圆顶舞厅
22日 伊普斯维奇庄园主宅邸舞厅
23日 艾尔斯伯里巴罗礼堂
24日 诺丁汉格拉纳达电视台
25日 曼彻斯特扭曲车轮俱乐部
26日 纽卡斯尔壮丽舞厅
27日 基德明斯特市政厅
28日 《各就各位，预备，跑！》
29日 《流行之巅》
30日 休息一天

我恐惧极了。除了好友玛丽·艾伦，我一个可以倾诉的人都没有。要是能和妈妈聊聊，情况或许会好些。可家里没有电话。她会对我说什么呢？事实上，她几乎不明白我在做什么。

最近我无意中看到一封令人心碎的家书。

我最亲爱的玛丽安：

没有你的来信，我有点儿难过。没有只言片语告诉我你过得好不好。我要疯了……

为了一台电话机，我愿意付出一切，这样你就能打给我了。但你已经把我忘得一干二净了。

给你所有的爱，大大的拥抱，热烈的吻，你这没心肝的。

伊娃妈妈

1964年10月9日

巡演路上孤独得可怕。我喜欢独处，和别人共处一车真不容易！（现在我早已习惯并喜欢上巡演生活，反而不敢想象没有巡演的日子。）

一九六四年底，我和冬青树（The Hollies）、弗雷迪与梦想家（Freddy and the Dreamers）、格里与领头羊（Gerry and the Pacemakers）、四便士（The Four Pennies）一道踏上了巡演之路。六十年代初的巡演大巴上鱼龙混杂，各类艺人不分皂白地混在一起：民谣歌手、乡村歌手、酒吧歌手、跳舞妞儿、美国佬（自成一类）……我们唯一的共同点是最近都有金曲上榜。

女修道院学校没教我怎么跟这些人相处。和一帮吵闹的北方佬挤在大巴里，就像跟曼联队一道挤在潜水艇里。车里面冷死了，如果你不想冻死，就得坐到最前面，靠司机坐。那年头的座位靠背不能向后放，想在车上睡个好觉几乎不可能，除非你坐惯了巡演大巴，能够笔直地睡着。

英国的环岛非常多,满大街都是,所以好不容易眯了一会儿,你就又会被转弯的大巴晃醒。车窗外是中西部地区阴沉的景致——脏兮兮的厂房和排屋,锈迹斑斑的旧桥,漂浮着垃圾的运河……

他们笑话我,因为我随身带着一大摞书。《威尼斯商人》、《失乐园》、简·奥斯汀、华兹华斯、济慈、雪莱。太怪了。巡演路上无休止地阅读英国文学,仿佛又回到了学生时代。这令他们难以置信。

这帮家伙爱看漫画,聊足球,讲下流笑话,哼时下的流行歌。我用傲慢来防御不安全感。我试图掩盖内心的恐惧,但我的高傲会激怒他人。我得找个理由来解释我的行为,好吧,我害羞。当被一些八卦记者追问时,我会说:"我并不冷漠,只是极度害羞和内向。"当然,我从未害羞过。但我喜欢害羞的人。基思是个害羞的人。

只有冬青树的格拉汉姆·纳什(Graham Nash)和阿伦·克拉克(Allan Clarke)没有被我冷冰冰的外表惹恼。他俩友好开朗,平易近人。有一次,阿伦·克拉克坐到我身边,用他可爱的曼彻斯特口音问道:

"读什么呢,亲爱的?"

"《傲慢与偏见》。"

"希斯克利夫[1]?"

"事实上,并不是……"

---

1 Heathcliff,《呼啸山庄》中的男主人公。

我最喜欢格拉汉姆·纳什。他比其他人有意思得多，口齿也伶俐得多。(但我很明智，没有跟他上床。)我和格拉汉姆共进午餐，和阿伦共度良宵。阿伦人不错，就是已经结婚了。这对我来说不是问题，直到某天他老婆驾到。他假装不认识我。我也不知道我希望他怎么做。难道我希望他热情地把我介绍给他老婆："亲爱的，她就是和我一路做爱的可爱女孩，她是你完美的替代品！"

生平第一次，我喝得烂醉如泥，被人推上舞台。

每次演出都是一场煎熬。台下成百上千怀着敌意的青少年是来看弗雷迪与梦想家，来听默西之声（The Merseybeats）的。"让她滚下去！""该死的弗雷迪人呢？""臭婊子！"我呆若木鸡地站在台上。但我很快就形成了自己的台风。

同台的跳舞妞儿们穿着白色长筒靴跳着摇摆舞，扭臀摆腰，性感热辣。和她们比舞技是不自量力，所以我尽可能地朝相反的方向走。我一动不动地站在麦克风前，双手垂在身体两边，用清澈缥缈的嗓音，唱出心灵深处的声音。这既不性感也不时髦，和性感热辣远隔十万八千里。

我很荒谬，一定也很可笑。我纹丝不动，因为我动弹不得。我被恐惧牢牢地粘在地上。令人意想不到的是，这种台风非常有效，我直到今天还在沿用。今天的我会略微移动，下意识地用手发出信号。我意识到观众在看我的手和脸。所以我爱穿黑色衣服。我的双手在空中下意识地移动。演绎对我来说有些难度的歌曲，比如《时报广场》（*Times*

Square)时,我的双手会做出怪异的动作。

面对三十年如一日的怯场,我所能做的只有挺直腰杆站着不动,把双脚牢牢拴在地上,就是这样。

一段时间过后,我开始意识到没有那么可怕,没有什么东西要吞噬我。经历了最初的恐惧后,我发现自己爱在舞台上出风头。是安全感。没有人能靠近我。这是我想要的世界!

不管怎样,在一大帮愤懑粗鲁的年轻人面前表演真令人沮丧,连无所畏惧的安德鲁也从不过来看我。

我对付媒体没问题。我只是把脑子里最先冒出来的一句话说出来:

"我对自己是否是个成功的歌手毫不在乎。在流行音乐界,才华不重要。"

"安德鲁与众不同,是个真诚的人,他说他很真诚,所以我们就装作他很真诚吧。"

让人大惑不解!我天性里的矛盾被激发了出来,我赢得了不按流行歌手套路出牌的名声。我在撰写自己的人生篇章,没有规则,我想怎么写就怎么写。正如安德鲁所说:"没人知道你打算做什么。"

我在媒体面前越是古怪,安德鲁就越是开心。

我既给他们尖刻的、警句似的玛丽安,又给他们疯疯癫癫的女男爵之女。

在一家高级俱乐部接受完采访后,玛丽安冲

出门外。过了一会儿,她从二手书店带回一样小礼物,一本 A. P. 赫伯特(A. P. Herbert)写的《大本钟:两幕轻歌剧》(*Big Ben: A Light Opera in Two Acts*)。"你实在得有这本。"她说。她的脸被大框眼镜遮住不少,手里紧紧握着一本劳伦斯·达雷尔的《苦柠檬》。

多么做作的画面!真希望我现在没那么装了。请告诉我,我现在没那么装逼!

记者们见到的是被安德鲁和他的企宣安迪·维克汉姆巧妙包装后的我。对我的大多数误解始自安迪为《泪水流逝》写的文案:

> 玛丽安·菲斯福尔是个十七岁的金发女孩,目前还在雷丁的女修道院学校上学,她的母亲是萨克-马索克女男爵……
>
> 她可爱、婀娜,有一头金色的长发,会露出羞涩的微笑,中意"有社会意识的长发青年"。
>
> 她喜欢马龙·白兰度、伍德拜恩牌香烟、诗歌、芭蕾舞和晚礼服。
>
> 她害羞、伤感、纤细……

我的形象被这些半真半假的陈述严重误导了。真伪莫辨的文案加上该死的宣传照,把我映射成傲慢的贵族女孩和半熟的波西米亚女人的复合体，是个现成的撩人心怀的想象产物。遗憾的是，那不是我。

《泪水流逝》之后是《答案在风中飘》。后者是一场灾难。关于那次录音，我只记得我唱得有多沉闷。当时我刚刚结束巡演，已经疲态尽显。我也不知所措，没想到要录第二张单曲唱片。录《泪水流逝》的时候，我以为录完就能回学校。可我还要录一张，而且是多么糟糕的一张！B面的歌是《旭日之屋》，它的沉闷程度比起《答案在风中飘》有过之而无不及。

我把录唱《泪水流逝》视为逃避高考的途径，然而现在我不得不面临一个可能性，就是录唱片这件事可能会无休止地做下去。

我拼命怪罪安德鲁和德卡唱片，硬说是他们把《答案在风中飘》搞砸了。实际上全是我自己的错。可怜的安德鲁，根本不是他的错。一定有人对他说："为什么不让玛丽安做她自己想做的东西呢？"当然，我太喜欢鲍勃·迪伦了。安德鲁明知不可为，还是顺从了我，最终惨败收场。

尽管安德鲁什么都对，我和他之间还是有问题。我的经纪人让我不安，让我胆怯。大多数时候我都不知道他在说什么。他对我来说太过时髦，太让人困惑，而且他还是个毒虫。

最让我不安的，是安德鲁讲的那些由兴奋剂催生的发条橙故事。他说他经常打断别人的手指，还把不听话的夜店老板倒吊在七楼窗外。他在假想老黑帮电影里的场景，然而我并不知情。我被他吓坏了。有一次在安德鲁家开会，我被他吓得脸色煞白、浑身发抖。会一开完，我便飞奔到邓巴家镇定情绪。我感觉被困住了。我觉得他是斯文加利式人物[1]，耍手段控制我。但控制总是相互的，有弊也有利，好几年后我才意识到他是个甜心。

《答案在风中飘》上市后，我转投安德鲁的合伙人托尼·考尔德。我和托尼一起做了两张非常棒的单曲唱片：《来，和我在一起》(*Come and Stay with Me*) 和《这只小鸟》(*This Little Bird*)。它们是那段时期我的最爱。

《来，和我在一起》是杰姬·狄香农（Jackie DeShannon）为我写的。当时我正在进行第三轮巡演，神经衰弱让我苦不堪言。我筋疲力尽，想家得不行。在我们下榻的酒店，热恋中的吉米·佩奇和杰姬·狄香农就住我隔壁。《泪水流逝》的吉他是吉米录的，我们就这样认识了。我六十年代的录音几乎都有他助阵。吉米那会儿远没有后来有趣。在我看来，和杰姬搞在一起让他开始变得有趣。杰姬天生就是个有趣的人。她天生丽质，但打扮艳俗，满头烫大卷发，脂粉涂得比墙还厚。你一眼就能看出，这是个被演艺圈扭曲、挫败的女人，像一个美人被硬塞进紧身胸衣。

托尼以他一贯尖刻的口吻对吉米和杰姬说："别成天就知道操，操完后为什么不给玛丽安写首歌呢。"

然后杰姬写了。

---

1 Svengali，控制别人思想并令其作恶的人。

我身体里的某一部分总想着逃离，所以我被《这只小鸟》吸引住了。歌词来自田纳西·威廉斯的戏剧作品《俄耳甫斯降临》(*Orpheus Descending*)。那是一段著名的台词，关于一只迎风而眠的鸟儿，一辈子只触地一次，那一次就是它死的时候。约翰·D. 劳德米克（John D. Loudermilk）把它拿过来谱上了曲。真是有趣，田纳西·威廉斯已经深深渗透进我们的文化，然而我们谁都没注意到！

但最终，对于我应该做什么，托尼和安德鲁一样没了主意。托尼只是更把心思放我身上。毕竟，安德鲁还是滚石、克里斯·法罗（Chris Farlowe）和赫尔曼的隐士们（Herman's Hermits）的经纪人。我离开安德鲁让他既受伤又不解。但我不愿被视作滚石的附属品，对媒体已经把我称作他们的女友、他们的这个、他们的那个感到不快。我和他们中的任何一个都没怎么说过话。我想和安德鲁的王国保持距离。

一九六五年春天，我开启了下一轮巡演。又是典型的排行榜金曲乐队混搭：格里与领头羊、奇想、吉恩·皮特尼（Gene Pitney）、阳刚男孩（The Mannish Boys）、我和我的吉他手乔恩·马克（Jon Mark）。阳刚男孩的主唱叫大卫·琼斯，也就是后来的大卫·鲍伊。

我和美国摇滚歌手吉恩·皮特尼一同巡演，兴许是为了和安德鲁走得近些。吉恩是安德鲁的朋友，在滚石乐队几次录音期间常来一起混，给米克和基思上了两周吉恩式写歌课。跟安德鲁拆伙后，我总感觉这么做不太好，所以就以这种怪异的方式应对。没想到吉恩是个彻头彻尾的浑蛋。

但他太会做爱了！我发现了一块新大陆，第一次发现性爱那么有趣。

奇想的几位非常哥特，巡演期间一声不吭。那支醉醺醺、闹哄哄的奇想是后来的事。他们焦躁易怒，互相嫌恶，彼此间充斥着紧张兮兮的伦敦气氛，不像来自北方的冬青树那么温暖友好。而在一片紧张的伦敦气氛中，还有一个美国来的摇滚歌手。太奇怪了。这是我经历过的最混搭的巡演之一。

和所有这些怪客为伍，唯有将其视作社会学研究才能勉强应付。所有这群野人中，吉恩是最有趣的那一个。我从没见过他这样的男人。他绝对是你所能想象到的最自命不凡、最自鸣得意的男人。他也特别严肃，不苟言笑，我觉得这一点非常迷人，非常美国。我此前仅仅接触过两个美国人——安德鲁的古怪朋友菲尔·斯派克特和杰克·尼切（Jack Nitszche）——但这两位像是来自外太空的生物，戴大墨镜，嗑安非他命。不管怎样，他俩从不开口说话！

我和吉恩的最后一夜令人捧腹。当时巡演即将收官，我俩从伯明翰坐大巴回到伦敦，走进我和玛丽·艾伦合租在骑士桥街的公寓。那是一个寒冷的冬夜，然而我床上还铺着爱尔兰纯亚麻床单。我的朋友们都大惑不解——夏天睡这种床单可凉爽了，但大冬天睡上面能把人冻死。屋里冷极了，又没装空调。但我能抗冷。我在阴冷的火盆公园长大，再冷都不是个事儿。

我们脱光衣服——我永远不会忘记可怜的吉恩——他飞快地滑进被窝,岂料美丽的爱尔兰亚麻床单此刻犹如一层薄冰。他一蹦三尺高,在屋里跳来跳去,像身上着火了一样。太逗啦!

在寒冷的冬夜,棉床单配热水袋才是王道,但我永远不会来这一套。热水袋是给老年人暖被窝用的。我知道美国人家里有电热毯,但他在我的床上暖不暖和,不是我该操心的事!

巡演结束,吉恩回到了康涅狄格州,我再也没有见过他。不久前,在母亲家,我打开一个旧行李箱,赫然看到多封他寄来的信件和紧急电报。其中一封这样写道:"我知道你才十七岁,我二十四岁。"所以他也是个孩子。二十九年后才读到这扎尘封已久的书信,感觉好奇怪,有些感伤,又有些释怀。我被他描述成一个没有安全感的小女孩,生活在母夜叉的羽翼之下。"我确信你母亲不会给你看这些信,如果它们被她校阅过的话。""我没和你电话道别,是因为女男爵。"仿佛我母亲是个蛇发女妖,盘绕着护卫着我的闺房。也许她的确是,所以它们迟来了二十九年。

有那么短暂的一刻,我满怀欣喜地以为我能摆脱流行歌手的梦魇了。新锐导演安东尼·佩奇(Anthony Page)邀我出演约翰·奥斯本(John Osborne)的新剧《不可接受的证据》(*Inadmissible Evidence*),和尼科尔·威廉森(Nicol Wiliamson)演对手戏。角色很重要,而且要求并不高(大多数时候我都是背对观众）。我狂喜不已："我的天哪，我要做我真正想做的事了！"但刚刚燃起的希望立刻就被托尼·考尔德浇灭了。他不让我接这部戏。诠释约翰·奥斯本创作的剧本，登上皇家宫廷剧院的舞台是何等荣幸，然而他对此并不关心。他只关心如果我中断马不停蹄的巡演，他会损失多少钱。我出演该片的片酬是周薪十八英镑，这也让他感到不安。

我不得不对皇家宫廷剧院的来人说不。那是个糟透了的夜晚，我的心都碎了。把人送走后，我还得去参加一场愚蠢的《各就各位，预备，跑！》派对。

米克·贾格尔也在派对现场，他向来不胜酒力，已经喝得烂醉如泥。他试图引起我的注意，但我心里难过得很，一句话也不想说。我像以往一样对他置之不理，假装没看见那些挤眉弄眼和意味深长的凝视。所以他径直走到我跟前，挥动着手中的香槟，以安德鲁式的装模作样的语气说："宝贝儿，太久没见了！"

"是吗？"我冷若冰霜地说。

这只能进一步激起他的顽皮。我穿着晚装，胸口开得很低。他越贴越近，仿佛打算把杯中酒顺着我的乳沟往下倒。真幼稚啊，但为了引起我的注意，他唯有出此下策。

我已经够沮丧了，他居然还朝我的乳沟里倒香槟！我忍无可忍，遁入隔壁的影棚。我想单独待会儿，远离所有的荒谬。漆黑宁静的棚里，基思·理查兹在弹钢琴。忧郁、强烈又安静无比。那时候的基思从不说话。我在暗处站了很久,静静地听他弹奏。

《这只小鸟》推出后,我又弃托尼·考尔德而去,转投格里·布龙(Gerry Bron)。格里是个乏味无趣的犹太裔经纪人。我受够了那些迷人的家伙,就想要一个胖胖的小老头,最好还是个戴眼镜的秃头。关于叮砰巷[1]的好莱坞电影里的经纪人。安德鲁、托尼和他们的整个团队年轻得让我心里发慌。安德鲁也就大我两岁。我想要一个更成熟的经纪人。我觉得年龄和判断力成正比。但我大错特错!格里·布龙是个蠢货,他接管我后,我沦落到在最愚蠢最低档的酒吧表演。真够叮砰巷的!

多年来,我跟安德鲁、托尼和格里之间讼争不断。

> 本合同中提到的"服装及配饰"除应包含通常所指的服装及配饰(内衣除外),还应延伸至帽子、手套、女鞋、手包、围巾等等。

谎言、欺骗、怪诞的合同、狡猾的条文、疯狂的日程和拙劣的经纪人是我歌手生涯的潜台词。

最后一轮巡演的头牌是罗伊·奥比森。在北部一家偏远的旅馆,罗伊叩响了我的房门。黑色托尼·拉玛牛仔靴、黑色墨镜、黑色皮背心、黑色纽扣式领带。大名鼎鼎的罗

---

[1] Tin Pan Alley,位于纽约第二十八街的一个历史地名,十九世纪末二十世纪初曾因聚集大批音乐出版商和顶尖作曲家而成为彼时美国流行音乐的中心。

伊·奥比森。他身材高大，不同寻常，神情悲伤，像是个浪子回头的间谍。他在那儿，又不在那儿，像是把自己留在了家里，派出了他的人形纸板上路巡演。

"您好，罗伊！今晚过得怎样？"我说。

"嗯，我住六〇二号房，宝贝儿。"

我明白他的意思。开门见山，直奔主题。想睡我的不止他一个。这是巡演路上的一项老传统。巡演大巴上最大的腕儿享有车上所有女人的初夜权。这项传统一直沿袭到今天。

巡演到威根的时候，约翰·邓巴过来找我。在威根码头上，他向我求婚，我答应了。和杰瑞米·克莱德、阿伦·克拉克、吉恩·皮特尼有了一腿让我气馁。昨天我还是个好女孩，今天就开始滥交了。"我是个坏女人，是妓女，是婊子，我得结婚，去变回好女人。"

六十年代还未真正开始，"让他们想的见鬼去吧"的态度还未真正建立，兴起于六十年代的女权主义十五年后才进入我的身体。我爱约翰，想与他步入婚姻的殿堂。约翰也爱我，虽然他以前觉得我挺蠢的（我是挺蠢的）。我突然像变成了另外一个人。约翰非常了解我，他知道如果他向我求婚，我会欣然应允。我一直觉得我俩是天造地设的一对，是理想中的爱侣，因为我俩是如此相似。我们很懂对方。和他在一起时，我从未有身处异国他乡，对着一个听不懂我的话的人说话之感。我做出了一个正确的决定，和一个正确的人有了一个孩子，这是我做过的最棒的事情。

我和约翰订婚的消息在流行乐坛一石激起千层浪。这儿是无稽之谈也会成为大新闻的流行乐坛。记者问我傻得要命的问题："约翰·邓巴会唱歌吗？"救命！还有，为了抗议我的婚约，罗伊·奥比森的贝斯手在酒店里大肆打砸！我的第一个疯狂粉丝！

你一个甜心来这种地方干吗

一九六五年四月,我发现自己怀孕了。极度想要孩子的我兴奋不已。我不切实际地以为结婚生子能让我收心。事态失去控制了。这可能是我最后的机会。动荡和骚乱山雨欲来,我决心走进其乐融融却又单调无聊的家庭生活。

我发誓要做个好女人。嫁给约翰,生个宝宝,不再穿梭在男人之间。我无比渴望逃离这种混乱的人生。但是计划赶不上变化,因为四月二十六日,戴着菲尔·斯派克特式墨镜,顶着光晕般的头发,散发着反讽味的鲍勃·迪伦入住萨沃伊酒店。

那时候,迪伦完全是地球上最新潮的人。时代精神在他身上流淌。他是我的存在主义英雄,是摇滚界的瘦版兰波,是世界上我最想见到的人。我不只是他的粉丝而已,我崇拜他。

女粉丝进献到摇滚明星脚下的传统贡品是她们的肉体。我太知道这一点了。我矛盾到了极点。我告诉自己,我有孕在身,很快就要结婚……但另一个我又在心底说,约翰还在剑桥,过段时日才会回来。他不会知道的,不知道就不会受伤……所以我去见迪伦了。

我不知道自己是怎么到那里的,或许是被某种违背我意愿的力量匆匆送去的!不管怎样,前一分钟我还漫步在牛津街,后一分钟我就置身于萨沃伊酒店,惴惴不安地叩响一扇神秘的蓝色房门。当然,你会身不由己地卷入被迪伦译成密码的世界。门不再是门,它们呈现着卡夫卡式的意义,而答案就在里面。

蓝色房门后是一屋子的时髦人物、经纪人、流行歌手、民谣歌手、佛里特街[1]写手、金发妞儿、披头族和穿着燕尾服的侍者。有些人我认识,像约翰的朋友、美国作家梅森·霍芬博格(Mason Hoffenberg)和迪伦的密友、民谣歌手鲍比·纽沃斯(Bobby Neuwirth)。纽沃斯是我去年短暂的纽约之行中结识的。还有些是我在《流行之巅》上、民谣酒吧里结识的。

这是一部电影,好吧,附有字幕,甚至还有个摄制组。我的天哪,他们在拍摄一切。我穿过房间的时候,十几双眼睛像摄像机一样无声地追拍着我。我找到一个角落,试

---

[1] Fleet Street,二十世纪八十年代之前是英国多家大报社的所在地。

图从他们眼中消失。

我们席地而坐,喝酒弹琴聊天,迪伦则假装什么也没看见。他时而进出房间,时而坐下打字,时而通个电话,时而回答愚蠢至极的问题。

我和所有这些精英波西米亚人同处一室!他们在至圣所里谈论什么?天气!显然,上帝正在闲谈。

他们刚从北部过来。"连下了两天雨。"迪伦说话的方式让他的话听起来像《圣经》。不是有人告诉过我,雨在迪伦的歌词里意味着回忆吗?迪伦太隐晦了,他的一切似乎都呈现出一个乃至多个含义。他问别人要搅拌咖啡的东西,别人得愣一会儿才能反应过来。他是想要调羹吗?

这个嗑了太多梅太德林[1]的酷家伙让我手无足措。我可不想先出蠢招,毕竟他出了名地难搞。我的嗓子干得冒烟,脑子好像卡住了一样。我的意思是,万一说出蠢得令人发指的话可怎么办?伊甸园之门将永远关闭。所以我不能开口。我只是坐在那里,努力让自己显得风姿绰约。在这种玄妙的气氛中张口,听起来必然蠢气。他们非常摩登,个个都超级有范儿。他们也非常"飞"。每隔五分钟就有人走进卫生间,然后说着玄乎的话出来。我吓得要死。

我太知道他们在卫生间里干着什么勾当,虽然我从未受邀进入。我暗自发誓,总有一天,我要进入那个卫生间。"男孩专区,女孩勿进"令我感到无比不悦。我渴望成为他们

---

[1] Methedrine,一种效力很强的中枢神经兴奋剂。

中的一员,并最终打入了这个世界上最排外的男孩俱乐部!

我只能和艾伦·金斯堡一个人进行谈话。我立刻就喜欢上了他。上帝保佑,艾伦不赶时髦也不扮酷。和他在一块真令人宽慰(主要是因为他"飞"得不高)。我能和他进行正常的讨论,怎么说呢,就像是在教师休息室里进行的讨论。

刚从捷克斯洛伐克回来的他告诉我说,他被布拉格的学生推选为五月国王(King of the May)。接着他话锋一转,仿佛开始解释迪伦对垮掉派的接替。

"我第一次听到迪伦是在一九六三年。当时我刚从亚洲回来,波里那斯的查理·克莱梅尔(Charlie Clemel)放《暴雨将至》(*A Hard Rain's a-Gonna Fall*)给我听。

"'我要站在那大海上,让所有的灵魂都能看见。但是我将熟稔我的歌,在我开始歌唱之前……'当我听到这些歌词的时候,眼泪夺眶而出。我暗自心想,下一代人起来了,真叫人宽慰!一个灵魂从美国大地上升起,接过熊熊燃烧的火炬。

"我初遇鲍勃是在第八大街书店的一个派对上。席间,他邀我跟团参加他的巡演,但我最后没有去。唉!如果我能先知先觉,我会毫不犹豫地答应他。他可能会安排我和他同台献演。"

但在一九六五年,迪伦不会与任何人同台献演。连垮掉派领袖、嚎叫诗人艾伦·金斯堡都不予考虑,更别提他的前情人、民谣女神琼·贝兹了。贝兹也在屋里,据说刚赶过来。迪伦对她的出现极为不悦,虽然表面上对她还是客客气气的。信使已经把信息传递给了她——他俩的事已经时过境迁了——但她没有接收到。考虑到这位信使的特性,这并不奇怪。她希望迪伦邀她上台合唱,结果被迪伦一口回绝。尽管一脸愁容,但她看起来绝对漂亮,黝黑的皮肤散发着光泽,眼睛锐利有神。她的脸上泛着健康的红晕,和面色苍白的迪伦跟班形成鲜明的对比。

贝兹以抚琴歌唱的方式应对这敏感易怒的局面。她像是在唱挽歌。偶尔,迪伦会被她颤抖的女高音弄得心烦意乱,然后挖苦她两句。她坚持用她刺耳颤抖的嗓音唱《夜来了》(*Here Comes the Night*)和《现在去》(*Go Now*),迪伦开始抱怨。她的嗓子已经成了典雅派民谣嗓的一面旗帜,但是现在让迪伦嫌恶不已。当她高亢地唱着时,他举起一个酒瓶,慢吞吞地说:"唱碎它!"她一笑置之。

屋里气场最强的是自命为巡演经理的鲍比·纽沃斯。他亲切友好,但又令人望而生畏,是迪伦的幽灵同党。去年在纽约,他递给我人生第一支大麻烟。纽沃斯和迪伦就像一对双人芭蕾舞搭档,人们容易将他俩搞混。但纽沃斯才是最辛辣、最毒舌的那一个。迪伦恶毒的一面我没有见到,传说中的风趣幽默我也没有见到。他没有约翰·列侬那般刻薄而有趣。他多变、困惑、脆弱,一副弱不禁风的样子。

和我来自同一个星球的除了艾伦·金斯堡,就只有纪录片导演彭尼贝克了。他在拍摄迪伦此次英国巡演的纪录片《别回头》(*Don't Look Back*),它将记录并巩固迪伦的传奇。

迪伦王的宫殿里暗涌着互相较劲的嗡嗡声和争强斗胜的噼啪声。除了金斯堡和彭尼贝克，没有人向别人自我介绍。一股寒意在空中弥漫，像《瘦子之歌》（*Ballad of a Thin Man*）里的场景。不知什么时候，我崇拜的贝兹抱起吉他，唱起了《泪水流逝》。我被深深地打动了，这是我听到过的最好听的一版，和我的版本风格迥异！民谣版《泪水流逝》，听起来就像她的录音室专辑。

贝兹诠释这首歌的时候，彭尼贝克转向我，用朴实的美国中西部腔说："哎呀，我知道这首歌。"

"噢，事实上这是我的歌。"我被整个场景吓住了，都没想到来点儿讽刺的话。

"我的天，我不知道呢。"彭尼贝克说。

"当然，你是玛丽安·菲斯福尔。"有人插了一句。

"我是吗？"

所有人都笑了。我在萨沃伊酒店待了两周，就说了这一句俏皮话。

迪伦的漫谈最引人注目。它们是意识流的思想碎片，是大嗑安非他命后的产物。我根本无法适应。我伦敦的朋友们抽哈希什[1]。我们在乔治亚风格的房间里一坐就是几个小时，四周一片寂静，除了唱机犹如缺席的上帝，旋转着传递深奥睿智的信息。在这些令人昏昏欲睡的降神会上，迪伦永远是神圣的经文。听完《乔安娜的幻象》（*Visions of*

---

[1] Hashish，印度大麻榨出的树脂，以棒状、杆状或球状物的形式存在。

Johanna）或《瘦子之歌》，你还需要说什么？这间屋里充斥着相互碰撞的奇妙意象，荒谬与滑稽濒临神秘和深奥的边缘，最后全部混在一起，变成一个特大笑话。

迪伦给人以生硬粗鲁之感，是因为他对一切问题都以隐晦模糊的方式应对。他对蠢货没有耐心。记者的直接询问让他感到恼怒。他不想表现得失礼，所以会说些骗人的鬼话。当被问及是否自命为诗人时，他说："我还是拿不定主意做异教徒还是音乐家。一开始我想成为前者，随后，砰，我又想成为后者了。我都要被逼疯了。"

迪伦日复一日地猛敲雷明顿打字机的键盘。他曾把一卷英国厕纸卷进打字机，说刚好是歌词的宽度。有点儿向杰克·凯鲁亚克致敬的意思。他弓身伏在黑色雷明顿上，香烟耷拉着垂在嘴边，一个昭然若揭的狂热艺术天才形象。闲谈之时，他会突然抽离，信手写出一曲歌、一首诗、一章书或一部独幕剧。让人叹为观止。他是怎么做到的？年轻的莫扎特在你眼皮底下一挥而就一首奏鸣曲！他信手创作的时候，对周围的人和事充耳不闻。他是一台会抽离、会引诱的机器。

我问他，在写什么呢？

"一首诗。一首长篇叙事诗！关于你的。"

他也迷恋我！我心中暗想。但你不会了解他的，他是个守口如瓶的家伙。没人比他更会魅惑女人。

仅仅几天过后，我便跃升为迪伦王的王妃人选。根本就没有有力的竞争对手。我是他钦点的女孩，是用于献祭的处女。迪伦的未婚妻萨拉去欧洲别的地方了。又一个黏着迪伦的女人,就像琼·贝兹和苏西·罗托洛。她们的灵魂已被吸干,因为她们触犯禁忌,和神上了床。她们被迫像幽灵一样在豪华酒店的大堂徘徊。神秘主义者迪伦的僵尸们。可怜的萨拉,从迪伦对她的简单描绘中,我只能勾勒出一个被雨水淋得又湿又脏的女研究生,写了篇关于《战争大师》(*Masters of War*)的论文,在民谣酒吧邂逅迪伦,随后与迪伦滚到一张床上,因此成了民谣摇滚圈的阿黛尔·雨果[1],被伤得体无完肤,其父母郑重考虑将其送进佩恩·惠特尼精神病院。

最终,在一个黎明,随着周围的人渐渐散去,我发现屋里就剩下我和迪伦。我曾试图避免这种事情发生,因为我怕我会控制不了局面。他坐在宽大的软垫椅子上,长久地凝视着我,我感觉自己就要溶解蒸发在这烟雾缭绕的房间里。

"想听我的新专辑吗?"他问。

《席卷而归》(*Bringing It All Back Home*),我当然知道,巡演期间我买过一张,用我的小唱机放的,最先放的一首是《伊甸园之门》(*Gates of Eden*)。每晚演出结束后,我和我的吉他手乔恩·马克必听这张唱片,就像举行某种仪式。强迫性地播放,强迫性地思考。我有种预感,将来迟早会

---

[1] Adele Hugo(1830—1915),法国著名作家维克多·雨果的小女儿,她近乎"丧心病狂"地痴爱着一个英国军官,但对方并未重视她的痴情,她在接连的打击下精神错乱,最后在精神病院里度过余生。

遇见鲍勃·迪伦。

他给我看封套,上面是他和萨莉·格罗斯曼(Sally Grossman)。萨莉是他的经纪人阿尔伯特·格罗斯曼(Albert Grossman)的妻子。他俩懒洋洋地坐在阿尔伯特的客厅里,周围摆放着几摞满载象征意义的杂志和唱片。

"你看起来非常老练,鲍勃。"

他似乎很受用,接着开始播放唱片。每听罢一首,他都要用阿巴拉契亚城里人的口音发问。

"明白我想隐晦地表达什么?知道这首歌讲的是什么?"

我慌乱不已。他会重复念叨某句歌词,重读某个词语以示强调,仿佛这样能表达它们的含义!我意识到这也是他演绎歌曲的方式。也许这就是他经常执拗地宣读自己的歌词的原因。他希望人们再听一遍!偶尔,他会说几句话,像是回应抛来的问题。"它们只是你脑子内部的快照"或者"你找到的音色有多重维度,像立体主义"。他的解释和他的歌曲一样神秘费解。但我知道我不是唯一的评注者。还有其他人坐在他的膝下,吸收着他的奥秘。

我爱慕这位诗歌王子,希望他对我好,喜欢我,而不可思议的是,这件事似乎正在发生。我犹如置身天堂。

"我在一间密室里!一个私人听众和尊贵的时髦殿下!鲍勃·迪伦在跟我解释他的歌!"我满脑子想的都是这些。

但我知道自己要为此付出代价。

他真的极富吸引力，我倾慕他的一切。前朋克发型、瘾君子墨镜、黑色皮夹克、西班牙皮靴、完美的裁剪式样、瘦弱却有力的身板，神秘又费解的言谈！我在伦敦就没见过这一款。他太有魅力了。他让我有点儿……望而生畏。

我骨子里还是个女修道院学校的小女生，天真幼稚，谨小慎微。我极其害怕被人撕下伪装老练的假面。吉恩·皮特尼那款要容易对付得多，他要的就是性，我能给！但迪伦这种太可怕了，像某位天神从奥林匹斯山上下来勾搭我。我想勒达[1]一定感同身受。

对我来说，性关系是道难题，尤其当对象是神时。我本能地感到焦虑不安。碰到让我不能自已的男人，我会失去自我。我对性爱、才华、名气、时髦的恐惧越积越高。我害怕当所有这些一起涌来时，我会消失殆尽。我在幸福的爱慕与可怜的怯懦间举棋不定。最后，我猛地冲向可怜的怯懦。

猝然间，他发飙了。你为什么要欺骗我的感情？

我吗？欺骗感情？我连究竟发生了什么都不知道，更别提欺骗谁的感情了！我甚至都没有明确拒绝，只是故意躲开他。我目瞪口呆地看着他冲着我咆哮。

"你怎么能这么对我？"

"我没对你做什么，鲍勃。"

然后，一头金发、穿着皮夹克的我说出了最不该说的

---

[1] Leda，希腊神话中廷达瑞俄斯的妻子。宙斯醉心于她的容貌，趁她在河中洗澡时，化作天鹅与她亲近。她因此怀孕，生下美人海伦。

真相:"我怀孕了,下周结婚。"

他毫无征兆地变成了侏儒怪。他走向打字机,抽出一沓纸,将它们撕成碎片,撒进废纸篓。

"现在满意了吧?"他问。我在目击天才发脾气。

他气呼呼地冲出房间,我呆若木鸡地坐在椅子上。片刻之后,他怒气冲冲地走了回来,要撵我走。

"出去!"

"你说什么?"

"这是私人房间!给我消失!立刻!"

最令我难过的,是我没能读到那首诗。他是撕掉了那几页,但他能把想法撕掉吗?或许那些想法最终变成了歌词?

当然,"这首诗,关于你"是坏坏的创作者勾引小女孩的典型伎俩。米克永远在说:"噢耶,这首歌写的是你,亲爱的,是你的歌,宝贝儿。"还有比这更奉承的话吗?

最搞笑的是艾伦·金斯堡跟我说,迪伦的绝大多数歌曲写的都是他。嗯,我保持缄默。"是的,艾伦,《就像一个女人》(*Just Like a Woman*)写的就是你。"真的。

我眼泪汪汪地离开迪伦一周后,未来的迪伦夫人萨拉回到了他身旁。他非常高兴。但她不会扫了我的兴。我再度出现在萨沃伊酒店。我是不会从地表消失的,尤其是被人要求消失时。不管怎样,我想看看她长什么模样。她表现得像是迪伦夫人,迪伦则像是"她的热烈情欲的受害人"。她绝不是拉斐尔前派画家笔下的痴情幽鬼,她和大理石一样坚实。她话不多。她不需要话多。

萨拉回来后,吸毒的景象冷却了一点儿。但迪伦还是大肆嗑药,不管她在还是不在。

迪伦对苏格兰民谣歌手多诺万十分感兴趣。他放起了多诺万的《追风》(*Catch the Wind*)。我觉得迪伦喜欢这首歌的词,虽然每个人都说它的旋律偷自迪伦的《自由的钟声》(*Chimes of Freedom*),但是迪伦并不在意。有一天下午,他决定请多诺万过来。

"有个民谣诗人,你一定要听,叫多诺万。"他对金斯堡说。

"你真觉得他有些能耐?"

"老兄,他是个诗歌天才。我希望你会会他,然后告诉我他是诗人还是卓别林。"

艾伦·金斯堡是试金石。

几天以来,媒体的提问令人不胜其烦。"多诺万是英国的鲍勃·迪伦吗?"一定是在开玩笑。所以迪伦决定跟他开个玩笑。

我们人手一个佐罗面具,是参加一个圈里的活动时发的。迪伦说:"伙计们,我们得戴上这个恭候多诺万。咱们来戏弄他一把。"所以我们都戴上了。

当晚,鲍比·纽沃斯打开门,先是一个卷毛小脑袋探进来往里偷看,然后是三四个长发蓄须、穿着羊皮夹克的男人推门而入。他们是多诺万的跟班。多诺万神采奕奕地走了进来。他是个可爱的小个子,像个快乐的小精灵,一点儿也不像迪伦。他对我们脸上的佐罗面具装作视而不见。他一定觉得有点儿奇怪，但他没有表现出来。这是迪伦王的宫殿，他不想搞砸。也许这是迪伦的怪癖之一，也许这是迪伦和他的臣子们的行为方式。饭前要洗手，饭后要戴面具。完全可信！这是鲍勃·迪伦，一切皆有可能。

多诺万和我们一样席地而坐。彭尼贝克急切地想要拍下这一幕，但迪伦示意他别去拿摄影机。

"不不不，现在不行，伙计，"接着他转向多诺万说，"嗯，多诺万，不给我们来一首？"

多诺万抱起吉他弹唱起来。我的天哪，我永远忘不了那一幕。这是我见过的最令人尴尬、最惹人发笑的一幕，因为他弹的是迪伦的《小铃鼓先生》（*Tambourine Man*）。旋律完全就是《小铃鼓先生》，词是他重填的！"噢，我亲爱的橘子眼睛……"迪伦啼笑皆非，纽沃斯捧腹大笑，其他人则忍住不笑出来。他们全知道《小铃鼓先生》出自迪伦新专辑《席卷而归》，只有多诺万和他的巡演经理吉普·米尔斯（Gyp Mills）还蒙在鼓里。

"女孩，你会不会和我漫步于我的彩虹路……"多诺万继续唱道。

焦虑的情绪在屋里蔓延，我们都不知道接下来会发生什么。

"你不用再唱了。"迪伦终于喊停。

多诺万一脸困惑地放下吉他。

"事实上，这首歌出自我的手笔。"迪伦说。

多诺万惊呆了。我的天，他惊慌失措。这个可怜的家伙差点儿被惊死。彭尼贝克后来说："这家伙的演出曲目里立马少了一首歌。他这辈子都不会再唱这首歌！"

"我不知道这是你的歌，老兄。我在，在一个音乐节上听到的，我以为是首老民谣。"多诺万解释道。

"不，现在还不是老民谣。"迪伦说。

这时，多诺万的一个小矮人跟班拿起吉他唱了起来，他一定听到了"老民谣"三个字。他是个爱尔兰民谣歌手，唱的是夜晚的麦田、咸咸的盐水、泥煤的诗意，诸如此类。我喜欢这些传统民谣，但它们在民谣音乐节上已经被唱烂了。

他一定认为迪伦是个民谣歌手或依然是个民谣歌手。他没意识到站在他面前的是新迪伦。除了琼·贝兹外，没人在这儿唱民谣。那是老套的东西。乡村音乐是迪伦和纽沃斯的新宠。纽沃斯说："乡村乐是最后一个可供我们抄袭的正宗货。"

爱尔兰人唱得没完没了，迪伦烦透了。想了解迪伦的厌烦程度，看他左脚的抖动频率就是。抖得快，说明感兴趣；频率变慢，说明兴趣大减；悬在那儿不动，说明他的大脑已经入睡。

尽管外表时髦新潮，年轻的迪伦在许多方面都非常幼稚。他饱读诗书，但都是有选择性地阅读。他迷恋诗人兰波、弗朗索瓦·维庸、洛特雷阿蒙，但对维克多·雨果和华莱士·史蒂文斯闻所未闻。文学史对迪伦来说是一块压缩木，层与层之间紧密压叠,以至于莎士比亚、托马斯·哈代这样的文豪似乎成了当代作家。

迪伦说话的逻辑很怪异。他说:"如果文字押韵,就意味着同样的事情。"我越想越觉得有道理,如果是在文字尚未出现的古代。这是他对文字考古学的诗意推理。他的话大多是不假思索地信口说出。他擅长即兴发挥,但有时会出岔子。有一天下午,他努力跟一个女记者解释他的实验小说《塔兰图拉》(*Tarantula*)。这本书当时还未出版。他说他运用了威廉·巴勒斯和布里昂·基辛的写作技法——剪裁法[1]。

"那是什么?是一种文学理论吗?"女记者很感兴趣。

她显然没听过这个词。迪伦拿起一把剪刀和一份《每日电讯报》,边剪边解释。但当他开始拼接报纸碎片时,他发现他没了主意。

"你要嫁给哪个家伙?他干吗的?"为了转移话题,迪伦转过来问我。

"他是个诗人。"我说。

"噢,他是个诗人,他有写诗执照吗?他写哪种诗?像史摩基·罗宾逊[2]那样的诗人?还是像耶利米或拳王阿里那

---

[1] Cut-up Technique,"剪裁法"实质上就是蒙太奇手法,起源于达达主义运动,而后在二十世纪五十年代,威廉·巴勒斯和布里昂·基辛将它广泛地运用到通俗文化和现代文学的意象中来,使其成为一种有力的艺术工具。

[2] Smokey Robinson(1940—),美国传奇灵魂乐歌手,前奇迹合唱团核心成员,曾长期担任摩城唱片副总裁。

样的诗人？他会写关于活动扳手、自动闹钟和黑人肥妈的诗吗？"

"不，不是的，他更多是——"

"嗯，他不是诗人。不会写关于那些东西的诗，就不能算作诗人，因为……"

他提高音量，激动地抨击可怜的约翰。此时此刻，约翰·邓巴就站在雨中的萨沃伊酒店外面。

"你为什么不自己问他，他就在外面。"我说。

所有人都凑到窗户前，想看看我是为了什么样的人拒绝了鲍勃·迪伦。他们七嘴八舌地打趣我的约翰。"为什么不朝他脑袋扔个酒瓶？"诸如此类的胡扯。

最终，迪伦和约翰狭路相逢。约翰的朋友、民谣歌手罗里·麦克尤恩（Rory McEwan）为迪伦开了场派对。罗里家的房子很美，这场派对也美极了。约翰从剑桥赶来参加，他戴着角质框眼镜，穿着花呢夹克，口袋里塞着一份《卫报》。迪伦等着这一刻的到来。

"见鬼，他就是一个该死的学生。你想嫁给一个学生，你图他什么？他这款我了解，一辈子当学生的命。"迪伦说。

"但是鲍勃，我就想嫁给这个学生。我爱他。"

"你怎么能把一个眼镜男当回事？只有殡仪业者、大学教授、老奶奶和近视眼才戴眼镜。他是个书呆子，呆子里最糟的一种。"

迪伦一本正经地说我嫁给约翰是犯了天大的错误。他或许是真诚的，但我认为他只不过是想睡我。

一九六五年五月九日,迪伦迎来了本轮英国巡演的重头戏暨收官之演——他的皇家阿尔伯特音乐厅音乐会。因为萨拉来了,所以迪伦安排艾伦·金斯堡陪我同往。艾伦友善极了,他说:"嘿,我怎么可以这么好运!上流社会的生活啊,金发美女陪着,豪华轿车坐着,伦敦的音乐会免费看着。"

我们在包厢里看的演出,那可能是我第一次见到安妮塔·帕伦伯格(Anita Pallenberg)和布莱恩·琼斯在一起。他俩吸了LSD,在音乐厅里来回徘徊,衣服上饰有腰带、丝绸和羽毛,像是从夏尔·佩罗的童话故事里走出来的。

迪伦总是很紧张,表演时尤甚。翌年,他回到英国表演,却和从前判若两人。这次他有乐队助阵。他开心极了,一蹦一跳的。以前多闷啊,一个人孤零零地弹着原声吉他悲诉。他在英国遇到的所有乐手都有自己的乐队。英国摇滚乐让迪伦心醉神迷,这也是他来英国巡演的原因之一。动物(The Animals)、曼弗雷德·曼恩(Manfred Mann)、布鲁斯破坏者(The Bluesbreakers)、漂亮玩意(The Pretty Things)、披头士、滚石。所有这些让生活充满乐趣的男孩俱乐部。

演出结束后,我们回到酒店,来到阿尔伯特·格罗斯曼的套房。格罗斯曼主持御前会议。毫无疑问,摇滚帝国的皇储是鲍勃·迪伦。滚石和动物的坏男孩们温顺地坐在沙发上。他们是来表达敬意的,还有披头士,他们也来向迪伦致敬。

虽然我跟约翰和保罗熟,但和整支披头士会面永远有点儿煎熬。除了超凡的名声外,还有利物浦口音的纠缠不休。他们会互相纠缠,但更多是纠缠别人。他们圈子里的新人都得准备好迎接他们的恶语相加。他们会考验、奚落还是完全无视你,你不得而知。

迪伦走进披头士待的房间。他们四个坐在沙发上,全都紧张得要命(仅此一次)。约翰·列侬、保罗·麦卡特尼、乔治·哈里森、林戈·斯塔尔全都默不作声。他们在等待迪伦传递神谕。但迪伦只是坐下打量着他们,仿佛他们是在火车站候车的陌生旅客。

纽沃斯用小指顶着气球穿过房间,所有人都扭头看他表演。一帮百万富翁围坐着看那么大一人玩气球,就像一群孩子在马戏团看表演。多么有趣的画面!我心想:"天哪,我居然把这些可怕的小男生当作神?"

这时艾伦·金斯堡走了进来,屋里变得更加安静。矛头瞬间指向了他,但他并不在意。他没有试图保护自己的尊严,反而故意让自己成为众矢之的。他走向迪伦坐的椅子,重重地坐在扶手上。空气中充满了对艾伦的敌意,气氛越来越紧张,最后,随着列侬一声怒吼,沉寂被打破了。

"为什么不坐近点儿,小宝贝儿!"

列侬是在暗讽艾伦暗恋迪伦。他想给艾伦一个下马威,没想到艾伦泰然处之。毕竟,这差不多就是事实。艾伦大笑了起来,把屁股从扶手挪到列侬大腿上。列侬和妻子辛西娅坐在沙发上。

"读过威廉·布莱克吗,年轻人?"艾伦抬头看着他问。

"没听说过。"列侬面无表情地答道。

"噢,约翰,别撒谎。"辛西娅责备道。

气氛一下子缓和了。

"演得不错,老兄。"列侬说。

迪伦坐在椅子上来回摇摆,说:"他们不爱听《没事的,妈》(It's All Right, Ma)。"

"也许他们听不懂,这就是超前的代价。"列侬说。

"也许吧,但我只超前了二十分钟,所以不会超远。"迪伦说。

迪伦对披头士兴趣不大,除了约翰·列侬。迪伦非常喜欢列侬,爱跟他泡在一块儿。保罗完全被迪伦冷落了。保罗带来了一首他制作的小样,里面有各种电子和失真,在那个年代非常先锋。保罗脸上写着骄傲的神情。他热切地把小样放上唱盘,期盼着得到回应,但迪伦居然拂袖而去。难以置信。保罗的表情极为可笑。滚石也被迪伦晾在一边。迪伦都没正眼看过他们,仿佛他们是空气一般。

一九六五年五月,在剑桥,我嫁给了约翰·邓巴。我十八岁,他二十二岁。我和约翰外出采摘野花,约翰给我采了一大束山楂花。枝干上有长长的黑刺。白色的山楂花是被施了魔法的花,虽然它们如此美丽,却象征着厄运。它们适合覆盖在我妈的棺材上,不适合在我大喜的日子戴在头上。当然,野花很美丽,这是美丽的一天。约翰很棒,尽管迪伦把他说得一文不值。

《剑桥新闻晚报》刊载了我们成婚的消息,是个小豆腐块。"约翰说玛丽安会继续唱下去。"看起来好蠢,所以我记忆犹新。报纸上的一切看起来都很蠢,但我敢肯定他真这么说的。他知道他有了只会下金蛋的鹅。再也不用去上班啦!嗯,这是每个有自尊心的波西米亚人的夙愿,不是吗?

  一九六五年十一月十日,我的生命之光降临人世。我看着尼古拉斯,想知道一个如此纯洁的小生命怎么会闯进一个如此残酷的世界。尼古拉斯凝视着我,他的眼睛里有一个老灵魂。他知道答案,但他不说。

科特菲尔德路

我来到布莱恩·琼斯和安妮塔·帕伦伯格的家，抽了两根大麻烟，然后出发去罗伯特·弗雷泽（Robert Fraser）的画廊。这是一九六六年的夏天，但对我来说是公元元年。我被布莱恩和安妮塔收留，他们位于科特菲尔德路的公寓成了我的第二个家。我试图直奔画廊而去，但视线所及皆是令人分心之物。孟加拉人叫卖着带有魔法符号的围巾，一对穿着伊丽莎白一世时期衣裳的卖艺人奏着手摇风琴，敲着小鼓，两个骗子兜售着高仿碧玛塑料手链。哈罗兹百货商店像豪华邮轮般赫然耸现，沃顿街上诱人的时装店鳞次栉比，橱窗里五光十色，迷你裙、黄铜耳环、亮片晚礼服、长筒高跟靴、皮毛长围巾……一切都是那么时尚，那么闪闪发亮，那么令人眼花缭乱！

我抑制着走进每一家商店购物的天然冲动。当然，我在四十五分钟内花掉几千英镑的禀赋让约翰感到不寒而栗。他从来都无法理解无节制之美。可怜的宝贝儿。回首过往，我发现巡演愈糟糕，一路上交集的人愈讨厌，我便愈会花光口袋里的每个子儿。

嗯……哪儿铃声大作。是我脑子里？天哪！现在几点了？已经五点半了？不，不，不可能……早上那两个昏昏沉沉的采访。天哪，我真对BBC说了汤姆·琼斯（Tom Jones）是来自阿伯里斯特维斯的狼人吗？我怎么不经大脑思考就脱口而出呢？他们会觉得我是个疯婆子！喔，谁又他妈在乎呢？

街对面有人在向我招手。谁啊？噢，格里。我的经纪人格里·布龙。"什么？亲爱的，我听不见。"天哪，最好能躲进衣服堆，试穿那件天鹅绒珍珠服。明天要上《各就各位，预备，跑！》。反正已经晚了，管他呢……

一九六六年夏，空气中涌动着"把它涂黑"的狂热气氛。布莱恩和安妮塔的公寓里，举行着堕落先知、摇滚太子和时尚贵族的名副其实的巫师会。到处都是剥落的油漆、衣服、杂志和报纸。一只喂饱了的站在电吉他音箱上的怪诞小山羊、两株巨大的绢网向日葵、一只摩洛哥小铃鼓、一盏用围巾松散地盖着的灯、一幅象形的恶魔肖像画（布莱恩的？）、一条高雅地搭在一把旧扶手椅上的腿——我猜是罗伯特·弗雷泽的。布莱恩穿着金雀花王朝缎子衣服，用一双茫然失神的眼睛盯着我们。基思低头垂肩地斜靠在一张破沙发上。维罗纳人的手势专属于优雅的古董商克里斯托弗·吉布斯(Christopher Gibbs)。摄影师迈克尔·库珀(Michael Cooper)手持单反相机,盘旋在整个场景上空,若隐若现又无处不在。正中间,是邪恶的安妮塔,像火焰之巢里的凤凰。我坐在摩洛哥地毯上,用恍惚的眼神抬头看着他们。

一次放荡不羁的守夜,守着令人兴奋的二十世纪六十年代中期伦敦的夜。自查理二世复辟后,醉人的时髦、颓废的味道和精致的裁剪首次浮现。我们年轻、漂亮、富有,而潮流正朝着于我们有利的方向发展。我们将改变一切,当然,最主要的是改变规则。和父辈不同的是,我们不必为了赞同疯狂的成人世界而放弃朝气蓬勃的享乐主义。

我和这种气氛太相投了!我和成年人难以相处。他们到底是什么?我曾研究过他们,并错误地认为我将成为他们中的一员。以我对母亲的观察,成年人的最大特点是抽烟和饮酒。学会这两样对我来说完全不成问题(我学什么都快)。把我难倒的是其他几样:性、钱、社会生活、为人父母。

在我应该迈向成人行列的时候,我还是像个孩子。发生在我身上的一切,都像是发生在一个孩子身上。我在努力长大,可情况就像小孩子在玩过家家。修道院女孩在厕所里读禁书,波西米亚人、明星、妻子和母亲初长成。十七岁到十九岁之间,我满不在乎地去除旧的长出新的,就像一个孩子从一个游戏玩到另一种游戏。只要认真地追求，幸福的生活理应向我招手。但又一次，我对幸福不感兴趣。我在寻找圣杯。

一九六六年的夏天，我开始搜寻我的下一个化身。我对任何迹象都很警觉。与我幻想中的生活有一点儿相像就行，而科特菲尔德路显然够格。自打进入女修道院学校后，我的秘密英雄就是堕落者、审美家、浪漫主义者、波西米亚人和瘾君子。我如饥似渴地阅读托马斯·德·昆西、阿尔加侬·查尔斯·斯温伯恩和奥斯卡·王尔德的著作。我骂自己生得太晚了。我知道在某个地方（切尔西区可能性最大），有一群志同道合的灵魂。最终，我在布莱恩的圈子里找到了他们。

摩登贵族、无精打采的半桶水艺术迷、毒品、漫无边际的知性闲聊和超乎寻常的顽皮。我上道了！克里斯托弗·吉布斯像是苏醒过来的王尔德式审美家，直接从《道林·格雷的画像》[1]里扯出来的。他们都有点儿像是——画廊老板罗伯特·弗雷泽、贵族出身的模特经纪公司头儿马克·帕尔默爵士（Sir Mark Palmer）、吉尼斯黑啤酒的继承人塔拉·布朗（Tara Browne）。这帮十九世纪末叶的国王路时髦男士听史摩基·罗宾逊的唱片。而且克里斯托弗和罗伯特还是同志，这让一切更显夸张。

在科特菲尔德路，我开始了解安妮塔·帕伦伯格。你

---

[1] *The Picture of Dorian Gray*，英国戏剧家、小说家奥斯卡·王尔德创作的长篇小说。

没法儿想象她有多不可思议！她是我这辈子见过的最不可思议的女人。漂亮、魅感、令人目眩神迷、让人心神不宁。她的微笑，她的利齿！能将一切夷为平地。她令身旁的女人形同空气。她的话语古怪得令人困惑，意大利语俚语、德语俚语和伦敦土话混在一起，把句法结构扭断成超现实的碎片。听她说上两句，你会无可救药地茫然无措。天哪，她刚才说的是什么？她要么在逗你，要么在颁布德尔斐神谕。这是她邪恶魅力的一部分。

我完全受制于她，会为她做任何事情。当我告诉安妮塔我是多么爱她时，她点了点头，就像一只看到了贡品的柴郡老猫。又一只尾巴被钉死在谷仓门上的老鼠。

安妮塔是如何与布莱恩走到一起的，真的就是滚石成为滚石的故事。借由把滚石乐队和摩登贵族集合在一起，安妮塔几乎是凭一己之力策划了一场伦敦文化革命。如同那个年代的许多事情一样，这个传奇始自一场派对。通过画家男友马里奥·斯基法诺，安妮塔和英国驻美大使哈莱奇男爵（Baron Harlech）的三个孩子——简、朱利安和维多利亚成了朋友；再通过他们，她又结识了一群年轻的贵族和富有的半吊子艺术迷。这里面包括罗伯特·弗雷泽、克里斯托弗·吉布斯、塔拉·布朗和马克·帕尔默爵士。他们都被摇滚明星冲昏了头脑。

贵族公子哥对摇滚王国很是敬畏。在这个王国里，漂亮姑娘心甘情愿地臣服于弹着电吉他、注重打扮的粗鲁青年。已经开始模仿颓废贵族做派的摇滚明星对这群年轻的摩登贵族同样敬畏有加。他们结为联盟看来已不可避免。但没人知道如何促成他们结为联盟。除了我们的安妮塔。

一九六五年秋天，滚石巡演到德国时，安妮塔恰巧在德国当模特。她畅通无阻地进入了后台，霎时间，每一位滚石都对她垂涎三尺。她奔向了布莱恩·琼斯。要么是一见钟情，要么是安妮塔无懈可击的社交直觉出岔子了。布莱恩习惯于告诉别人，他是滚石的领导者。安妮塔是外国人，也是局外人，所以信了他的话。她得意扬扬地回到伦敦，向罗伯特·弗雷泽、克里斯托弗·吉布斯他们介绍布莱恩说：他是滚石的头头儿。

滚石乐队和摩登贵族完美匹配。滚石从后者身上汲取的贵族气的颓废，完美地反衬出他们的根源布鲁斯音乐。从《乞丐盛宴》(*Beggars Banquet*)到《流亡大街》(*Exile on Main Street*)，滚石的经典专辑中无不弥漫着这种交融。他们摇身一变，从摇滚明星变成了文化偶像。

尼古拉斯降生一年后，我抑制不住地想要离家出走。我疲惫不堪，觉得自己被困住了。从在阿德琳妮·波丝塔的派对上认识安德鲁到和米克好上这三年里，我发了四支单曲和两张专辑，完成了三轮巡演，在巴黎奥林匹亚音乐厅演了六个礼拜，更不用说接受了数不清的采访，登上了《流行之巅》等等。

进入演艺圈之前，就像其他十七岁的女孩一样，我徜徉在咖啡馆和派对现场，享受着曼妙的时光。被"发掘"出来，成为流行歌手是很棒,但我总感觉错过了什么。我和约翰·邓巴是奉子成婚。在一九六四年,未婚先孕意味着奉子成婚。我们的蜜月周是在巴黎度过的,但是一点儿也不传统。那一周我们就会了艾伦·金斯堡、劳伦斯·费林盖蒂和格雷戈里·柯尔索三人。这三位满嘴俚语咒语的垮掉派干将左摇右晃地在我们房里呕吐,把廉价的玫瑰葡萄酒吐得满地都是。他们大声激昂地说着罗森堡夫妇[1]、兰波、丹吉尔和鸡奸。格雷戈里的早餐是布朗普顿混合麻醉剂,里面有吗啡、可卡因等等,喝完后,他就一头栽倒在路易斯安那酒店的地板上。

我没想过要和垮掉派毒虫诗人共享蜜月套房,这是约翰的主意。当然,感觉很不赖。我们家中的场景并无二致。每天早上,约翰都会来杯加了液态毒品的咖啡,然后去英迪卡画廊兼书店上班。书店位于一楼,画廊在地下室。

我精心装饰的爱巢成了才华横溢的美国毒虫的临时居所。当时在英国依然能合法取得海洛因,这也是这些人来伦敦的主要原因。圣诞期间,梅森·霍芬博格突然来找约翰,然后就住下不走了,我记得来年五月他还在我家,有时会嗑得昏死过去。这家伙太逗了,一肚子粗俗的趣闻逸事。他和特里·索泽恩(Terry Southern)合写了讽刺小说《糖果》(*Candy*)。

生活悄然成为梦魇。早上起来,我得跨过几个睡在客

---

[1] The Rosenbergs,罗森堡夫妇是冷战期间美国的共产主义人士。他们被指控为苏联进行间谍活动,于一九五三年被处以死刑。

厅里的家伙进厨房，一边看着沥水板上那一片狼藉，一边给尼古拉斯热奶瓶。一天早上，我把家里翻了个底朝天，把所有的海洛因药丸都找了出来（得有几百颗），然后用抽水马桶冲得一干二净。我再也忍不下去了。我已忍气吞声了两年，尽我所能地过着正常的中产阶级生活。在这个波西米亚瘾君子之家，我演的角色涵盖了母亲、天使、女友、妻子和圣母马利亚，而这个角色并不适合由我来演。我终于开始怨恨这个令人讨厌的角色。我烦透了，孤独极了，对约翰和他的瘾君子朋友们深感厌倦。六十年代正在高速旋转。我想看看外面的世界在忙乎什么。

我开始只身外出。我一向喜欢只身外出。我把尼古拉斯、保姆、约翰、约翰的毒品和朋友们留在家里，只身出去会我的朋友们。出门前，我喜欢在约翰的怒目注视下梳妆打扮。他知道他阻止不了我，但他还是会试图阻止。一天晚上，他把化妆台上的瓶瓶罐罐全都扔到墙上。这正是我离开他的主因之一！

醋意只是小因素。他火冒三丈更多是因为我大手大脚。我每次出门都会花一大笔钱。我能挣也能花，而且都花在了自己身上。我是个小气鬼。约翰的画廊破产时，我没有尽举手之劳。我表现得太不尽人情。我是一个购物狂，血拼是我第一个严重上瘾的嗜好。

夜色下，我总是先去科特菲尔德路的布莱恩和安妮塔家。基思也住在那儿，他和布莱恩是好哥们儿。基思自己的公寓在圣约翰伍德，和彼时女友琳达·基思（Linda

Keith)分手后,他每天都步行四英里来科特菲尔德路。我一直怀疑他是为了接近安妮塔。基思身上散发着独身的落寞,布莱恩和安妮塔当然会让他留宿。

科特菲尔德路公寓脏乱颓败。床垫就搁在地板上,洗碗池里堆满了脏盘子,海报摇摇欲坠。但克里斯托弗坚持要安妮塔买下它。"你得买下来,亲爱的,这房子稍微装潢一下就会焕发光彩。"很有可能。推开门,你会看到巨大的窗户、宽阔的客厅、挑高的天花板和天窗,以及一座通往吟游歌手楼座的旋梯。

但我们都知道它绝不会焕发光彩。除了多了几件家具和两个古怪的填充动物玩具(安妮塔在德国拍的电影里的道具),科特菲尔德路公寓就跟布莱恩和安妮塔刚搬进去时一模一样。

飘飘欲仙的布莱恩坐在地板上,向我们描述他戒毒后会做些什么。安妮塔和布莱恩就像两个继承了破落宫殿的漂亮小孩,穿着毛皮、绸子和天鹅绒衣服招摇过市,邀请人们前来做客。我们都席地而坐,不切实际地议论该如何治理这个国家。

房里有两个密室,这让它更具儿童游戏屋的特质。一个在厨房下面,打开活板门就能爬下去,另一个在阁楼上面,拉下金属梯就能爬上去。这是一个美妙的哥特式贮藏室,贮藏着布莱恩的衣服、书籍和火车杂志。

有那么两次,屋里就布莱恩一个人在。他优雅地挥挥手,邀请我进屋。布莱恩举止很可爱,说话低声细语的。

碰到令他感兴趣的话题，他会变得异常活跃。火车、英格玛·伯格曼的电影，一切有魔力的东西。像那时的很多人一样（包括我在内），他深信德鲁伊教纪念碑和飞碟之间有神秘的联系。透过飞行器的窗户，外星人看到标记并领会了含义。这是当地的信条：格拉斯顿伯里、灵线[1]和外太空智能生命。我忘了我们相信的是什么，但我们无比相信它！如果小绿人将要联系几个地球人，那必须是我们，不是吗？

聊着聊着，布莱恩突然开始勾搭我。我有种奇怪的感觉，觉得他不过是礼节性地勾搭我。我在他的公寓里，我是一个漂亮的可人儿，他是滚石的一员……所以嘛，他挑逗我是礼节需要。这是新式"性礼节"。我心想："噢，他勾引我呢，我应该让他得逞。"这是花之子干的事，嬉皮士的礼仪。你得跟进，不是吗？

我并不真的喜欢布莱恩，而且我真的惧怕安妮塔。但很遗憾，安妮塔人不在伦敦，而且不消说，布莱恩和我正嗨着呢。抽完几根大麻烟，听完一番我认为是示爱的话（里面涉及《飞翔的苏格兰人》、摩城歌后玛丽·韦尔斯、威廉·莫里斯壁纸和密宗艺术），我跟着他走上旋梯，进入游吟歌手的房间。我们躺在床垫上，他解开我的衣裳。但才抚摸了一会儿，他就败下阵来。他非常虚弱，没有能力做爱。当然，他嗑了许多安眠酮[2]，这让他摇晃得更加厉害。

米克偶尔会出现在科特菲尔德路。波西米亚生活让非

---

1 Ley Lines，或叫能量线，西方神秘学概念，类似我们说的龙脉。
2 Mandrax，有镇静催眠作用，是曾经被广泛滥用的精神药品。

常考究的他恐惧不已。堆满脏盘子的洗碗池可把他吓坏了，他在那儿待不了多久。米克就像是来检查工作的，看看是否一切运转正常，然后抽根大麻烟，迅速开溜。

相较于基思，米克和布莱恩对当滚石老大的兴趣要大得多。当然，谁能与基思结盟，谁就拥有了领导权。布莱恩和基思都是乐队的吉他手，所以密不可分，米克和安德鲁则在另一阵营。彼时，他们还远非未来的魔鬼陛下。他们的人格面具正从布鲁斯神话渊源和国王路贵族举止的交融中逐渐形成。不久后，一个声音会穿过云端告诉他们："你们应该是黑暗王子。"

这里最吸引我的是可以抽大麻。当时我刚开始抽哈希什，但我不能在家抽，因为大毒品沙文主义者约翰不准我抽。他们在我家里注射毒品，可我连卷根大麻烟都不行！这是一个男人的俱乐部，我不能进入。我是妻子是母亲是会下金蛋的鹅。我去曼彻斯特演出，一晚上演三场，带回真金白银的几千英镑。

科特菲尔德路公寓的娱乐活动只有一种——卷大麻烟。无休止地卷大麻烟。抽大麻在当时还很新奇，我们会抽到神志恍惚。对十八岁的人来说太迷人。每个想法无数次地自我缠绕，根本没法儿表达清楚。

晚上十点左右，饥肠辘辘的我们会晃晃悠悠地出去吃意大利面。但我们已经完完全全地晕了，能吃下去一口就不错了。我盯着精致的瓷盘，看着小龙在面条上缓缓爬行，耳边是安妮塔和罗伯特用意大利语聊着鞋和艺术。

安妮塔和布莱恩每次出门前都要精心打扮。多么壮观的景象！让我大饱眼福！他俩热衷购物，虚荣无度。大把大把的时间被花在试衣服上。穿上，照镜子，脱下；穿上，照镜子，脱下。成堆的围巾、帽子、衬衫和靴子从抽屉和箱子里飞了出来。无休止地对镜试穿和梳妆打扮。他们都很美丽，而且相貌酷似。我一坐就是几个钟头，入迷地看着他们精心打扮，试穿彼此的衣服。在这场自恋的表演中，所有的角色和性别都消失一空，安妮塔会把布莱恩变成路易十四、弗朗索瓦丝·哈迪或是镜中的她。

她非常爱他，但他俩之间有丑陋的事情上演。她的手臂上经常青一块紫一块。没人问她到底怎么了。有什么好问的？我们都知道是布莱恩干的。安妮塔不是那种会向别人吐露秘密的小女人。攸关面子问题呀，所以她就当什么也没发生过。为了表现出一个不可战胜的形象，安妮塔可以不惜一切代价。她对自己在做什么永远一清二楚。

当时我就很清楚该如何置身事外。我们都在大肆用药，你得集中注意力，否则你会走火入魔。这听起来有点儿残酷，但只要被暴打的人不是我，我就不在乎。我非常、非常专注，我自己在走该死的钢丝。

第一次见到布莱恩的时候，他的状况正在短暂性好转。但即使是在这段时间，他的脸上还是显现出劫数难逃的表情。内心的恶魔开始蚕食文艺复兴天使。

布莱恩的问题由来已久。从米克、基思和布莱恩儿时的照片就能看出端倪。小米克乐呵呵的，小基思结实强健，然而小布莱恩真叫人吃惊。他一脸痛苦无助地看着你——在他最后的日子里,我也看到了那副表情。

布莱恩状态很糟。他神经衰弱、敏感易怒、焦虑不安,一点儿小事都能让他发飙。他有事爱往心里去,为了这个那个闷闷不乐。当然,LSD让他变得更加多疑。我们在屋里欢声笑语,他在角落里瘫成一团。在安妮塔看来,布莱恩一直没能从他的第一次LSD之旅中缓过劲来。但他乐意接受恐怖,仿佛吸食LSD后,他终于可以直面自己的痛苦。

水管里的声响听起来像有人溺毙,交通噪音变成了不祥的密谈……我们对LSD的致幻效果都有所耳闻。但声称家里的电器在谋害他就不怎么酷了。这些念头没完没了地从布莱恩脑子里冒出来,拦也拦不住。他用言语表达我们每个人在想的事情。比如我在想什么!但他的话往往成为我们的笑柄。他们都在嘲弄他。

"蛇又来了,是吧,布莱恩?"基思说。

然后基思对我们低语道:"供电线路里的蛇。它们在和布莱恩说话。"

我们一阵哄笑。

可怜的布莱恩其实一点儿也不酷。他是假酷。但基思是真酷,简直酷毙了,一直酷到现在。他一点儿都没变。他长得越来越奇怪,身上也多了层亡命之徒的甲壳,但在内心深处,基思还是二十二岁时的那个基思。他有种恶作剧式的幽默感,当他吸了LSD后,这种邪恶的幽默感会变本加厉。有一次我们都在阳台上,基思在安妮塔耳边轻声说:

"跳啊,亲爱的,为什么不跳下去?"她露出一抹迷人的微笑,说:"你个小浑蛋,你想干吗?"

那时候的基思太帅,太美,太纯了。我早就深深地迷恋上他了。他有一颗我理想中的饱受煎熬的拜伦式灵魂。他无疑是个天才,那时就显露无遗。现在他不那么害羞了,但当我刚认识他时,他腼腆内向到了痛苦的地步。他也沉默寡言。米克会试图让我坐他腿上,但基思打死也不愿意做这样的事。

巡演路上,米克和基思都建立起了各自的扼要形象:米克是贵族气派的绅士;基思是虚张声势的海盗,和基德船长一同远航!

布莱恩嗑药后喜欢录小样。他会录上一整宿,到早上再抹得一干二净。

据我所知,我在科特菲尔德路公寓混的时候,布莱恩就捣鼓出一首《红宝石星期二》(*Ruby Tuesday*)。它是布莱恩的绝笔之作。他在床后面的墙上画壁画,内容是墓地。他的枕头上方是一块大大的墓碑。他没有在碑上写他的名字,但我们知道那是他的墓碑。

换作今天,你会把布莱恩这种摇摇欲坠的人直接送医院。不过老实说,当时我们压根没想过给他找医生。当然,他也不会接受。我们视自己为新时代的先锋。承认我们中的一个精神有问题,可能会危及整个儿童十字军东征。而且布莱恩又是个自我放纵、脆弱冷漠的怪物,这就更没法儿引发我们的同情了。

我记得一个特别悲惨的场景。由于科特菲尔德路公寓没有门铃,访客得扯嗓子喊开门。听到叫门声后,布莱恩和安妮塔会下来开门或是把钥匙扔下来。一天,基思、布莱恩、安妮塔和我正"飞"着呢,突然听到下面有人喊开门。不是习以为常的嬉皮式大吼:"布莱恩,开他娘的门!"而是一个男人和一个女人的悲鸣。我们跑上阳台看个究竟。

是布莱恩的前女友和她爸,还有她的两岁宝宝朱利安。她把儿子举到空中,低头跪下祈求。她在祈求布莱恩的帮助。她想要抚养费,而朱利安显然是布莱恩的骨肉。

"是你的孩子,布莱恩,你知道的。我们过不下去了,我们需要帮助。求你了!"

"为她做点儿什么吧,孩子,听见没!"她爸插进来说。

布莱恩和安妮塔低头盯视着他们,仿佛他们是低等物种。衣着华丽的贵族嘲笑着下面的无套裤汉[1]。阳台上的嘲笑声此起彼伏。太可怕了,像墨西哥民间故事里的情景。但安妮塔和布莱恩似乎很享受这一切。

---

[1] Sans culottes,法国大革命时期对城市平民的称呼。当时法国贵族男子盛行穿紧身短套裤,膝盖以下穿长统袜;平民则穿长裤,无套裤,故有无套裤汉之称。

科尔斯顿会堂

十九岁那年，比起成为米克·贾格尔的恋人，我有太多更为健康的事情可干。心碎了滴血了，最终都不再重要。或许，一段痛苦的感情里，你最有望得到的，是几首好歌。

一切都是从一次不祥的邀约开始的。布莱恩和基思邀我去布里斯托的科尔斯顿会堂看他们演出。我开着新买的野马车去了——当时威尔逊·皮克特（Wilson Pickett）的《野马萨莉》（*Mustang Sally*）刚推出不久。基思和布莱恩在后台入口等我，把我带进后台。艾克·特纳和蒂娜·特纳的夫妻档组合艾克和蒂娜·特纳（Ike & Tina Turner）当晚也要献演。在滚石化妆间外的走廊上，蒂娜教米克跳起了侧面骑马舞（Sideways Pony）。米克很会跳舞，但和蒂娜一比就相形见绌了。黑人舞步对他来说有点儿难学，就跟学芭蕾双人舞似的。毕竟，他是英国白人。

"第二拍，宝贝儿，第二拍。"蒂娜示范了几步，然后米克努力跟上。"我们再来一次。一、二、三四五……天哪！米克，你吓死我了！"

布莱恩和基思在角落里咯咯地笑。他们是来自英格兰心灵三角洲的布鲁斯乐手，而米克是个蠢货，对学舞步那么热情高涨——真正的乐手对这种秀场的东西是嗤之以鼻的。

米克一点儿也不生气。他脾气好极了。蒂娜朝米克翻白眼的时候，他把手放在头上，假装绝望地说："这意味着我下辈子成不了黑人吗？"

"你真想成为黑人？"蒂娜说。

艾克和蒂娜上台后，我站在后台，注视着正在注视蒂娜的米克。我决定到第一排去看。一股巨大的能量扑面而来！精准的放克乐像来自热带的热浪般剧烈迸发，袭击着这座沉闷的港口城市。观众们喜欢艾克和蒂娜。他们感受到了热力，扭动了起来，摇摆了起来。

接下来，滚石乐队粉墨登场。完全是另一回事。观众的热情被彻底点燃了！能让观众陷入疯狂的乐队我见过许多，但眼前的疯狂景象我前所未见。完全在另一个级别。更邪恶，更狂热，也更骇人。

《我是蜂王》（*I'm a King Bee*）的第一个音符甫一奏响，一阵阵可怕的号叫就从数千疯魔的青少年嘴里发了出来。姑娘们的瞳孔开始扩张。她们站到座位上，拉扯自己的头发,控制不住地颤抖,像被什么奇怪的药物驱使似的。他们患上了集体歇斯底里症。米克毫不费力地进入他们的内心,把里面那根嫩枝啪地拗断。米克在他们的地球仪上准确找到了北非的位置。这是一场只有真正的信众才能深刻理解的仪式,而我是一个异教徒。我晕头转向,不知所措。我在突尼斯的海滩上,被食人族顽童团团包围。我恍若置身于"魔童村"[1]。但我感觉不到危险,因为他们对我视若不见。他们想要生吞活剥的人不是我,是米克。米克是他们的狄俄尼索斯。他是舞蹈之神。

当滚石的其他成员像复活节岛雕塑般纹丝不动地站着时,米克在台上急速旋转。线条优美的弗兰肯斯坦[2]晃动着、颤动着、抖动着、扭动着,像一只每隔几秒就被电一下的牵线木偶。通过那些扭曲的动作,他完美暴露了滚石乐队的姿态:趾高气扬、阴沉忧郁、雌雄同体。你只能从米克的舞蹈里看到它们,因为音乐已经被少女们的尖叫声盖住了。

演唱会结束后,我让我的巡演技师把野马车开回去,自己去了轮船酒店。我没有开房间,而是与布莱恩和基思一道走进米克的房间。当时迈克尔·库珀在为罗曼·波兰斯基做事,他把波兰斯基刚剪完的《冷血惊魂》(*Repulsion*)

---

[1] *Village of the Damned*,一九六〇年英国科幻/恐怖电影。
[2] Frankenstein,著名科幻小说《弗兰肯斯坦》中的人物,是一个疯狂的科学家,"弗兰肯斯坦"一词后来用以指代"顽固的人"或"人形怪物",以及"脱离控制的创造物"等。

带了过来。迈克尔能和滚石乐队、波兰斯基、摩登贵族及流行艺人接上线并打成一片,这是他的天分。

我们坐着看《冷血惊魂》。我抽了许多大麻烟,心神变得异常恍惚,说不出话,也迈不动腿。事实上,每个人的神志都很恍惚。片子太吊诡了,我们毕恭毕敬地静静观看。

屋里有好多妞儿。今晚和谁滚床单成了大家都要面对的问题。人们开始配对,然后成双成对地走了。也有觉着无聊先行告退的。最后,屋里就剩下我、米克和另一个妞儿。是艾克和蒂娜的伴唱组合艾克特斯(The Ikettes)中的一位。她可真有耐性。我依然坐在那里,因为我动弹不了。而且我让人把车开回去了,我哪儿也去不了。我告诉自己,我没有开房间。最终,那个女孩起身走了。就剩下我和米克了。

我们聊起了波兰斯基。我说我觉得波兰斯基是个术士。我的话悬在空中,嗑高了就会这样。

米克停顿了好一会儿,说:"这是我目前相当感兴趣的事情。"

"你说什么?"

"噢,不安的心境,那种东西。"

"嗯……你到底什么意思?"这招是从约翰那儿学到的。如果你听不明白,就要求他们定义一下。

"噢,你知道,摩登生活的压力,失控发飙。"

"像鲍勃·迪伦……"

"是,但这是他的专长,对不对?《荒芜路》(*Desolation Row*)?我们刚刚走过疯人院,我们还没住进去呢!"

黎明即将到来。我们兜了一晚上圈子,然而我还是不知道自己到底想要干吗。上床前的那一刻总是那么艰难。既痛苦又难堪,所以我决定缓一缓。

"我们出去走走吧。"我说。

我们到酒店附近的公园散步。

我一点儿都不了解米克。我探知他是否靠谱的方式,是考他许多关于亚瑟王的问题。

"你知道亚瑟王神剑叫什么名字?"

"拔出石中剑,断钢剑!我在后院里经常操练这一幕,用的是木剑和纸箱。"

"去过巨石阵吗?"

"去过,小时候跟爸妈一块去的。现在就记得许多大人围在那儿说,他们到底怎么把这些巨石移来的?"

"他们是怎么做到的?你觉得呢?"

"德鲁伊教土木司。巫师梅林,不是吗?他们说这个诡计多端的老家伙用魔法把巨石从威尔士运了过来。可能看起来像魔法,你知道,某种史前工程技术。也许他喜欢说,'噢,我把魔杖轻轻一挥就搞定了',这比说什么'物体的杠杆点悬在角动量上面'听上去好多了。"

我问米克是否对圣杯略知一二。

"圣杯……让我想想……亚利马太的约瑟。不就在他那儿么?应该还在英格兰。"

"吉娜薇王妃为了谁而抛弃了亚瑟王?"

"兰斯洛特,是吧?我通过高考了吗,玛丽安?你觉得如何？"他看着我，咧嘴笑着说。

我们那会儿可真够荒唐可笑的。你会问你的约会对象："知道让·热内吗？读过乔里-卡尔·于斯曼的《逆天》吗？"如果答案是肯定的，那就跟他上床。

晨曦初露，我的脚被露水打湿了。回房后，我记得他解开我的鞋带，把我的靴子放到炉火边烘干。那一晚他真的很体贴。我被他的细致入微彻底打动了。我们开始做爱，完事后我转身离开。我心中暗想："这家伙很了不起呀！"

几天后，我去了意大利的波西塔诺。我在那里租了一栋别墅，准备和小尼古拉斯、我们的保姆戴安娜、我的技师帕特一起晒几周太阳。出发前两天，我在一家时装店邂逅了一个名叫凯莉的黑人女模特，我们一见如故，聊了许久。我一时心血来潮，邀她和我们同行。她想了几秒钟，然后就回家收拾行李。

飞往波西塔诺途中，我在巴黎逗留了几天。等待我的是一封令人心碎的信。约翰在信中说自己犯了大错，一再恳求我回到他身边。这可不是他的作风。这番话他在婚后从未说出口，看来他只会用笔把它们说出来。令人惊叹的信。我把它扔出窗外。

在波西塔诺待了几天后，凯莉问我可否邀请她男友过来玩，说我和他会处得很融洽。她男友也是美国模特。他来了。他长得那么帅，我们的确处得很融洽。他抵达波西塔诺当晚，我和他就在星光下的露台上尽情缠绵。凯莉到现在都没理过我。我不怪她。但那里是波西塔诺，天上挂着一轮满月，而且他长得那么漂亮。我觉得情有可原。

来到波西塔诺后，一大堆来自米克的留言让我受宠若惊。凯莉愤愤地走了，我有大把的时间思考米克。有些东西已经开始启动，但我不太确定它是什么。我喜欢单身，但又害怕单身。我的音乐事业开始让我感到乏味。我对自己刚推出的单曲《计数》（*Counting*）厌恶至极。我真的厌倦了这个行业。流行音乐成了我的包袱。我想摆脱这种生活，而米克能帮到我。

我嫁给了一个不谙世事、一个子儿都挣不到的男人。我自己养活自己和小尼古拉斯；与此同时，米克无微不至、浪漫多情又彬彬有礼。

有一年冬天，米克和安德鲁来我家拜访。我家没有中央供暖，只有一个小电暖炉，屋里冷得要命。他非常震惊，没想到我的居住环境是这样的。他是那种能够同情我的人。太可怜了！这个带着个小宝贝的可爱姑娘。我惊诧于他的体贴关心，而且他会把它们表露出来。约翰从来没有这样过。他太酷，也太过自大，不会显露自己的感情。

真的太奇怪了——最终是米克和我走到了一起。考虑到我的信仰和作风，他选择我完全不是他的风格。我和他想象中的我大不一样！年轻的米克非常幼稚。他可能心存幻想，以为我是那个由安德鲁和安迪打造出来的有点儿傻乎乎，同时又带有贵族气质的纯洁的游吟女歌手。

有人说米克追不到朱莉·克里斯蒂，这才将就着找了我。真是无中生有呀！不过听起来又像是真的。米克对时髦的漂亮姑娘有一种固恋。这可以追溯到安德鲁给我打造的形象。米克居然没有识破，让我诧异不已。

米克可以十分温柔体贴，只要他想。我真的想和一个宠我的人在一起，和自私的约翰住一块儿好烦人。我觉得米克是一个真正的庇护所。他深情、有趣、诙谐，非常细心周到。他经常打电话给我。他不是一团糟的布莱恩。他是可以一起生活的人，让我们面对现实吧，如果不做他的女友，我将永远无法摆脱乏味的生活。而一旦成为米克的女友，我就再也不用为了钱去工作。我可以去参演契诃夫的《三姐妹》，周薪虽然只有区区十八英镑，但我根本就无所谓。

我把《涨潮和绿草》[1]带到了波西塔诺。我听了好多遍。离奇的是，我每次放这张唱片听，米克都会打来电话。也许真的是命中注定，我对自己说。我没有能力把事情考虑清楚。我不敢想象我会扪心自问："它的弊端是什么？"我从没考虑过。为什么要考虑？

从一开始，我就知道自己卷入了一个有点儿奇怪的状况。我隐约感到一股很强的性暗流。我显然知道米克有那一面。因为安德鲁，真的。他和安德鲁是一丘之貉。米克总是仿效安德鲁。不知怎的，安德鲁不光是异性恋的事渐渐传开了。那时人们对双性恋的概念还不大了解（尤其是我）。我知道安德鲁不是同性恋，但另一方面，他又不像是

---

[1] *High Tide and Green Grass*，滚石乐队的第一张官方精选专辑。

异性恋。他衣着艳丽，举止很娘，而且还涂脂抹粉，这在那个年代极不寻常。他让我吃惊不已。

所以我觉得米克也是双性恋。但我觉得这意味着他会对我更好。"真正的男人"让我感到害怕，安德鲁和米克则让我感到安全又舒心。

两个月后，我独自从波西塔诺飞返伦敦；帕特驾野马车载小尼古拉斯和戴安娜回来。回到伦敦当晚，我在梅费尔酒店开了间房。今夜我是自由身。

我打电话到布莱恩的公寓。安妮塔不在，布莱恩、基思和塔拉·布朗在。他们听到我的声音都很开心，说马上就过来接我。他们都想和我在一起，因为我太有趣了，而且和他们是一路人。当然，他们都在琢磨何时与我上床或是否与我上床。这是事情发展的方向。把我接来后，我们马上开始嗑LSD。这次的货非常纯，是布莱恩从罗伯特那儿搞来的，而罗伯特又是从中情局那儿搞来的。

基思、布莱恩和塔拉躺在沙发上，身上穿着从挂在你身上（Hung On You）、奶奶吸迷幻剂（Granny Takes A Trip）[1]和切尔西古董市场扫荡来的精致衣裳。药劲上来的时候，他们欣快地咯咯笑着。他们看起来真叫人吃惊。我的每个想法都呈现出一个物理维度。分子在解体。你绝少能如此细微地看到你的朋友们。用肉眼观看亚原子微粒！太棒了！这是我一直希望得到的东西：超级视力。在我面前，

---

[1] Hung On You 和 Granny Takes A Trip 是二十世纪六十年代伦敦的时装名店，出售深受迷幻风潮影响的服装。

一切无所遁形。他们变得透明了，好像我戴上了X光眼镜。他们的本性暴露了，还有他们的精神。与此同时，我看到他们的前世，正在上演微小而多变的歌剧。

在这些灵魂宗谱里，布莱恩扮演潘。他是一个半人半羊的萨蒂尔，长着羊角和羊腿，文雅、妖娆，因为过熟而衰败。不是潘自己，更多是一个浮华的贵族在凡尔赛宫里演农牧神。他吹着牧笛，荒僻的远山映衬出他的轮廓。一个堕落的贵族在追逐一群装扮成仙女的农家女孩……潘上气不接下气，伸手去拿他的哮喘吸入器。

基思演拜伦。伤痕累累的、饱受折磨的、注定毁灭的浪漫英雄，不羁的头发和憔悴的面容。不是那个在苏尼昂的暮色中沉思的上流社会半吊子艺术爱好者拜伦。更阴郁、更鲜活，一个剧烈迸发、冲破阻拦的灵魂。朋克版拜伦。颓废气质与汹涌能量融合交汇。摇滚乐的粗野、垮掉派的酷劲和"我他妈根本不在乎"式的抗命巧妙地嫁接在浪漫主义者倦怠厌世的痛苦之上。

布莱恩柔和顺从，含糊不清，动摇不定；但基思的一切都有棱有角，结实坚硬，坚定不移。瘦削坚毅的脸庞，轮廓分明的五官，能穿透一切的印第安侦察兵的眼睛。突然冒出来的神秘骑士。魅惑，邪恶，令人不安。华丽的衣服、自嘲的幽默和讽刺的措辞映衬着被命运诅咒的强烈情感。

塔拉·布朗是朝臣。基思身上充满令人难以置信的生命力，而那种生命力在塔拉身上全然不见。我早就认识塔拉了。他刚与妻子尼基离异——自打嫁给他后，尼基就几乎一直跟魁梧性感的西班牙男子有染。塔拉很不开心，正在寻找心仪的女人。他喜欢我，而由于他是世界第一大黑啤酒品牌吉尼斯黑啤的继承人，他一定非常非常有钱！但我们之间不来电。在这里，两位滚石才是真正的贵族，他俩令塔拉黯然失色。

透过升腾的迷雾，我很快就意识到，空气中有股性爱的气氛，而我是屋里唯一的女人。它在空气中嗡嗡响了一阵，像是某种静电。然后，布莱恩，这个屋里最没有安全感的男人，过来认领我了。这一次我对他更没感觉，但那些日子里我对谁都无法说"不"。幸运的是，人们都很怕我，很少有人撩拨我。我把布莱恩想象成披着羊皮的潘，把自己想象成月亮女神塞勒涅。我们走进吟游诗人的卧房。我们不担心被打扰，因为他们正在另一个空间遨游。某种程度上，我们的幽会就像伊丽莎白一世时代戏剧里的一幕——一对情人退入了帷帐。我们爱抚了一会儿。这太荒谬了，即便是从神话学的角度来看。一个疲惫的有哮喘病的神，趴到了我身上。

在某一时刻，我感觉很不舒服，觉得自己是个多余的人。也许是布莱恩太怪异了，也许只是我疲倦了。但我开始觉得非常奇怪。我知道独自一人会更快乐。我想尽情地体验致幻的感觉。很明显，除了由着布莱恩·琼斯抚摸我的酥胸外，LSD还能带来更多可能。这部分没劲儿！我想遁入自己的家，看见斑斓的幻象，化成明亮的分子，穿越浩瀚的太空，与宇宙亲密交谈。在家里可以更好地体验这一切。我悄悄地走出房间，径直回家去了。

入睡绝无可能。闭上眼睛的时候，我能望穿眼皮。我的装饰得很有品位的卧室呈现出心理失衡的迹象。连无动于衷的桑德森壁纸都变得生气勃勃。上面的洋蔷薇在轻轻起舞。我惊讶地发现每一枝洋蔷薇都有独特的个性。两枝矮胖的洋蔷薇在墙面上跳着笨拙的双人芭蕾舞。设计师绘图时脑海里一定有她们。他在发送一条信息，很显然，只有少数——极少数的人能够接收到。像在法老陵墓里发现了能解开宇宙奥妙的铭文。隐藏在墙纸里，完美至极！

一缕和风吹进窗户。紫色的窗帘在风中飘动，夺去了墙纸芭蕾舞剧的风头。窗帘是羊毛质地的，阳光透过它洒进房间。刹那间，一幅和窗户一样大小的让·科克托画作闪过房间，画中人是俄耳甫斯。它开始像蜘蛛丝一样直打哆嗦。紧接着，另一幅科克托的线条画循着前者掠了进来，接着又进来一幅，一幅接着一幅，直到房间里充满了俯冲的黑色线条和飞旋的蔓藤花纹。

我躺在床上，被奇幻的意象之潮推着向前，在眼前的超现实主义图画中忘了自己。当电话铃响起的时候，我本着"我什么都能应付"的精神拿起了话筒。是基思。

"你去哪儿了，玛丽安？我们到处找你。"他的语气很急切，像漂在救生筏上。

"噢，亲爱的，我有点儿融不进去，所以——"

"但你不能弃船而走！你不知道你走了对我们影响有多……啊……"

我显然破坏了神秘主义纽带。

"噢,我实在是太不应该了!"我说。

"我们不能分离。一切都依赖这一点。我们得待在一起。"

基思一定是烦闷了。大家一起吸食 LSD 的时候,发现身边少了个人,就会产生这种好笑的感觉。好吧,显而易见,神圣的共鸣被我扰乱了。约翰·邓巴早就教导过我,不要破坏集体狂欢的氛围。要像对待装硝化甘油[1]的药瓶一样小心翼翼地对待一起嗑药的粉友。

"好吧,亲爱的,我这就过来。"

我告诉基思我身上一个便士也没有,他说你打的过来,他在楼下等我。然而当我到了的时候,他没有付钱给出租车司机,而是钻进了车里。

"布莱恩晕过去了,塔拉回家了。我们去你订的酒店吧。"

最终,我是和基思一起度过了那一夜。多么销魂的欢爱之夜。事实上,和基思共度良宵的那一夜是我人生中最棒的一夜。不过,尽管我对基思的了解要远远多于对米克的了解,我还是得问他那个十分重要的问题。

"亲爱的……"

"怎么了?"

"你知道圣杯的事吗?"

---

[1] 硝化甘油是一种油状透明液体,可因震动而爆炸,威力相当于TNT炸药,属化学危险品。

"什么？该死的圣杯？天哪，玛丽安，你还飞着哪？"

拂晓时分，我放起了维瓦尔第的《四季》。美得令人赞叹。我在天堂里。我一直有点儿爱他，就是羞于表达。现在我完全为他而倾倒。

翌日，我欣喜若狂地在屋里晃来晃去。

"噢，亲爱的，"我对基思说，"昨晚多美妙啊！"

基思穿上靴子，停顿了一下，仰着头说："你知道谁疯狂迷恋着你？"

"喔，不知道，亲爱的，他是谁？"

"米克！你难道不知道？"

"噢……我……他的确有时给我打电话。"

"他被你迷住了，玛丽安。"

"真的吗？"

"亲爱的，给他打个电话，他的下巴会被惊掉的。你了解他后会发现他没么糟，你知道。"

我又一次哑口无言。基思在告诉我，我不该打扰他。我应该追逐米克。太可怕了。我震惊不已。是他给我设了局，到头来我还得接受既成事实："噢，好的，我明白了，我得跟米克好。"我被赋予了一个角色。不可思议，是不是？都是年轻时做过的可笑的事情。（LSD 也帮了忙！）不过，基思是个完美的男人，我觉得自己还没优秀迷人到能配得上他。

然后……他走了！那晚的事，他和我都没有跟任何人提过。那个完美的夜晚，就留在了那里。

我希望自己当时有勇气说出:"去他妈的米克!我喜欢你,基思。"现在我能鼓起勇气说出来了,但在当时绝无可能。当然说了也是白说,还不是碰一鼻子灰。

而且我知道米克会对我好。基思危险多了,真的。也诡秘多了。也许这才是最好的结果。

我和基思一起过夜时,安妮塔和布莱恩还没有分手。我知道基思已经爱上了安妮塔。我能感觉到我不是他的选项。我对他来说太英国,也太传统了。我接收到的信号很准确——他已经痴迷上别人了。

整个事情真的非常奇特。基思和安妮塔,米克和我。我们的联姻里有股强大的魔力,其影响远超我们的罗曼史范围。我显然不知何故。我对黑暗神秘的东西一向高度警惕,比如肯尼思·安格(Kenneth Anger)的地下电影。但我和米克的联姻里一定有种强大的通灵的东西。它在某种程度上提升了我们,但是最终几乎把我毁掉。

哈雷大楼

同一天上午,米克打来电话:"你回来啦!太好了!出来干点儿什么吧。"他想去逛街,愿上帝保佑他。和米克一块儿逛街是天大的乐趣。大多数男人都是被女人拖着去逛街,但是他不用。简直就跟和姐妹淘逛街一样。我们坐进出租车,出发去邦德街。不用说,我立刻就喜欢上他了。

但我没想到他花钱挺节制的。有一次在丹吉尔,我想买一块白色的大地毯。它没什么特别的,甚至都算不上很好,真的,但我就是想买。米克拒绝了。太贵了,他说。我很震惊,为此我们大吵了一架。也许他是对的,是太贵了。但这无关紧要!我想要,而且我们买得起,为什么不买?

从那时起,我意识到我得使出一些伎俩。我不能坐着等他把我想要的东西都买给我。我用我们将要搬进的新居和将要拥有的家具来诱惑他。一点一点地,我削弱了他的意志,等到我们搬进夏纳步道[1]的时候,他已经准备好"大出血"了。我花钱的欲望非常像我母亲;而与我父亲不同的是,在我说服了米克后,米克愿意"大出血"。我告诉他:"我们有义务过与你地位相符的生活。"

我能想出一箩筐好点子来花米克的钱。我的态度是:哇,这么多的钱,怎么花才最有乐子呢?

一九六六年圣诞节,我们外出购物。我记得米克给尼古拉斯买了辆三轮自行车,我们在洛伦佐餐厅吃的晚午餐。美好的一天,我俩都光彩照人。沉浸在一个陌生人的世界里,进入恋爱第一阶段就是这副模样。我们走在邦德街旁边的一条拱廊街上,忽然看到大卫·考茨(David Courts)和他妻子洛特从对面缓步走来。大卫是基思的好友,基思手上戴的骷髅戒指就出自他的手笔。他俩瞥见我俩时惊得目瞪口呆,身子僵在了原地。画面定格在那一刻。米克和我的影像从他俩的眼睛里反射回来,在空中飘浮了几毫秒,然后消失不见。这是我第一次看到那种奇怪而危险的景象——米克和我成了一对。

米克进入角色有些慢。首先,他还没去和克丽茜·诗琳普顿做个了断。米克是能瞒就瞒的人。在感情的问题上,他做不到直接、简单地去应对。

我们正式开始交往是在意大利。我受邀参加圣雷莫音

---

[1] Cheyne Walk,位于伦敦泰晤士河畔,是伦敦著名的高档街区。

乐节。我带上了我的吉他手乔恩·马克,准备用意大利语演绎几首我的歌。几周以来,米克一直在给我打电话,但我还没下定决心和他在一起。我不确定自己是否已经准备好开始一段新的感情。而且我过得很开心。

有一天,我突然很想见到他。我拨通了他的号码,说我感到寂寞无聊,能过来看我吗?第二天他就飞了过来。在这个时候,他不要太乐意和克丽茜保持一些距离。

我去戛纳机场接他。媒体闻风而动,我们不得不设计一个逃跑计划。米克的点子很棒:租条船,直接上船走人。我们租了一条小船,沿着蔚蓝的海岸线航行,白天驶进维尔弗朗什和尼斯等港口,晚上就睡在船上。记得船儿途经里维埃拉的时候,我们看到一座漂亮的房子屹立在悬崖上,阳台上的含羞草随风轻扬。我们对彼此说,将来我们会住在那里。天气好的时候一切美好如意,谁料有一天风暴突然来袭。大海瞬间变得波涛汹涌,太恐怖了。咆哮的海浪撞击着船身,小船吱吱作响,尼古拉斯哭个不停。我害怕极了,以为我们都要死了。米克表现得很棒。他和我还有小尼古拉斯爬到一张床上,紧紧地搂抱在一起。就是在那一刻,我真的爱上了他。此后,除了他在工作的时候,我一秒钟都没有离开过他。

在海上航行一周后,我们回到了圣雷莫。媒体又开始骚扰我们,所以我们一起接受了一次采访,好让他们闭嘴。这个机会给了《每日镜报》,而这也是我们首次承认我们在一起了。随着摇滚摄影师德佐·霍夫曼(Dezo Hoffman)

拍摄的配文照片新鲜出炉，我们的恋情大白于天下。我在大卫和洛特眼中看到的图像被印刷出来，发送到全世界有人居住的地方。毫无疑问，媒体爱现成的王子和王妃，诸如迪伦和贝兹、查尔斯和戴安娜。

次日晚上，在当地一家俱乐部发生的一件事，为未来的一次劫难埋下了伏笔。我之前用了一些药，几乎就要紧张性昏迷。为了保持清醒，我从驻场 DJ 手里买了一些药力极为温和的兴奋药——后来证明是某种晕船药，里面就一点儿安非他命。米克吃了一粒，当然，我吃了好几粒。没什么大不了的。这种药根本无关紧要，所以我把它们揣进兜里，很快就忘得一干二净。

米克和我到波西塔诺待了几天，就住在我租下的那栋别墅里。那地方被一股诡异不祥的气氛所笼罩——把别墅租给我的男孩居然死了。波西塔诺是座建在悬崖上的小镇，有点儿像是《罗密欧与朱丽叶》的舞台布景。一座座老别墅矗立在山路两边，垂直于海平面，拱门、喷泉、广场、石阶点缀其间。我们吸着 LSD，看着一级一级的石阶像瀑布般从山腰倾泻而下，变成美妙的音阶。我们不停地做爱，不停地交谈。我爱交谈，而在米克、基思、布莱恩、迪伦、克里斯托弗等人中，我唯有跟米克可以像常人那样交谈。

我努力向他展示我的生活。我想让他知道我过得多姿多彩！但我没有把什么都展示给他看，比如我的朋友瓦莉。她是一个奇怪的女人，住在一个能俯瞰波西塔诺的山洞里。她有一只宠物狐狸，她们能互相交流！她是个真正的女巫。

她还在脸上文了大胡子。够狂野的。这类女人一直是我生命中的重要组成部分。崇拜女天神的女同性恋!

回英国后,米克要我搬到他家住。他的公寓在马里波恩路的哈雷大楼(Harley House)里。但马上就搬过去似乎不大合适。它曾经是米克和克丽茜的爱巢,虽然克丽茜已经搬出去了,但她的所有东西都还在那里。我把她的家当翻了个遍,发现了一些迷人的物件。摇摆木马、维多利亚时代的鸟笼(内有一只铜鸟)、圈状耳环、纪梵希香水什么的。

得知米克移情别恋,克丽茜精神崩溃,被送进医院。她自杀未遂。我不同情她的处境(我假装不来),相反,我感到很高兴,觉得自己很安全。我相信一切都会好的。我和克丽茜不一样,事儿来了我能应付。我爱他,他也爱我。他会把我照顾得好好的,我们将永远幸福地生活在一起。

我把戴安娜和尼古拉斯留在家里,只身搬入米克的公寓。

三年前,我在阿德琳妮·波丝塔的派对上邂逅了米克和克丽茜。这三年来,他俩的争吵似乎就没有消停过。他好像乐在其中。他俩的感情十分凶险,令我非常惊讶。那种凶神恶煞和猛烈抨击在滚石的早期专辑里无处不在。开始的时候,克丽茜占上风,至少和他一样坚强。但最终,她被他彻底拖垮了。她完全受制于他,像他为她写的那首臭名昭著的歌。

克丽茜的脸很假,假发、假睫毛和大浓妆。她出门前要花几个钟头捯饬自己。克丽茜在哈罗兹、福特纳姆和梅森等大百货商店都有以米克名义开的赊购户头。这是米克控制她的方式。女人们习惯了所有这些身外之物,然后突然发现自己再也离不开它们。这给克丽茜带来了毁灭性的影响。

他俩关系的转折点出现在一九六六年塔拉·布朗的二十一岁生日派对上。派对在爱尔兰的卢加拉庄园(Luggala Estate)举行,那是一处风景如画的地方。就是在那儿,米克和克丽茜头一回一起吸食LSD。后果是灾难性的。在《第十九次精神崩溃》(*Nineteenth Nervous Breakdown*)里,米克冷酷无情地大谈特谈她的精神崩溃。一份乱了套的感情被残忍地挪用进这首歌。顺便说一下,他后来对我做了同样的事!

我从未想到发生在克丽茜身上的事,最终也会发生在我身上。有些事情将不可避免地重演。我忘记了情侣关系中两个最基本的规则:它们不是偶然的;它们总是遵循一个模式。

我和克丽茜共同拥有的是世界上最奇怪、最可悲的命运:摇滚明星的女友。一方面,你被晋升为令人艳羡的偶像的缪斯;另一方面,你的生活成了媒体、公众以及自己夫君的理所当然的抨击对象。

我步克丽茜的后尘,成为滚石的歌曲素材只是时间早晚而已。克丽茜被描写成一个索然无味、经常出没于服饰精品店和迪斯科舞厅的婊子。事实上,我也将成为饱受煎熬的范例、在痛苦中扭动的蝴蝶。我个人的痛苦成为歌曲的素材，这些歌曲再成为热门单曲……整个过程真叫人气馁，虽然一开始看起来挺美。但话又说回来，这个可怜的王八蛋还能做些什么？

米克能把这些痛苦的感情经历转换成伟大的歌曲绝非偶然。他是如此理性，从来不会失足摔跤。他就站在那个将要滑坠悬崖的人旁边，但是他自己从来不会滑倒。对词曲作者而言，这是一种非常有用的才能。他能够在车祸瞬间及时做出反应，毫发无损地逃生。这种特质能把遭受重创的伴侣气死。我真是羡慕基思和安妮塔，他俩能携手到鬼门关里走一遭。我和米克就做不到。

起初，米克对我很小心，因为他知道我还不是他的。我有自己的房子、自己的生活和自己的收入。搬进哈雷大楼不久，我们为此吵了一架。丝绳绷紧了，我摔门而出。我跑下楼梯，身上揣着五英镑和一点儿哈希什。"我随时都可以走。我有打车钱，有哈希什，我就要这些。"米克觉得好笑死了。他追上我，逗我开心，我又回去了。他善于此道。

有天晚上，我彩排回来晚了，发现克丽茜也在屋里。她和米克看上去很难为情。我显然撞见了一种不对头的气氛。米克焦虑不安，呼吸急促，克丽茜则像钉在地上似的，失去了自行决断的能力。我太知道屋里发生了什么事：他们抽了根大麻烟，打了场分手炮。她在哭。她的假发耷拉在一边，假睫毛已经脱落，睫毛膏正从脸上往下滑。分手前的最后一场欢爱。我不记恨你，但一旦搞完，亲爱的，走！

米克邀我去奥林匹克录音棚看他们录音。大多数艺人的录音都很无聊，但滚石的还行。录音棚是滚石的宫廷。上朝的除了罗伯特·弗雷泽、迈克尔·库珀、塔拉·布朗、安妮塔，还有各路奇奇怪怪的乐手，以及米克和基思当天在街上巧遇的家伙。

冗长乏味的录音导致我频繁地走到街上。我会到大卫·考茨家嗑粒安眠酮，吸点儿 LSD，然后再回到棚里。我坐在角落，静静地颤抖。

彼时是一九六六年底，《按钮之间》（*Between the Buttons*）的录制已进入尾声。这一年他们几乎一直在巡演，在录音棚里就没待过几天。这是他们最后一张笼统的专辑。他们的下一张专辑将具有目标感，虽然还有些含糊。这也是他们最后一张以流行歌星身份推出的专辑（接下来就要进入传奇阶段），以及最后一张与安德鲁合作的专辑。安德鲁一直在按自己的口味做滚石的歌，这在早年能做到皆大欢喜。安德鲁的品位无可挑剔，就是已经跟不上米克和基思的步伐。很大程度上，《按钮之间》是《母亲的小帮手》（*Mother's Little Helper*）和《你见过你的母亲吗，宝贝，站在阴影里》（*Have You Seen Your Mother, Baby, Standing In the Shadow*）对社会的尖刻批判的延伸。它们关于坏心眼儿的模特、百无聊赖的家庭主妇和脱轨的女继承人。全是安德鲁青睐的那种辱骂和歧视女性的歌！

他们把大部分精力都花在《让我们一起过夜吧》（*Let's Spend the Night Together*）和《红宝石星期二》这两首新歌上。这两首情歌后来都成了热门单曲。滚石的歌曲基本上都是基思和米克合写的,但也有一些明显就是米克写的,一些一听就是基思写的。《让我们一起过夜吧》是米克写的。我和他在布里斯托一家汽车旅馆度过了一个难忘的良夜,这首歌就诞生于那一夜;《红宝石星期二》是基思写的。

《红宝石星期二》始自布莱恩拨弄出的一段旋律动机。它听起来像是伊丽莎白一世时期的东西,但带着一股布鲁斯味。布莱恩着迷于将伊丽莎白一世时期的鲁特琴音乐和三角洲布鲁斯混为一体。他会滔滔不绝地把伊丽莎白一世时期的歌谣和罗伯特·约翰逊的基本相似性讲给一脸困惑的迈克·布隆菲尔德(Mike Bloomfield)或满腹狐疑的吉米·亨德里克斯听。

布莱恩坐在高脚凳上,用录音机轻轻地放着一段旋律,他还是那么局促不安。旋律很纤细,但它引起了基思的注意。他仰起头。

"那是什么?"

"抱歉,老兄。"

"你刚才放的东西,老兄,录音机里的!能再放一遍吗?"

布莱恩回过神来,把那段轻快的、颤抖的旋律又放了一遍。完美!超越完美!

"好,好,老兄。"基思说。他走到钢琴前坐下,开始敲击琴键。布莱恩脸上露出了灿烂的笑容。

"事实上,它是约翰·道兰德(John Dowland)的《已故的埃塞克斯勋爵之曲》(*Air on the Late Lord Essex*)和蹦

跳詹姆斯（Skip James）的一首布鲁斯的混合体。"

基思对埃塞克斯勋爵和蹦跳詹姆斯不感兴趣。但听到一段抓人的 Riff[1]，他会像狗看到骨头一样猛扑过去。

很长一段时间里，《红宝石星期二》没有歌词，只有简单漂亮的旋律。它是布莱恩和基思的歌。在过去的四年里，米克和基思共同创作了滚石的每一首原创作品，但米克和《红宝石星期二》关系不大。他到最后阶段才现身，录唱了人声。

录《红宝石星期二》期间，我能看到这首歌呈现出了布莱恩的绝望。这将是他们最后一次合作，也许布莱恩能感觉得到。他知道这是他整出来的最棒的东西之一，他希望大家都能说："太棒了，布莱恩，令人惊叹！写得真好！"但是，当然，谁都没有吱声。

奥林匹克录音棚有时会笼罩在一股阴沉的气氛中。如果有人不喜欢另一个人做的东西，他就不会参与。没有人会直说。虽然举手投足间透着一股调皮劲儿，但他们骨子里还是非常英国式的。

安德鲁的主要职能之一是充当米克和基思之间的缓冲器。安德鲁在场的时候，米克和基思都会走过去在他耳边低语。我坚持认为这就是滚石需要两位吉他手的原因。比起让音乐更加丰满，他们更需要一个能在米克和基思之间穿针引线的中间人。罗尼·伍德（Ronnie Wood）能完美胜

---

[1] 连复段，在歌曲中重复演奏的短小、独立的乐句。

任这个角色，米克·泰勒（Mick Taylor）就要差一些。事实上，没有人会让布莱恩·琼斯担任这个角色。

当棚里的气氛紧张到难以忍受的时候，米克和我会钻进楼上的阁楼逍遥一番。

那些日子里的米克和基思非常快乐。基思充满了活力。他俩知道自己正在致力于做一件非凡的事情；与此同时，布莱恩在我们眼中渐渐枯萎。他内心的魔鬼折磨着他，让他再也无法享受生命中的乐趣。他为什么要殴打安妮塔？他爱着谁？太怪异了。《按钮之间》封套上的他就是他平时的样子：蜷缩着身子，傻傻地笑着，两只大黑眼袋。他甚至连正常的微笑都挤不出。滚石在耀眼地攀升，布莱恩却江河日下，真是令人恼火又费解。没有人关心原因是什么。你他妈要是振作不起来，就不配待在滚石里。

十二月，年仅二十一岁的塔拉·布朗死于一场车祸。就发生在我们一起吸食LSD后不久。他在LSD的作用下驾着莲花跑车闯红灯，撞上一辆卡车，次日不治身亡。这次意外被约翰·列侬用怪异可怕的笔触写进了《浮生一日》（*A Day in the Life*）。不过，杀死他的不只是毒品。毕竟，我们认识的所有人都在LSD的作用下驾车穿梭在伦敦。死于那场车祸的也许会是布莱恩或基思。塔拉只是大限已至罢了。

布莱恩和塔拉非常亲近，塔拉的死对布莱恩打击很大。我们也被这个噩耗惊呆了。这么年轻的人儿离开人世，我们还是第一次见到。塔拉刚刚邂逅苏琪·波蒂埃（Suki Poitier）——苏琪像极了安妮塔——我记得我为塔拉找到了自己喜欢的人感到高兴。事发时苏琪就在莲花跑车里,万幸逃过一劫。安妮塔离开布莱恩后,苏琪成了布莱恩的新女友。令人困扰的一对:她带有幸存者的业力,他被难以逃脱的厄运笼罩。[1]

搬进哈雷大楼的头几个月,米克和我有许多时间独处。在那儿,我们渐渐了解了彼此。米克放唱片给我听,奇迹合唱团(The Miracles)、苗条哈珀(Slim Harpo)、罗伯特·约翰逊的,我推荐书给他看。那是我们生命中一段美好的时光。但即便是在哈雷大楼,我和米克独处一室都不容易。他魅力四射,谁都想围着他转。我们的隐私难以得到保护。从哈雷大楼到切斯特广场再到夏纳步道,无论是白天还是夜里,总有一连串的人过来拜访。

那会儿,我们不碰硬性毒品。米克的优点之一是能适可而止,他不爱吸毒,吸得非常少。如果我当时找的是一个和我一个德行的男友,我应该已经死了。米克也很少喝酒(他酒量非常差)。我们会一起吸 LSD,但通常是因为我的教唆:"我们得来点儿这个,米克。来吧,把基思、布莱恩和安妮塔叫过来一起。"搬进哈雷大楼没多久,我们便决定一起迷幻一次。那天下午,我们拿出迪伦的《无数金发女郎》(*Blonde on Blonde*),还有拉维·香卡和奥蒂斯·雷丁的唱片,把听筒从电话机上拿下,沐浴更衣……先把准

---

[1] 苏琪·波蒂埃后来嫁给澳门赌王何鸿燊长子何猷光,两人育有两女。一九八一年六月,苏琪和何猷光驾驶的宾利遭遇惨烈车祸,两人双双殒命,苏琪死时年仅三十四岁。

备工作做好。

药劲上来的时候,米克将一张绿色的印度拉格音乐黑胶放上唱盘,然后郑重其事地坐到房间中央。是阿里·阿卡巴·汉(Ali Akbar Khan)、印度长笛和印度手鼓。当长笛吹出颤音的时候,米克扭动着站了起来,像眼镜蛇扭动着身子钻出它的篮子。米克开始跳舞。是印度舞,衣着鲜艳的男女在孟加拉电影里跳的那种,和他在舞台上的风骚舞步大不相同。纯粹的美,纯粹的喜乐。美妙的舞,美妙的舞者。

米克身上发生着超凡的变化。像是木乃伊解开包裹在身上的一层层纱布,露出身体深处的千手舞神。

他跳得太快了。伴随着飞速的抖动,他的身体被分解成了分子。磷光闪闪的粒子。我惊呆了,几乎不能呼吸。在高速的频闪中,他的双手大量繁殖,呈扇形散开,相互交叠。形状不可思议。他变成了湿婆。直到那时我才意识到,我和一个空暇时能变成天神的人住在一起。

这是一个极乐的时刻。然而不幸的是,我们正要做爱之际,门铃响了。门外是小脸乐队(The Small Faces)和他们的电吉他、电吉他音箱、麦克风架。在我俩"飞"到顶点的时候,"米克,我们过来和你合奏"。天哪!我们太客气了(也太恍惚了),没有赶他们走。这是一个可怕的时刻——迷幻世界里突然闯入了不受欢迎的访客。

在哈雷大楼,我经历了人生中极为奇异的一个夜晚。它怪异地阐明了我们这个可怕的三人组合。那天晚上,米克和我坐在床上看书聊天。这在我们同居伊始司空见惯,但在我开始一晚上嗑十片安眠酮后戛然而止。

这一阶段,我的枕边书倾向于神秘学和丑闻类。伊莱·里维和阿莱斯特·克劳利,黑魔法和巫术。我被这些东西迷住了。禁书,禁忌的快感。在女修道院学校上学时,我和我的好友萨莉·奥德菲尔德会按照禁书索引去找禁书,找到后用牛皮纸包好,写上"效仿基督"的字样。我幻想着美丽的堕落。像哥特小说的女主角一样,被糟糕又刺激的情绪占据。我想知道它为何被禁。

基思就睡在隔壁屋。他住这儿有几天了。原因和他之前老住布莱恩那儿一样——他很孤单,没地儿住。也许布莱恩和安妮塔那儿的情况变得太复杂了。基思当时已经买下一栋名为红地(Redlands)的乡村别墅,不过从红地开车到伦敦需要两个钟头,而且基思还没有拿到驾照。不管怎样,他们都喜欢去队友的公寓晃荡,队友情谊嘛,也方便一起工作。但他们也喜欢和对方的身体靠得近些。

我们关掉灯。米克开始抚摸我的头发,在我耳边说悄悄话。我们渐入佳境时,米克忽然在我耳边低语道:"知道我最想玩什么吗?"我心想:"喔,一定是他内心最深处的最淫猥的幻想。"

会是吊袜带和蕾丝连裤袜?手铐和轻度捆绑?角色扮演?冷酷无情的土耳其人和后宫里的处女?好吧,我将要扮演一个被他强暴的无助的少女(我很喜欢这个角色)。我弱弱地问他:"亲爱的,告诉我你想怎么玩?"

"如果基思现在就在我们面前,"他颤抖着说,"我会舔遍他的全身……吮吸他的下体!"他说个不停,音量大到隔壁的基思能听得清清楚楚。

我错愕不已,因为我竟然不在这个性幻想里。它完全只关于基思。当然,米克有所不知:我也爱上了基思。有那么一瞬间,我怀疑米克知道我和基思一夜风流的事儿了。是时候把真相告诉米克了。他的性趣会被大大地挑起来!他可能会因此而更喜欢我。也许我得说:"嗯,干吗不把基思叫过来?"不过看着他俩做爱并不好玩。那等于是把我排除在外了,不是吗?

这并非我理想中的爱情,但他知道我不会指责他。我不会对任何人的性癖好品头论足。我非常宽容,这也是我吸引他的地方之一。我对这类事情非常好奇,但我没有足够的经验,不知道该如何处理。所以我只是把它放到一边。

在滚石的故事里,这件事儿并非独一无二。安德鲁和安妮塔都跟我讲过类似的事情。它发生在安德鲁和基思之间。安德鲁会讲类似的话,如果被隔壁的基思听到了,安德鲁会性致勃发。我心想:"对基思来说太可怕了。"

虽然米克渴望得到基思,但他并未打算付诸行动。让这个心愿永远无法实现反而更好,正是它发出的交流电驱动滚石滚滚向前!

不同寻常的是,基思经受住了那些令人费解的情愫,一直没有拂袖而去。谁对他有意思他很清楚。它们在我、米克、基思和安妮塔之间的混乱关系里持续存在。某种程度上,他觉得这种事儿很棘手。最后,他真的受不了了。我也是。也许这是他沉迷于海洛因的一个原因。海洛因能让他不去想它们。

这件事发生后不久,我搞了一些书,研究起堕落性爱。我把萨德侯爵的《卧房里的哲学》从头到尾通读了一遍。令人惊骇的邪恶与堕落,放纵与性虐交织的哲学。堕落性爱的入门指南。

米克、基思、安妮塔、布莱恩和我组成了一个奇怪的群体。直到最近我才发现,这个群体有个名称,叫作三人淫(Troilism),出自布伦达·马多克斯(Brenda Maddox)著的诺拉·乔伊斯(Nora Joyce)传记。诺拉的夫君詹姆斯·乔伊斯经历过若干令人不安的性倒错时期。他对自己的性取向感到很矛盾,曾强烈渴望同性爱和性虐待,但又知道自己会无可救药地陷进去。他后来说过,是他和诺拉的婚姻拯救了他,因为诺拉能容纳他的全部幻想。和乔伊斯一样,米克具有能把迷乱的冲动转化为艺术的官能人格。不然的话,他们会把自己毁掉。真高兴诺拉和我能够帮到他们。能在杰作的创作过程中帮上忙,永远令人感到宽慰。

红 地

到一九六七年初,女王陛下政府里的高官们已经视我们为国家的敌人。棒极了!我想象着白厅街里那些干瘦的老绅士。全是身穿双排扣长礼服,带着伞,皮鞋擦得锃亮的伊顿佬[1]。摇摇欲坠的帝国的看守人,呼吸了近百年工业革命的尘埃,早已习惯按照他们的方式行事。所以,当感觉到滚石乐队已对联合王国及其属地的安全构成威胁时,这些白厅街里的老帮菜决定采取行动。在一间布满灰尘的古旧办公室里,英国首相张伯伦的外交官们把桌上的文件移来移去,密谋颠覆滚石!

这场闹剧(从逮捕米克和基思到把他们送上法庭)证

---

[1] 伊顿公学是英国最著名的贵族中学,以"精英摇篮""绅士文化"闻名世界。

明了这帮老绅士是滚石的乖张拥趸,一如梵蒂冈的审查官被迫成为色情作品和亵渎神明的鉴赏家。我能想象他们疑神疑鬼地一遍又一遍地播放"你见过你的母亲吗,宝贝,站在阴影里"时的样子。这句该死的歌词到底在讲什么?

在白厅街的老绅士眼中,仿佛一夜之间,大不列颠被轻浮的举止和疯狂的行为占领了。招摇的衣裳、超短裙、滥交和毒品。他们视之为对他们权威的挑战。有人试图改变现实!这场战役是为新英格兰人而打。是成为堕落颓废的滚石主唱米克·贾格尔,还是成为孔武有力的皇家陆军官校毕业生?

他们也有窥秘癖,就像大多数窥秘癖者一样,他们爱把事情搞得耸人听闻。滚石乐队企图通过毒品、摇滚乐和多形态性行为破坏西方文明?简直太荒唐了。他们认定这个民族的命运已岌岌可危,因为一群放荡堕落的家伙正在领导一场革命。

"我们必须阻止这帮下流坯子。我们得杀一儆百。"

"请把菲斯福尔列入名单,阁下。"

"菲斯福尔?该死的菲斯福尔是谁?"

"玛丽安·菲斯福尔,贾格尔的新欢。这是她的档案,阁下。"

"我看看。父亲叫格林·菲斯福尔,出了名的怪人,经营一所名叫火盆公园的反启蒙主义学院。母亲是范·萨克-马索克女男爵……我的天哪!"

"您或许对这盘带子感兴趣,阁下,她上周接受的

BBC专访录音。"

"BBC？"

"是的，阁下，迈克尔·巴雷特（Michael Barrett）做的采访。我给您放放？"

"噢，好的，听听看。"

我的声音在屋里响起。

"记得小时候坐在电视机前看女王加冕，真是太蠢了，我们都笑出声来。当时我五岁……现在我们接近了。比如说，这个演播室太棒了！光、电和共产主义！电是答案！我们活在光下——要有光！你看见了吗？

"你知道，大麻无比安全。毒品真的是知觉之门。毒品是什么？就是门！你哪儿都没有去，你只是看到一道裂缝，就像我现在看着你。LSD和基督教同等重要。更加重要。

"我父亲给我讲解过群体心理。我们是让他们控制我们，还是把我们的想法强加给他们？你知道，在非洲，如果成千上万的人信巫毒，巫毒就灵。但我们必须控制它（这个控制的想法是从米克那儿了解到的）！白厅街的人生活在过去。我们才构成了社会，不是他们。

"你感觉到他们包围过来了吗？我感觉到了。哈罗德·威尔逊首相、军情五处、白厅街的达官贵人。他们会把我关进监狱，但与此同时，我会以牙还牙，把他们搞得一团糟。我想看到我们社会的整体结构土崩瓦解。是不是很美好！……我们正听命于一堆死人！荒谬至极！"

（信不信由你，以上言论来自BBC转录服务节录。）

"足够了,谢谢你,索姆斯。"

"该死的反叛小婊子!"

"你有什么建议?"

"先派黄色小报诬蔑他们,再派警察补刀!"

米克要我为后来发生的事情负责。他说我话太多,有些话很危险。这些言论是挺出格的,但你们也能看到它们有多愚蠢。它们怎么可能对社会结构构成威胁?

滚石代表的无政府主义远比十年后的性手枪具体。但他们的反叛毫无组织(真正的无政府主义!),不会是任何人的威胁。

种种征兆让身穿双排扣长礼服的伊顿佬们寝食难安。明目张胆的享乐主义、滥交、毒品、神秘主义、激进政治、奇装异服……最重要的是,有的是钱的青少年!现状正被缓慢地破坏,而这场儿童十字军东征的旗手就是滚石乐队!

所以老帮菜们与《世界新闻报》及警察机关达成了一项协议。接下来,我们被黄色小报大肆诋毁,还被抓进了局子。

一九六七年二月初,一个周日的上午,米克读到了那篇引爆了整个事件的文章。

报纸送来的时候,我俩正坐在床上喝咖啡,吃羊角面包。米克是个读报迷,从《观察家报》到《太阳报》,什么报纸都爱读。我俩非常愉快地读着报纸,直到他看到了《世界新闻报》上的那篇文章。

"操他娘的!"他咆哮着从床上一跃而起。

"怎么了,亲爱的?"

"我读给你听。在肯辛顿的布莱斯俱乐部(Blaises Club),贾格尔告诉我们,他现在不喜欢吸 LSD,因为这事儿没劲了,好多粉丝都在吸了。玩这个挺丢份的。他第一次碰 LSD 是和波·迪德利、小理查德一块儿巡演时。他在布莱斯连磕六粒安非他命。他说来这种地方不来几粒安非他命就没法儿保持清醒。他向一位同伴和两个妞儿展示一块哈希什,邀他们去他公寓抽两口。"

我笑了起来:"是布莱恩。他们把你和布莱恩搞混了!他逢人便说他是滚石一哥。"

这并非无心之过。事实上,这是报纸的销售策略。米克·贾格尔比布莱恩·琼斯更能激起千层浪。不过,这篇文章让大家更反感布莱恩了。这是布莱恩末日的开端。一个愚蠢的毫无意义的事件,让我们惊恐了六个月,几乎毁掉这支乐队,还让米克和基思遭遇了牢狱之灾。布莱恩在布莱斯俱乐部的那一晚成了压垮我们的最后一根稻草。

翌日,米克联系上他的律师,要后者起诉《世界新闻报》。当米克给律师打电话时,我感到一阵强烈的恐惧。"我们要跟当权派较量一番。"诸如此类。

《世界新闻报》打电话到军情五处:"这些家伙需要被打倒,你们能帮我们吗?"

"一定。非常乐意。"

当然,陷阱将是毒品。他们将和西萨塞克斯郡警方一起设下圈套。他们的高招是从加州召来大卫·施奈德曼。

米克的诉状刚一公布,施奈德曼便出现在罗伯特·弗雷泽的公寓。

罗伯特打来电话:"大卫·施奈德曼在我这儿,美国佬,刚从加州过来,带来一批很赞的 LSD,叫白色闪电。"

我说:"太他妈棒了!等等,罗伯特,我有个好主意,我们可以去红地度周末呀。我这就打电话给基思。那家伙叫啥来着?"

"施奈德曼,大卫·施奈德曼,LSD 之王,上午刚飞过来。"

"嗯,别让他跑了!"

砰!就是这样。"二十世纪最著名的乡村别墅派对"应运而生。我们借了一辆面包车,精心规划了去基思家的路线。我们都想一路看奇景。白马刻像、魔鬼脚印和巨石阵,森林、古宅和遗迹。

一九六七年二月十一日,周六晚上,米克和基思结束在奥林匹克录音棚的录音后,我们一起出发前往红地——基思位于西萨塞克斯郡的乡村别墅。参加这场派对的有米克、基思、我、克里斯托弗·吉布斯、迈克尔·库珀、罗伯特·弗雷泽、罗伯特的摩洛哥仆人默罕默德和基思的友人尼基·克雷默。当然,还有大卫·施奈德曼。

"这是 LSD 之道,伙计们。让它和你们交谈,告诉你们如何遨游宇宙。"挺做作的,不过他的确有好货。

翌日上午九点,大卫·施奈德曼带着圣餐来到红地。

我们开始吸食，我记得我反胃想吐，我觉得米克也是。他的货太猛了，比我之前试过的所有LSD都要猛。

这是一次观光式的致幻之旅，没有多少对心灵的审视。我们是来找乐子的，所以都以轻松的态度面对。平静的表层下面，暗涌着进入另一个维度的兴奋和危险。我们彼此都很熟悉，而且没有暗藏的紧张关系。也没有布莱恩和安妮塔。一切都很直截了当。

米克和基思精于体验致幻之旅。他俩平静如水，镇定自若。你能看到他俩多么心有灵犀。

让我印象最深的是米克摘掉了成年人的假面。他摘下了面具，变得更加开放，少年心气飞扬。他年纪轻轻的，却有着与年龄不符的防卫心态和矫揉造作。吸了LSD后，他变得更为纯粹，不那么滑头了。那时的他不像现在那么狡猾，但还是比其他人世故不少。

基思从来不戴面具，所以没什么可摘的。踏上致幻之旅后，基思变得更加深邃，但他的基本人格没怎么变。都是一个样，不管有没有服药！

那天我们都沉默少语。七嘴八舌的嘀咕声不见了。施奈德曼的货太过强劲，我们的感受难以言喻。

迈克尔·库珀除外。他叨逼叨个不停，令人捧腹的点评像冒泡般汩汩地涌出。迈克尔的兴致对整个气氛至关重要。

罗伯特·弗雷泽有一点点"飞"，但总体上还是无动于衷。我们有些不解，难道是货不够好？后来我们才知道，他同时还沾了别的药，所以比我们要麻木得多。

克里斯托弗很愉快。他和米克都是狮子座，吸食LSD后，狮子座的性格特点彰显无遗——幽默大方，活泼开朗，有一点儿桀骜不驯。

这次聚众嗑药的经历（更不用说它的余波），真正拉近了米克和基思之间的距离。他们开始友善地看待对方，理解并体谅彼此的感情和思想。此后多年，他们成了不可分割的独立实体、无比成功的创作组合。这对将要迈向新阶段的滚石极其重要。这支乐队不能再像以前那样小心眼了。安德鲁有句格言，大意是滚石每隔五年就得改弦易辙一次。在这次致幻之旅和接下来的一次次致幻之旅中，米克和基思看到了《跳跃杰克闪现》（*Jumping Jack Flash*）、《午夜漫步者》（*The Midnight Rambler*）、《黑糖》（*Brown Sugar*）……全新的人格将出现在滚石下一个五年的专辑里。

药劲渐渐上来，我们出发前往爱德华·詹姆斯（Edward James）的房子，一座二十世纪三十年代的超现实主义宅邸。身兼诗人与收藏家的爱德华是超现实主义艺术运动的赞助人，同时也是个被宠坏了的孩子。我们满怀希冀地奔向这座奇诡之屋，然而当我们到达目的地，却发现门是锁着的，根本进不去。我们只好驾车到处转悠，这一转就是一天。在车里闷一天的滋味可不好受。迷幻计划出岔子了。你着手做一件炫目的事儿，现实会给你一巴掌。

终于抵达海滩时，我们如释重负。海鸥、贝壳、海浪、螃蟹、沙滩。唷！多么美妙，多么宜人。我们就像一群结伴看海的孩子。我会安静地玩耍，也会热闹地嬉戏，视情况而定。这是属于男孩子的旅行,我渴望成为他们中的一个。我一直为我能"失去性征"感到自豪！这跟我和父亲在火盆公园公社的成长经历有关。父亲对群体心理有着深刻的洞察，所以我很早就学会了如何与他人相融，而不是成为别人的肉中刺。

最后我们打道回红地。在外头游荡了一天（一大半时间还是在车里度过的），我们的衣服上沾满了泥水，浑身汗涔涔的，一个个疲倦不堪。没有人离群走散，也没有人情绪崩溃，发怒或是抑郁。他们只是静静地换上同样漂亮的衣裳。

我的衣服上沾满了沙粒和尘土，头发上还挂着小树枝。这次致幻体验太过强烈，所以当药劲开始下来时，我大大松了一口气。就我一个没带换洗衣服，所以洗完澡后，我用一条漂亮的毛皮盖毯把身子裹住。它非常之大，宽六英尺，长九英尺，能铺满一个小房间。

随着药劲慢慢消散，最强烈的阶段已经过去，我们都觉得轻松愉悦。当时约莫晚上六七点，外面黑漆漆的。这一天就像一集没有高潮的情节剧，直到条子闯了进来！起初，我们都以为那些潜行于屋外的怪异生物是我们病态的心灵臆想出来的！

我叫大家别动。我的想法真够荒谬的。"如果我们不发出任何声音，保持绝对安静，他们就会走的。"典型的玛丽安式反应！让自己变小，然后自己就会消失。这一次，我担心这一招行不通。

他们一进来就把我们分成三个阶级群体。对克里斯托弗·吉布斯和罗伯特·弗雷泽,他们极为尊敬;对滚石、迈克尔·库珀、尼基·克雷默和摩洛哥仆人,他们一脸鄙夷;然后,是一个女人。我是最低贱的,因为我是一间满是男人的屋里唯一的女人,赤身裸体,身上只有一条毛皮盖毯。荡妇、X 小姐。

现场就我一个女人,所以他们立刻开始捏造"毒趴上衣不蔽体的女人……"之类的鬼话。他们在法庭上大肆渲染此事。毛皮盖毯成了证物!这次致幻之旅当然和淫乱毫无关系。我是男孩子们中的一员。我确信没有人注意到我身上只裹了一条毛皮盖毯,直到条子进屋。他们压根没有注意到。我的性别在他们心目中没那么重要。但我敢肯定条子们难以理解这一点。

最惹人憎的是条子闯进来时,我们正被铺天盖地的温暖感和安全感包围。这在一场美丽的致幻之旅即将结束时发生,真的好残忍。但是我们没把这当回事。他们极为不爽(他们不习惯被嘲笑)。

他们挨个搜查,提取物证。香熏棒、酒店小香皂……接下来,他们在绿色天鹅绒夹克里搜出四粒安非他命。米克勇敢地说那是他的。

最可疑的家伙根本就没有被搜查。大卫·施奈德曼的铝箱里塞满了毒品,打开一看,简直不能更可疑——全是用锡箔纸包装的一包一包的东西。他的铝箱是警匪片里毒贩最常用的那一款，然而条子开箱后居然没有检查！施奈德曼诡称里面全是会曝光的电影胶片，锡箔纸破了胶片就会报废。

如今回头看，我们显然是被施奈德曼卖了。在当时，这种阴谋论听起来像是嗑多了的嬉皮士的胡言乱语，但如果你看到最近披露的文件，知晓了军情五处当年干的勾当，就会明白这种怀疑并不牵强。而且事过之后，施奈德曼就像人间蒸发了一样。他显然是被穿着双排扣长礼服的伊顿佬和他们的华盛顿老友利用了，我坚信他们是一伙的。

最糟糕的是罗伯特·弗雷泽的海洛因被搜到了。他在一个漂亮的小盒子里放了二十四颗英国产海洛因药丸。罗伯特是上层阶级，所以警察对他毕恭毕敬。

"不行，你们不能这么做。"他以皇家禁卫军长官的口气威胁他们。

"噢,嗯,先生。是的。肯定没问题的。我真的很抱歉。"一个工人阶级条子回应道。

罗伯特说他有糖尿病，那些药丸是治病用的。他差点儿就能侥幸逃脱，直到那个条子带有歉意地说："先生，能让我尝一颗吗？例行公事，你懂的。"

然后是一个滑稽的场景：一位女警想要搜我的身，于是我故意把毛皮盖毯丢到地上，然后再捡起来裹上。我的动作非但不淫荡，而且还很优雅，几乎像是行屈膝礼，目的是让他们看到我里面一丝不挂。我觉得太好笑了。这是一个非凡的时刻。我站在楼梯上，四周是我最好的朋友和倾慕的对象——克里斯托弗、罗伯特、米克、基思，另外还有十二个男警察和一个女警察。我情不自禁。我一直都是一个不可救药的裸露癖者。后来我学会了通过上台表演满足我的裸露癖。我们和条子们之间横亘着一条鸿沟，一边是飘飘欲仙的我们，一边是拿着记事本的他们。看起来很搞笑。

屋里的气氛极其紧张，仿佛所有的氧气都被抽了出去。如果不是基思放起迪伦的《雨天的女人们#12 & 35》(*Rainy Day Women #12 & 35*)，我们根本挨不过那令人窒息的紧张感。迪伦唱到"人人都得飞"(Everybody must get stoned)时，我们哄堂大笑。一下子神清气爽。它让条子们恼羞成怒，却让我们有了短暂的喘息之机。

基思笑得在地毯上直打滚。我们对他们嗤之以鼻，他们对我们亦然。世上没有比条子更自以为是的人了。此后每次被抓，我都对条子报以极其蔑视的目光。我们没学好，应该痛改前非、悔过自新、吸取教训……事实上我没有从中吸取任何教训！反正没按他们的要求吸取。

条子带走了多种奇特的证物。临走时，他们对基思说："如果这里面有违禁品，我们拿你是问。"

"明白了，他们要把罪责全推到我身上。"基思说。

我们错愕不已，同时又忍俊不禁。这事儿奇怪到了好笑的地步。

我们还乐呵着呢，在我们眼里，他们是奇怪的外星物种，蹬着大皮靴，大声嚷嚷，又高又胖，脸蛋红扑扑的；

而我们又瘦又小，是另一个物种。就像赫伯特·乔治·威尔斯的《时间机器》里的两个种族，一个住在地上，一个住在地下。

他们也有同感。在他们眼中，我们肯定不是人类。我真心觉得这是白厅街老炮和西萨塞克斯警方搞我们的原因之一。他们认为我们是怪胎。他们是对的。

余 波

米克和我就像两个孩子，渐渐地互相了解，这时不知打哪儿刮来一阵恶狠狠的暴风，把我们一股脑儿地吞噬淹没。那四粒药在米克口袋里待了好一阵了。它们还是我在意大利时买的——那次意大利之旅是我俩第一次一起出游。在被条子人赃俱获之前，我们共度了两个月的欢乐时光。

红地事件后，外面似乎风平浪静，除了《世界新闻报》以其一贯低调的方式发了一篇报道："缉毒组突袭摇滚明星派对"，没有点明任何人的名字。

最终，米克、基思和罗伯特三人被警方起诉。五月十日，他们三个在庭上否认有罪，每人交了一百英镑取保候审。审判将于六月底进行。

直到和我们的律师、皇室法律顾问迈克尔·哈弗斯

（Michael Havers）开第一次会，我才明白米克不希望我卷进来。他不想看到我站上证人席，更不想听到我在法庭上说一个字。米克总觉得我话太多。我记得自己跳起来说："但那四粒药是我的！我为什么不能去庭上说它们是我的？我要去。我要承担责任。"

米克和哈弗斯看上去惊恐万状。

"不，不，不，不可能！我绝不会把你送入虎口。他们会把你灭了。"哈弗斯震惊地说。

我成了被动的祭品。我对不能接受审判备感恼怒。我希望自己受到审判。至少我能为自己辩护。不管结局如何，至少我能亲历其中。我会给他们好看！

所以他们不准我做证。我的天！我连出庭做证都不被允许，更别说承担罪责了。你瞧，女人就不该有发言权。是的，我可能会被判刑，但当一回圣女贞德总比一直顶着骨肉皮的帽子强。或者更糟，摇滚明星的祭品！

哈弗斯认为他们不会相信我的证词。他们会觉得是我们商量好这么说的。妖魔化米克运动已经开展得如火如荼。在他们捏造出来的荒唐故事里，米克是一个肮脏堕落的下流坏子，而我则是落入魔爪的无辜少女。

迈克尔·哈弗斯决定将米克和基思的案子跟罗伯特·弗雷泽的分开办理。他知道三人一起审的话对米克和基思不利。罗伯特因为私藏海洛因被捕，而米克口袋里的是非处方类晕船药，里面就一丁点儿安非他命。

审判从六月二十七日开始,至二十九日结束。第一天审米克和罗伯特,第二天审基思,第三天宣判。

二十七日,我和我的同性情人赛达去了小脸乐队主唱史蒂夫·马里奥特(Steve Marriott)家。我感到害怕,想要消失,所以藏他家里去了。我也觉得被冷落了。没有人关心我的感受。他们都忙着哪!忙着受审哪!所以我打电话给赛达,把我的心情告诉她。她说:"噢,让他们见鬼去吧。咱们去史蒂夫·马里奥特家度周末,飞LSD。"

毫无疑问,我和史蒂夫·马里奥特之间什么都没有发生。那也太傻了。而且我是跟我美丽的印度女友一同来的。赛达可是个狠角色。

小脸乐队的罗尼·莱恩(Ronnie Lane)和伊恩·麦克拉根(Ian McLagan)也在。他们总是这副德行,他们总在一块儿,我甚至觉得他们没有女友。好多疯狂的事情发生了。他们走进卫生间,变成了青蛙,然后爬出来绘声绘色地讲给你听。

最糟糕的是我知道米克正在遭罪。我承受不了,所以玩消失了。不料滚石的司机汤姆·基洛克居然找上门来,把我拽了出去。我简直不敢相信自己的眼睛——如果我想玩失踪,没人能找到我。一定是米克说:"玛丽安呢?怎么没见她在监狱外哭哭啼啼?"然后派汤姆出来寻我。我连胸罩都没来得及戴就被汤姆拖走了。我记得自己穿着高跟凉鞋、牛仔裤和米克的衬衫,和赛达匆匆吻别。

汤姆一路上喋喋不休:"知道我怎么找到你的吗?是我

逼赛达的女友说出来的。她哭得全身发抖,就是不肯说出你的下落。我跟她说,你必须告诉我,因为事关重大,关乎国家安全。"英国小资产阶级的假正经。身为滚石司机的汤姆知悉布莱恩、米克和基思的无数破事,却对我的行为感到义愤填膺。

汤姆把我送到红地。基思和迈克尔·库珀在。基思是个老江湖,他的态度是发生了就发生了呗。他喜欢这种事儿的浪漫色彩。比利小子(Billy the Kid)式的。米克和罗伯特这时已经被关进监狱了,基思得等到明天(庭审一结束,他们就会被送进监狱)。我不清楚我在这次审判中扮演的是什么角色,但迈克尔·库珀很清楚他扮演的是什么角色:他想要一张米克和罗伯特戴着手铐的合影——被他拍到了。

我们都试图让自己打起精神来。我不停服药。就是在这种状态下,库珀用相机捕捉到了我微笑着指着《世界新闻报》头版头条的瞬间。

当晚,迈克尔·库珀和我睡到了一张床上。就像寒夜里的两只狗,在糟透了的状况下,因为寂寞和迷失,依偎在了一起。迈克尔·库珀是个很棒的朋友,我们的关系很亲近。和他同床共枕怪怪的。当时我恍恍惚惚的。不管怎样,我知道我需要一个肩膀。

米克和罗伯特被判有罪,庭审一结束便被送进监狱。有那么一阵,看起来像是他们这辈子就要毁了。我的天哪,仅仅是因为吸了 LSD。基思载我去探监。罗伯特能接受现实,但米克不能。米克心烦意乱,感到非常绝望。他做梦都没想到这种鸟事会降临到他头上。他不敢相信,也不能适应。

米克绞扭着双手,抽泣着说:"我该怎么办?我他妈的该怎么办?"

他控制不住地哭泣起来。我崩溃了。这种强烈的情绪让我手足无措。米克的无助激怒了我,坦白讲,我不怎么同情他。

"天哪,米克,振作起来!"我恫吓他道,"条子看到了会怎么想?你证实了他们对你的成见!一个没骨气的被宠坏了的摇滚明星!"

他马上不哭了,不过似乎有些生气。他可能不知道我有这一面。非常强硬的一面。我不该显露出来的。我应该被感动,因为他把内心脆弱的一面暴露给我看了。他这么做真的很棒——他也有真情流露的脆弱时刻。不过不用说,从此过后,他再也没有把这一面掏出来过。

如果这番话是一个男人对他说的,也许就是个很好的建议。但从我嘴里说出来,绝不是一件好事。仿佛我成了他的母亲,绝对令他难堪,绝对违反规则。

我的反应一部分来自我的无能为力感。米克入狱让我伤心不已,然而我只能听天由命。

"为什么不利用这段经历,亲爱的。"我温柔如水地说。

"利用它?你什么意思,利用它?"

"利用它来写歌,亲爱的。"

"你期望什么,该死的《雷丁监狱之歌》[1]?"

"嗯,想想那些你热爱的布鲁斯歌手,亲爱的。你能书写你自己的布鲁斯。"

"去他妈的,玛丽安!我现在没那心思。我心里天旋地转。我满脑子想的都是怎么从一个该死的黑洞里爬出去,忘记这场噩梦。"

在基思陶醉于成了不法分子的同时,米克伤心欲绝。基思对匪徒有着浪漫主义的想象,觉得进局子很酷。米克恰恰相反。

但米克的确利用它写出了好歌。黑暗、阴森、迷幻的布鲁斯歌曲。《魔鬼陛下的乞求》(*Their Satanic Majesties Request*)里充斥着它们。

庭审期间,少有的几件乐事之一,是看到米克和基思穿美丽至极的衣服。如果没有这个案子,基思永远不会穿西装。他的日常装束是牛仔裤和皮夹克。当然,他看上去太他娘帅了。帅爆了。基思穿灰黑色西装,米克穿彩色西装。

媒体痴迷于米克的行为细节。他从法庭附近一家餐馆叫的是什么外卖,我给他带的是什么书和什么杂志(是关于西藏和现代艺术的书),他抽的是什么牌子的烟……仿佛他是温莎公爵。每篇报道都详细列出了他俩的穿着,不过说法略微不同。打个比方,米克西装上衣的颜色囊括了从

---

[1] *The Ballad of Reading Gaol*,奥斯卡·王尔德刑满释放后创作的诗歌。

鸭蛋蓝到翠绿之间的每一个色度。庭审那几天，我们天天都能从报上读到他俩的详尽着装报告。

"基思·理查兹先生今天穿黑丝绸西装配白领巾出庭；米克·贾格尔先生绿天鹅绒西装配粉红衬衫……"所有的报道均以这样的笔触开头。

在我看来，这些浮华的着装有利于他们获得舆论的支持。他们打扮得如此精致，看起来更像是被壮硕警察欺负的脆弱贵族，而非检方刻画出的邪恶人类。他们成了浪漫人物。英国人就是爱这种浮华的勇敢：弗朗西斯·德雷克爵士打了一场木球，然后出海与西班牙无敌舰队决一死战。

那些迷人的衣着成了奇妙的钢盔铁甲。我应该以他们为榜样的。现在回头看，我是有必要把自己打扮得精神一点儿的。如果我当时动动脑子，如果我当时没有嗑药，我会回到哈雷大楼，洗个热水澡，把头发挽在头上，换上非常时髦的套装、高跟鞋、长筒袜，然后再去红地，而不是一身随意的嬉皮打扮过去。媒体和法院把我随性的装扮理解为对他们的蔑视。

从彼时拍下的照片里，你们能看到我多么欠缺考虑。我对他们来说无足轻重。就是个孤苦伶仃的金发小瘦妞儿。

红地事件发生前，基思的光芒被米克和布莱恩给遮住了。但凭借在法庭上的漂亮反击，他一跃成为民间英雄。基思的传奇就此开启。他成了放纵和魔鬼的象征。而令人惊叹的是，戴着骷髅戒指、带着恶魔意象的他也成了撒旦的左右手。他将形势转化为对他有利。

庭审惊人地无聊，同时又极其可怕。无情的国家机器，像巨大的石轮，缓缓地碾过他们。这是你这辈子看过的最老套的肥皂剧里的最无休止的场景。

他们的剧本是：一群荒淫的摇滚明星把一个天真无邪的少女诱至一座偏远的乡村别墅，一个劲地灌她迷幻药，和她进行各种性行为，包括吃玛氏巧克力棒。

庭审过后不久，米克对我说："知道牢里的人怎么传的吗？他们说条子进屋的时候，你下体里插着根玛氏棒，我趴那儿吃得正起劲呢。"

我一笑置之。但当这个该死的传言很快传遍全英国时，我乐不起来了。

"玛氏棒事件"起到了妖魔化米克的效果。太过火了，恶意扭曲事实。噢耶，米克在我下体里找到了巧克力棒！这纯属猥琐老男人的意淫。那帮老东西每周四下午都跑去接受调教，撅起屁股迎接皮鞭。

我像是在看一部根据我的亲身经历改编的艳情片！我震惊不已。当年的几张照片上，我一脸惊愕，仿佛是在说：我不相信！

法庭上，基思与谨小慎微的检察官马尔科姆·莫里斯先生你来我往，光芒尽显。

莫里斯先生："你认为一个年轻女子光着身子站在一群男人面前会感到尴尬？"

基思："一点儿也不。我们不是老头子，我们也不为道德问题担心……她刚在楼上冲了个澡。"

莫里斯先生:"你有没有大吃一惊,当她当着十名警官的面只裹着一条盖毯下楼时?"

基思:"我认为那条盖毯大到能裹住三个女人。"

莫里斯先生:"我没在说不得体的举止,我说的是尴尬。"

基思:"她不是容易尴尬的人,我也不是。"

陪审团仅花了五分钟便认定基思有罪(认定米克有罪花了六分钟)。六月二十九日,法庭判决米克入狱三个月;基思因为容留吸毒获刑一年;罗伯特被判六个月。

罗伯特·弗雷泽获刑半年是意料之中,二十四颗海洛因可不是闹着玩的。真的,他出狱后再也不是以前那个他了。他彻底幻灭了。服刑期间,他失去了他的画廊。他带着复仇之心出狱,最后却与自己过不去。十五年后,他死于艾滋病,是英国最早离世的艾滋病人之一。可怜的罗伯特,我非常想念他。

这显然是场阴谋,因为一个多月前的五月十日,米克和基思交保当天,他们又逮捕了布莱恩。他们一点儿都不含蓄。整件事都是精心策划的。很显然,他们试图表明米克和基思有罪。又一颗滚石涉毒被抓!

逮捕布莱恩的是臭名昭著的缉毒警探诺曼·皮尔彻(Norman Pilcher)。他是约翰·列侬的《我是海象》(*I Am the Walrus*)里的"粗面粉布丁"皮尔彻(semolina pilcher)。这是个一心想出名的烂条子。后来米克和我又被他抓过几次,再后来他还抓过列侬。我看他是个骨肉皮!七十年代初,他因贪腐入狱,我承认我得到了很大的满足!

六月三十日,审判结束后第二天,米克和基思就出狱了——他们向法院提起上诉,被允许取保候审。当晚,我们一同去希尔顿酒店压压惊。艾伦·克莱恩[1]和他侄儿罗尼·施耐德(Ronnie Schneider)也在。他们四个聊天的时候,我在摆弄一个精致的首饰盒。突然,锁扣弹开了(这种尴尬的事儿总是发生在我身上)。一块哈希什露了出来。我藏里面的……

克莱恩止住话茬,凝视着这个圆鼓鼓的灰色结节状物体。

"那是什么?"他一脸嫌恶地问。

"不是你想的那样,艾伦,是哈希什。"

"哈希什?"克莱恩勃然大怒,"你脑子进水了吗,玛丽安?我们刚把米克和基思从牢里捞出来,布莱恩刚刚被抓,而你准备抽大麻?"

"你要把这么好的东西给扔了?"我气得花枝乱颤。

他把哈希什倒进抽水马桶冲走,然后将我的精美首饰盒从阳台上奋力掷了出去。我们的房间在四十一层。接着他回到他们中间,继续聊刚才的话题,仿佛什么都没发生。

---

[1] Allen Klein(1931—2009),美国唱片业大鳄、传奇经纪人,他创立了著名厂牌ABKCO,曾同时担任披头士和滚石的经纪人。一九六五年,时为滚石经纪人的安德鲁·鲁格·奥德汉姆雇用艾伦·克莱恩担任滚石的商业事务经理。一九六七年底,安德鲁被迫辞去滚石经纪人职务,艾伦·克莱恩上位成为滚石经纪人。

我震惊万分。

这是一宗再明显不过的迫害案件,精明的安德鲁自然心知肚明。安德鲁无疑也是他们的抓捕对象。他吓坏了,待在国外不敢回来,一直到案子尘埃落定。有几件事导致安德鲁和滚石之间产生了无法修补的裂痕,这件事就是其中之一。米克和基思觉得他俩被安德鲁抛弃了。

我们都很害怕。气势汹汹的敌人对我们穷追猛打。我们感觉自己中了妖术,陷入了《魔鬼陛下的乞求》里弥漫的黑暗之中。

然后,在最黑暗的时刻,《泰晤士报》刊发了威廉·里斯-莫格(William Rees-Mogg)撰写的社论《杀鸡焉用牛刀?》(*Who Breaks a Butterfly on a Wheel?*)。文章说米克和基思遭到了迫害,这个案子根本站不住脚,不禁让人质疑英国的司法制度。来自宣传体制核心的抗议改变了一切。一夜之间,公众开始视滚石为受害者和替罪羊。

米克获得保释后的周末,我带米克、迈克尔·库珀、迈克尔的儿子亚当去我爸掌管的学院兼公社火盆公园避风头。除了火盆公园,我实在想不出第二个可以躲避骚扰的去处。我们需要清净,需要去一个媒体够不着我们的地方。

我们玩得很痛快。当然,感觉可怪了。我父亲是个大怪人,做的饭很难吃,而米克对食物非常挑剔。火盆公园是怪客聚居之地。人们围坐在桌边,有人问:"今天你感激什么,奈杰尔?""我看到了一辆拖拉机!"奈杰尔说。我同父异母的双胞胎弟弟补全着彼此的句子,像是从汤姆·斯托帕德的戏剧里走出来的。

我带米克和迈克尔参观高高的阁楼和矮矮的护墙——那是我童年时玩耍的地方。我想让米克看到我从哪里来。

火盆公园是个奇妙又美丽的所在,你能在里面尽情撒野。事实上我们也这么做了,我们利用得很充分!

但它的怪异让米克感到困惑。怪人们在周围游荡,谁都没有正眼瞧过米克——他们根本不知道他是何方神圣。他们来自另一个世界。他们来到火盆公园,是为了逃离世俗世界。在伦敦大学贝德福德学院当过教授的父亲给他们讲授多门课程。这儿谁都没有把米克·贾格尔放在眼里!

迈克尔·库珀为我们拍摄了大量动人的照片。他就像一只几乎看不到的蜂鸟,在我们头上飘来飘去,然后突然悬停,记录下美丽的瞬间。

迈克尔是伦敦人。伦敦东区的犹太男孩,应该是。他长了一张全天下最美的脸,鼻子跟纳尔逊纪念碑一般大。一双大大的杏眼,闪烁着生命的光芒。二十世纪六十年代,毒品打开了很多人的心灵之门,他是其中的一个。他们的脸上充满了感染力,尤其是眼睛里。他满脑子都是主意,并且能将它们付诸实现!他为《佩柏军士孤独之心俱乐部乐队》(*Sgt. Pepper's Lonely Hearts Club Band*)和《魔鬼陛下的乞求》拍摄的封套是迷你歌剧,配有异想天开的布景,辅以极难实现的并置。他是六十年代伦敦的中央灵魂。

永远带着照相机,永远在拍照片。他拍米克和基思,不是因为他俩是滚石,而是因为他俩的活力。他永远身处场景中央,把所有人团结在一起。万万没想到,死神会早早夺去他这种人的生命。我非常想念他。

我们在火盆公园玩得很尽兴。离开的时候,我们坐上米克的宾利,朝大门驶去。忽然,米克从后视镜里看到了奇怪的一幕。

"你爸在追我们,"米克说,"他在拼命地向我们做手势。"

米克靠边停车,我爸喘着粗气追了上来,递给米克一张账单。周末消费账单,我、米克和迈克尔全价,亚当半价。我们无言以对。

"你们在这儿度了周末,每人九英镑。"没有任何商量的余地,掏钱付账!我窘迫得无地自容,但同时也对父亲肃然起敬。

宾利驶出了火盆公园的大门,我们又回到了疯狂的世界。七月三十一日,上诉法院推翻了米克和基思的有罪判决。米克替我承担了罪责,这是一种崇高的行为,也许这就是他最终能免受处罚的原因。噩梦终于消散,米克和基思安然无恙地脱身出来。整起事件让他们更具神话和传奇色彩。像火蜥蜴被大火炙烤后非但毫发无损,还长出了色彩斑斓的鳞片。

大英帝国的权贵们以为摇滚唱片能帮助英国青年挣脱枷锁!仿佛几支伦敦节奏布鲁斯乐队有能力发动一场革命。他们有妄想症,而在我们最疯狂的时候,我们也一度相信自己有这个本事。

他们搬起石头砸自己的脚。在今天的英国,没有人把王室、政府、道德和条子放在眼里。权势集团将其归咎于道德标准的下降,但这种下降就始于他们。

布莱恩和安德鲁成了滚石阵营里的牺牲品。布莱恩的身心状况一团糟。而由于他陷入的法律麻烦,滚石无法取得美国签证。米克和基思对此愤恨不已。对布莱恩的敌意持续升级。在当时,米克和基思的处理方式是嘲弄他。真要把内心的情绪释放出来的话,他们可能会杀了他。但对有严重疑心病的布莱恩来说,嘲弄他是最能打击到他的方式。

红地事件的另一个受害者是我母亲。她崩溃了,开始酗酒,不再去上班,几乎闭门不出。她为玛氏棒和毛皮盖毯的故事感到羞愧。当时她正在一所教师进修学院深造,即将获得学位,成为一名拥有更高学历的教师,获得更高的收入。丑闻发生后,她被深深的耻辱感压垮了。当时我完全不知情。她过世后,我看到了进修学院的来信,信中说:"亲爱的菲斯福尔夫人,你有三周没来上课了,我们很担心你。如果你遇到了什么问题,请跟校长谈谈。"她再也没有回去过。

最终,事与愿违,权势集团对滚石的突袭反而壮大了滚石。滚石和女王陛下的政府成了一个重量级的对手。没有哪个经纪人能做到这一点,就连刁钻的智多星安德鲁·鲁格·奥德汉姆都做不到。

红地事件发生之前，滚石与谁人、新兵、奇想是同一个级别；红地事件之后，滚石上了一个台阶，只有披头士能与他们平起平坐。

直到三四年后，我才被这一事件的余波狠狠地冲击到——和米克在一起时，他是我的保护伞。

我得了厌食症，我在吸毒。我需要超凡的精力和毅力来对抗外面的攻击。顶住它们已经不易，更别提反击了。

一九九三年，《世界新闻报》打算刊登《与滚石一起浮沉》(*Up and Down with the Rolling Stone*)一书的节选。我意识到这是红地事件后，我第一次有勇气与他们做斗争。跟基思和迈克尔在一起的时候，我被他俩鼓舞着，外面那些攻击伤害不了我。等后来回到伦敦家中，开始收到恐吓信，以及再后来一度把毒戒了，开始真正思量这些事时，我才发现自己已经被恐惧笼罩。

我天天都会收到一堆恶毒的恐吓信。"你越早离开这座岛，你的金色长发越早浮在海面上，这座岛就会越干净。"

诅咒是实打实的。像夏洛特小姐一样，我坐进一条小船，在船上涂上我的名字，漂流而下。我还年轻，易受外界影响。我以为他们说的是真的。玛氏棒的怪诞传说可能会永远与我形影相随。我应该仿效米克的。米克会宣泄一下，然后继续前行。忘掉条子们的想法，如果你想哭，就大声哭出来，宝贝儿！

与撒旦同行

审判后,米克没有丝毫踌躇,继续向前走去。"多棒啊,他出狱了,我们将继续走下去。"我们不会让这个小丑闻阻止我们的脚步。

当时我经常一个人去夜店游荡。这是我为了逃避婚后生活养成的习惯。我觉得米克喜欢我这一点。克丽茜晚上总是待在家里,用烤箱给他做晚餐。

有一次,我去一家名叫七个半(Seven and a Half)的小俱乐部看吉米·亨德里克斯的现场。米克说他在纽约看过吉米表演,被彻底震住了。"他将震撼全世界!"米克很少说出这种话,所以我最好去一睹为快。

七个半开在一间小地下室里。吉米演的时候,屋里统共就十来号人,还包括两个技师。我坐着看他弹了几个钟头。

他打扮非常入时,上穿褶饰花边衬衫,下穿烤花丝绒长裤。蔡斯·钱德勒[1]一定带他去过国王路。

吉米非常紧张局促。他背对着观众弹琴,说起话来咕咕哝哝,一个字都听不懂。他跟米奇·米切尔(Mitch Mitchell)和诺尔·雷丁(Noel Redding)讨论下一首演什么歌,一讨论就是半天;他捣鼓他的电吉他音箱,一捣鼓又是半天。彼时他还未成为吉他巫师,你能看出他非常害羞。而一旦开始弹奏,他就变了一个人,变得性感撩人、坦率直接。我感觉他是在弹给我一个人听,因为这地方空荡荡的没几个人。我真是个傻瓜。我应该留下来勾引他的,但我逃跑了。

一九六七年三月,我开始排演契诃夫的话剧《三姐妹》。我演最小的妹妹伊丽娜。伦敦的冬日寒冷沉闷,所以在一个不用排戏的周末,安妮塔和我决定带上布莱恩飞往摩洛哥古城丹吉尔。米克、基思、克里斯托弗·吉布斯、罗伯特·弗雷泽和迈克尔·库珀已经到那儿了。

安妮塔和我一宿没睡觉,我们玩得开心死了。然后我们去一所私人小医院接布莱恩·琼斯。可怜的宝贝儿,他身心都崩溃了不说,还患有肺炎和哮喘。布莱恩用药的量很大,像他那样用药,身体得强健如牛才扛得住。事实上布莱恩的身体状态非常糟糕,更别提心理状态了!肺炎加哮喘,意味着呼吸困难。他使用吸入器的时候上气不接下

---

[1] Chas Chandler(1938—1996),动物乐队贝斯手,吉米·亨德里克斯的经纪人。

气的，我们觉得他是在装样子，为了引起我们的注意。

他穿得很美，黑灰色西装、白衬衫和领带，看上去很庄重，完全不是他一贯的华丽着装风格。他看起来优雅而低调，同时也显得苍白而憔悴。登机后，安妮塔和我把LSD分给布莱恩一起享用。飞机中途在直布罗陀停留。布莱恩激动万分，把他为安妮塔主演的电影《爱杀无赦》(*A Degree of Murder*)做的原声带带在了身边，准备放给直布罗陀猕猴听。

下飞机后，我们三个打的来到直布罗陀猕猴聚集的直布罗陀巨岩。我们郑重其事地走近猴群，向它们躬身行礼，说我们要放一些美妙的声音给它们听。我们说话的时候，猴子们听得聚精会神，但当布莱恩打开录音机时，它们似乎受到了惊吓，尖叫着四下逃窜。布莱恩非常难过，不由自主地抽噎起来。

安妮塔有个令人困惑的习惯：她不时会转向我，跟我说几句悄悄话。当时我没有多想。"飞"的时候我可没心情去解析。但后来我明白了。她一定知道会发生什么——她打算离开布莱恩——她在说服自己。当布莱恩异常激动地给猴子放他的歌时，她对我窃窃私语道："你不觉得布莱恩看起来很苍白、很暗淡、很没有活力吗？他脸上一点儿血色都没有，不是吗？"我看着她，只好赞同道："嗯，没错，他看起来的确有点儿憔悴。"他气色是不大好，但我喜欢这种感觉。病恹恹的惨白，挺浪漫的。

我都没法儿跟布莱恩好好交流，更别说帮助他了！我打量着安妮塔。我好像从来没见过那么生机勃勃、那么充满活力、那么光彩照人的女人。在她旁边，是凋谢的、可怜的、虚弱的布莱恩。当时他还没到要挂的时候（他又撑了两年光景才离开这世界）；他依然想振作起来，紧紧抓牢他爱的女人。

飞行变得紧张起来。一股令人不安的情绪在布莱恩和安妮塔之间蔓延，我夹在他俩中间，开始觉得心烦意乱。然后我想到一个绝妙的主意，一个非常伊娃的主意。我把包里的新版《奥斯卡·王尔德全集》拿出来说："为什么不大声朗读《莎乐美》呢，我们仨？每人演一个角色，能打发时间呢。"真是个好主意。从直布罗陀到丹吉尔，我们读了一路《莎乐美》。布莱恩演希律王，我读莎乐美，安妮塔是希罗底。她读得真有味道："你不能跳舞，我的女儿！"玛琳·黛德丽（Marlene Dietrich）式的抑扬顿挫。我们是希律王、希罗底和莎乐美。好棒的旅程！

在丹吉尔机场，他们把我们拦了下来，显然是要搜查我们。我们看起来绝对疯狂。安妮塔和我披着绚丽的紫红色长围巾。我们咯咯地笑着。布莱恩这时倒乐了。他非常愉快。海关官员打开我的手提箱，不禁哑口无言。里面只有一些贝壳、一件印度纱丽和一本埃德蒙·杜拉克的插画书。纱丽真漂亮，软软的、泛着银光的紫色纱丽。我们都凝视着它。嗑了药的女孩打的包。几样精致的小物件。与其说是手提箱，不如说是抽象拼贴画。

这可能是我和布莱恩一起度过的最开心的时刻。然而好景不长，第二天布莱恩就把自己胳膊弄断了。他挥拳打向安妮塔，结果打到了窗户上的铁架子。我和安妮塔把他往医院一扔，跑去喝印度茶，抽哈希什了。在露天市场，我们看到一个美妙的男人，肩上扛着一只白色的中国陶罐。他看起来很有趣，所以我们决定跟在他后面。他把我们带到他的小店，里面空空如也，墙面是美丽的淡蓝色，像是在水下一般。他叫艾哈迈德，店里就摆了一只小木箱，里面有四只手镯、一个戒指和许多哈希什。我们三个坐下来抽了几根大麻烟，很快就成了朋友。后来每次去丹吉尔，我们都会去找他。他一度很发达。接下来的四年里，这家小店扩张成一字排开的六家店。他有了豪车和许多助手，成了当地的名人，浑身珠光宝气。然后他被抓进监狱，变得一文不名，听说又回到了真主的温暖怀抱。

离开英国真让人感到解脱。出国避风头是艾伦·克莱恩的主意，去一个把抽哈希什当成家常便饭的地方。好吧，我们又飞到说不出话来了，不过这次是在摩洛哥。渐渐地，艾哈迈德的大麻珠宝店变成了幽闭恐怖的切尔西客厅。我得赶快走出来。我感到头晕目眩。当我终于站起来时，尘世的烦扰烟消云散。我开始随着收音机里的阿拉伯音乐翩翩跳舞。我穿着我的印度纱丽，我是莎乐美，在希律王的宫殿里起舞。我越转越快，身上的纱丽开始解开。我不停地旋转，直到全身赤裸。艾哈迈德看得兴高采烈，拍手尖叫舞蹈。米克开心不起来，起身离开了这家店。

塞西尔·比顿[1]来到游泳池边给米克拍照。塞西尔是个刻薄挑剔的性感老头。他喜欢迷人的男子，但对米克只是好奇而已。如果你看过史蒂芬·坦南特[2]的传记，就会知道塞西尔只喜欢他那个年代的美男，二十世纪三十年代的花样美男。罗伯特和克里斯托弗从米克身上看到的美，他看不到。我发觉这人很讨人厌。几分钟后，我离开米克和塞西尔，去找安妮塔。她在大堂酒吧的深处，缠住威廉·巴勒斯聊这聊那。安妮塔很迷巴勒斯。就是从那时起，我也迷上了巴勒斯。那时他根本没把我当回事。老实说，一九八七年前，他没有对我说过一个字。他对我完全不理不睬。一个胸大无脑的金发妞儿，没什么可聊的。

有一次，和米克、克里斯托弗在阿尔卑斯山上走得好好的，我突然无缘无故地大哭起来。他俩深感震惊："究竟发生了什么事？"标准的英国式语气。噢，没什么，真的，就是一点儿存在主义痛楚，我想。继续！和米克在一起时，我经常失声痛哭——他让我觉得自己很不中用。

和这帮最要好的朋友在摩洛哥度假时，我跟往常一样局促不安。米克则乐在其中。他享受他们的陪伴，他们敬仰他。问题是我俩永远和他们在一块儿，我俩就没有独处

---

[1] Cecil Beaton（1904—1980），著名摄影师、服装设计师，曾凭借《金粉世界》（1958）获得第31届奥斯卡最佳服装设计奖；凭借《窈窕淑女》（1964）获得第37届奥斯卡最佳服装设计奖，被誉为二十世纪英国最杰出的摄影家之一。塞西尔是一位双性恋。
[2] Stephen Tennant（1906—1987），二十世纪二三十年代英国著名的同性恋社交名流，以颓废的生活方式著称。他是塞西尔·比顿的友人。

的时候。几年来我一直试图摆脱他们——我渴望跟米克单独相处。我不想一辈子住在玻璃鱼缸里,毫无隐秘可言。米克对我根深蒂固的广场恐怖症全然没有察觉。他爱生活在玻璃鱼缸里。他会举着邀请函冲进卧室大喊:"看这个,玛丽安!小约翰·保罗·盖蒂[1]和塔丽莎·盖蒂(Talitha Getty)邀我们去马拉喀什,三月份去,待五个星期,太他妈棒了,是不是?"我对社交从来就没热衷过,我不喜欢被展览的感觉。但这是米克生活中必不可少的一部分。对他来说,人生如戏。

我依然记得一个美妙的夜晚。我们在一家夜店看一群摩洛哥女舞者跳舞。她们非常漂亮,穿着民族锦缎服装。其中一位长得尤其标致。她们表演完后,我去后台找她,问她叫什么名字。她说她叫娅斯敏。我问她是否愿意跟我们一起回酒店。"我付你钱。"我对她说。她很爽快地答应了——她平时一定兼职出台。

她换上她的便装,针织吊带衫和黑色短裙,跟着我们回到酒店。我想用她来激发米克的性欲。我喜欢扮演冒险者一角,做米克想做却不敢做的事。在这种情况下,我丝毫不会犹豫。

事后不久,我和米克回到了伦敦,我继续排演《三姐妹》。就是在摩洛哥,安妮塔投入了基思的怀抱。基思非常正直,布莱恩暴打安妮塔让他震惊不已。当然,他暗恋安

---

[1] John Paul Getty Jr.(1932—2003),英国慈善家、图书收藏家,其父是二十世纪六十年代世界首富、石油大王保罗·盖蒂。

妮塔好久了，虽然跟谁都没说过。我一直觉得他是追不到安妮塔的，如果不是布莱恩那么浑蛋，他没机会的。

从摩洛哥回来后，基思像骑着白色战马的骑士般驾着宾利带走了安妮塔。他刚买了一辆宾利，之前还一路开到了摩洛哥！男人们爱自己的座驾如命，都不能忍受同它们分离！

《三姐妹》于一九六七年四月底上演。我与艾薇儿·埃尔加（Avril Elgar）、格伦达·杰克逊（Glenda Jackson）共用一个小得可怜的化妆间。首演之夜，米克送给我一棵橙子树。格伦达·杰克逊对此不屑一顾："一棵树？在这个逼仄的化妆间里放一棵该死的骇人的树？他不能像别人一样送花篮吗？"是的，占去了半个房间，每个人的衣服都被钩破了，但它真的很好看。不过它还是一棵树。我们不得不丢弃它。米克每晚都来，前两幕不一定见到他人，但最后一幕他肯定在。

安妮塔和基思有了一腿后，我们曾以为布莱恩会退出滚石。危机开始出现，因为滚石已经安排了多场欧陆巡演。安妮塔说服了布莱恩去波兰演出，说巡演一结束就跟他复合。他俩一起去了戛纳电影节，接下来在罗马待了一段时间。安妮塔在罗马试镜《太空英雌芭芭丽娜》（*Barbarella*）里的黑皇后一角。剧本是特里·索泽恩写的，特里跟导演推荐了她。但布莱恩又狠狠地揍她了，这下他俩彻底结束了。

这段时期的米克令人惊叹。他真的超越了自己。忠贞，真实,样样俱佳,面面俱到。布莱恩、基思和安妮塔的行为令人发指,但米克冷静又可敬。他总是努力去做对的事情。他站在道德制高点上。他不卷入卑劣的游戏。但因为他爱基思,他最终无法保持客观。当你爱一个人的时候,你忍不住要站队。而由于安妮塔和我非常亲近,很快,布莱恩就发现自己被大家关在门外。

我从未跟着滚石踏上他们的巡演之旅。我曾去探过一次班,结果酿成了我俩情感史上最可怕的一次事件。此后我再也不去了。

一九六七年春天,米克和我的恋情发展得很顺利。滚石在意大利巡演期间,我决定给米克一个惊喜,于是飞到了热那亚。我直奔酒店,等待他从演唱会上回来。这是一轮狂暴的巡演,骚乱不停地出现。我在飞机上读到了相关报道,说粉丝和宪兵之间爆发了激烈的冲突。成千上万的年轻乐迷打砸豪华轿车,试图掀翻它们。他们的面孔挤压着玻璃,已经扭曲变形,像弗朗西斯·培根的人物画。姑娘们脱下内裤扔上舞台。这是滚石第一次尝到巨大成功的滋味。不光是粉丝的尖叫,还有意大利贵族和影星的顶礼膜拜。暴乱在罗马发生时,连碧姬·芭铎和吉娜·洛拉布吉达都来滚石现场朝圣了。

当晚的演出中又出现了骚乱,还发生了踩踏事件。米克一演完就回酒店了。我穿着薄纱晨衣,躺在床上等他。他一进屋就变成了另一个人,一个我不认识的人。绝对被魔鬼附体了。他从那场演唱会上带回了破坏性的能量。一股能量先从他身上传递给观众,经由观众放大后,又回传到了他身上。

他没跟我打招呼,甚至都没搭理我。他走到床上,开始狂扇我耳光。一句话都没有讲。我吓坏了,逃进白色的浴室。他追进来继续打我。他下手特别狠,我完全不明所以。我的第一个念头是:"噢,该死,我和基思的一夜情被他知道了!"多么荒谬的念头!事实上,我知道基思会让这件事烂在心里。连安妮塔都被蒙在鼓里。

没有原因。就是内心骚乱的突然爆发,仿佛恶魔占据了他。最后他终于收手了,就像一场飓风停歇了下来。后来我们从未提及此事。至今我依然不明就里。他再也没有打过我。他不是那种人。我觉得这跟我或他没有关系。他不知道自己在做什么。他是暴民不智之举的受害者。从那轮巡演开始,一切都在改变。虽然滚石在英国和美国早就声名大噪,但这时他们才成为西方世界的文化符号。批判的声浪、被捕的紧张和审判的重压让米克猝不及防。他还没来得及形成强大的人格。他依然稚嫩。他还没变成后来那个遇事泰然的米克·贾格尔。

在这之后,米克控制住了自己易变的情绪,把它转变成另一种形式。他驾驭住了所有的负面力量,然后将它们具体化。他把破坏性的冲动转化为六十年代末的邪典歌曲:《午夜漫步者》《跳跃杰克闪现》《同情魔鬼》(*Sympathy for the Devil*)。恶毒的力量、失控的暴徒和无序的场景。六十年代的不少天才成了那些狂暴力量的牺牲品:詹尼斯·乔普林、吉米·亨德里克斯、吉姆·莫里森……但米克没有毁掉自己。他学会了引导它们。毕竟，他是一个控制狂！我不知道它们是否还在那里。也许已经被名利催眠了。但在那个年代，随着所有的大门都被打开，所有的LSD都被吸掉，它们一股脑儿地奔涌而出。

滚石的暴力因子一直潜伏在血液里。英国人在克制这方面很在行。当然，越是被紧紧压制，爆发力就越强；一旦爆发出来，无异于猛兽出笼。就像祭祀酒神的仪式中，女祭司长期被压抑的情绪释放了出来，把人活生生地撕成碎片。

一九六七年夏天，米克和我去罗马拜访基思和安妮塔。安妮塔在罗马拍《太空英雌芭芭丽娜》，演里面的大反派黑皇后。在邪恶的黑皇后统治的城市，全体市民都任由她宰割。安妮塔深陷角色不能自拔。角色有多疯狂，演绎他（她）的人就会变得多疯狂，而黑皇后极其疯狂。简·方达演女一号芭芭丽娜，这个角色就比较理智，虽然傻里傻气的。基思和安妮塔是外景拍摄地罗马电影城（Cinecittà）里的焦点人物。特里·索泽恩、克里斯蒂安·马康（Christian Marquand）、先锋实验剧团生活剧团（The Living Theatre）的创办人朱利安·贝克（Julian Beck）和朱迪丝·马利纳（Judith Malina）等人也在。特里觉得安妮塔很滑稽，成天沉浸在角色里。他经常逗弄她："啊，我保证，黑皇后来了！老鼠在光滑的大理石地面上狂奔，小蛇对着恶狠狠的她发出嘘声!"

对安妮塔来说,戏里戏外的界限非常模糊。中午刚过,她会说:"亲爱的,在片场的时候,我真的相信自己是黑皇后。"八个小时后,"飞"起来的她会说:"你们知道吗?我真的是黑皇后。"再过去八个小时,她的语气会很可怕:"我是我眺望到的一切的女王!"

没错,彼时安妮塔除了抽哈希什外,还在嗑可卡因。但把一切都归因于毒品站不住脚(她当时嗑的药量不及后来那么大)。她已经在罗马电影城拍了好长一段时间(该片预算超支,拍摄超时);罗马电影城恢宏逼真得令人难以置信;她总是穿着戏服,令人惊叹的戏服。渐渐地,她自己的衣服越发像是黑皇后的戏服,所以当她换上自己的衣服时,她就像是便装版的黑皇后。甚至比戏服更美,那是她最美丽的时候。

是的,你可以理智地饰演奥菲利娅[1],不用夜夜都把自己淹死在泰晤士河里,但在我看来,演戏需要忘乎所以、全情投入。暂时当一回别人非常释放。安妮塔入戏太深走不出来,在旁人看来有些疯癫,但和吸毒并无关系。

一天,我们四个在罗马街头散步,突然被一群不知从哪儿窜出来的青年团团围住。他们认出了米克和基思,跟我们动手动脚。我们沿着一条铺着鹅卵石路面的窄巷拼命逃跑。去年夏天的场景重现了。他们失控了。安妮塔吓得

---

[1] Ophelia,莎翁名剧《哈姆雷特》中哈姆雷特的恋人,最终疯掉,淹死在了水中。

差点儿心脏病发作。

我们跑啊跑,一直跑到巷子尽头。右边是一条上山的小径。我们不时被鹅卵石和台阶绊倒。该死的高跟鞋!美第奇别墅(Villa Medici)坐落于山顶,是罗马法国学院所在地,斯坦尼斯拉斯·克洛索夫斯基·德·罗拉(Stanislas Klossowski de Rola)和他父亲——画家巴尔蒂斯[1]住在里面。斯坦尼斯拉斯看到了我们,放我们进去了。文艺复兴时期的大门刚刚关上,我们就听到了重重的捶门声。

斯坦尼斯拉斯要留我们过夜。他偷偷放我们进来的——当时他和他爸不和。我们一起吸 LSD。天上挂着一轮满月,银色的月光轻抚着我们。巴洛克式的楼梯、十八世纪的美丽花园、柑橘树。在这种氛围下,我们都穿越到了过去,成了古时的人物。晚些时候,安妮塔和我看到了一只鬼。他是一位侍臣,穿着白色绣花衬衫,蹬着皮靴,忧心如焚地在走廊里转悠,用意大利语小声嘀咕着:"没有人能找到出路。"

我们在月光下的花园里踱了一宿,进行着诗意又形而上的交流。次日上午,米克坐在花园里,随性地拨弄他的吉他,铛铛、铛铛铛,铛铛、铛铛铛。这段旋律动机后来发展成《吗啡姐姐》(*Sister Morphine*)。

那年夏天,米克和我生活得极其幸福。我们徜徉在爱河里。我们年轻、富有,有人保护,世界在我们脚下。米

---

[1] Balthus(1908—2001),二十世纪卓越的具象绘画大师,出生在巴黎一个波兰贵族家庭,有"二十世纪最后的巨匠"之誉。

克想和我结婚生子。他觉得这是审判过后的一步好棋。

他也许是对的。这无疑是一步很妙的公关棋。但我不想。我还没有离婚。而且我对再婚很警惕。不管怎样,我认为我们不需要结婚。我认为我们会永远在一起。我会移情别恋,想要离开他?怎么可能?永远不可能。那年我才二十岁,他也才二十四,我们能懂什么?

在哈雷大楼住了一年后,我们搬去了切斯特广场。我一直不喜欢哈雷大楼,那是克丽茜·诗琳普顿住过的地方。而且它就在马里波恩医院正对面,救护车整夜鬼哭狼嚎的。我受不了那种痛苦!

在切斯特广场,我们迎来了同居后的第一轮社交高潮。我们经常整宿不睡。老友新朋来伦敦都会过来找米克。就是在切斯特广场的房子里,格兰·帕尔森斯[1]被米克和基思当场活捉,继而参与录制《乞丐盛宴》和《任血流淌》(*Let It Bleed*)。

我们几乎每晚都盛装外出。看芭蕾舞剧,泡夜店,去戏院,出席画展开幕式。那是伦敦最时尚的年代,夜夜都有精彩的派对。我们一个都没错过。用约翰·列侬的话来说,米克是场景之王。

米克为鲁道夫·纽瑞耶夫深深着迷,我俩经常去捧纽瑞耶夫的场,他的首演之夜我们从未缺席。我尤其记得《失

---

[1] Gram Parsons(1946—1973),美国传奇音乐人,职业生涯短暂,但对乡村摇滚乐、另类乡村乐的发展有重要影响。

乐园》的首演之夜，那是纽瑞耶夫为自己量身打造的芭蕾舞剧。全剧最高潮的地方，是他像炮弹一样纵身一跃穿破一幅画——画上是一双巨大的烈焰红唇，很像阴道，但更像米克的嘴唇。此后，这双红唇开始出现在滚石巡演的显著位置。

有天晚上，我们去一家名叫地下酒吧（Speakeasy Club）的俱乐部看亨德里克斯的现场。我上次看他表演是在七个半俱乐部，一晃好几个月过去了。时过境迁，如今他已是当红炸子鸡，濒于取代米克，成为新科性感偶像。演出完，吉米走到我们桌前，扯张椅子在我身边坐下，对着我窃窃私语。他试图说服我跟他回家，绞尽脑汁地说着引诱我的话。他还告诉我他想和我怎么缠绵。他说《风儿哭喊玛丽》（*The Wind Cries Mary*）是为我写的。"跟我回去吧，宝贝儿，我们快走！跟这个蠢货在一起有意思吗？"他对我说。

我无比想跟吉米回家，但我是个怯懦的人。而且米克永远不会原谅我。整个过程中，米克表现得沉着冷静，典型的英国人做派。

找我做正牌女友意味着还要接受我的儿子尼古拉斯，承担照顾娘儿俩的责任。而且我还没有离婚。我和米克搬进切斯特广场没多久，约翰·邓巴找上门来，和米克爆发了激烈的争吵。尽管与我分手已久，约翰从未放弃与我复合的念头。临走时，约翰对米克撂下一句话："你就是个山寨披头士而已。"米克听得瞠目结舌。这话现在听起来很滑稽，但在当时可刺痛米克了。米克崇拜披头士，一心想成为约翰·列侬。

小尼古拉斯是纷争的根源。约翰对米克夺走我和他儿子感到非常愤怒。他几年没见到爱子了，当然痛苦不已。

在切斯特广场，除了社交生活外，我们也拥有温暖的家庭生活。这是和米克生活在一起带来的最美好的事情之一。迈克尔·库珀和他儿子亚当基本上与我们同住。米克爱尼古拉斯，尼古拉斯也爱他。米克对小孩子很好。他具备希特勒和戈林的特质：爱小孩子和狗狗。

虽然尼古拉斯很爱米克，但思念父亲是人之常情。一天晚上，小尼古拉斯穿着睡衣，蹬着拖鞋，孤身一人搭乘公共汽车去了肯特。他想去他父亲家。我们急疯了，直到在一个村庄的警所找到了他。他正愉快地和条子们一起喝茶吃饼干呢。

这段时期最令我难以忘怀的，是与米克和基思在爱尔兰度过的一个田园诗般的下午。我们去看一栋美丽的十八世纪别墅。多么美丽的一天。一片草坪通往一条小溪，溪边悬垂着大树。天气很炎热，我们默不作声地躺在溪边的苔藓上，一躺就是几个小时，渐渐地进入了梦乡。

夕阳西下的时候，我抬起头来，看见基思光着脚在溪里行走，像一个吉卜赛老人，一个偷猎者；米克躺在那里，像一个多彩的中世纪男孩。那是他那时候的一贯形象。

我们很少独处。周围总有一群人在晃荡。他们想接近米克。米克乐在其中。一群光彩夺目、才情洋溢的人爱着他。

与米克同居之初,我便学会忽略自己是个性感尤物。性感尤物是他。他是所有人眼中的性感尤物!对同性亦有极大的吸引力!对一个女人来说,周围那些热切的目光不是冲着她来的,那感觉真是怪怪的。

二十世纪六十年代末的伦敦崇尚同性恋情。不公开出柜,但暗潮涌动。空气中弥漫着同性魅惑的味道。这会造成奇怪的局面,其中一幕我历历在目。当事人是米克、罗伯特·弗雷泽和我。

一个愉快的仲夏夜,我来到罗伯特的公寓,抽了两根大麻烟。罗伯特穿着粉红色西装,看起来优雅迷人。我们管他叫草莓鲍勃,因为他爱粉红色。冷不防地,罗伯特挑逗起我来了。毫无疑问,他是同性恋。但在那种氛围下,性别界限变得十分模糊。他靠了过来,热烈地亲吻我的嘴唇。就在这时,门铃响了。是米克。塞翁失马,焉知非福——有些东西还是停留在想象中比较好。

米克穿着一件美丽的丝绸西服,后背上有一张手绘的人脸。他立刻看出罗伯特和我之间很不对劲。他暴跳如雷,气鼓鼓的像只牛蛙,紧身的西服被撑得支离破碎。我们至今都不知道他是吃罗伯特的醋还是吃我的醋。

性别界限的模糊化带来了多元的创造力,但它也有暗面。同性恋亚文化的一个糟糕的副产品是厌女症。《按钮之间》时期,米克和基思赤裸裸地表达着对女人的憎恶;《午夜漫步者》和《黑糖》里,这些憎恶再度现身,只不过被伪装了起来。安妮塔和我经常聊到他俩对女人恨之入骨,而《午夜漫步者》和《黑糖》又是两个例证。

红地事件加深了米克和基思之间的感情。获释之后,两人的关系变得非同一般。

对基思来说,米克仅仅是他在滚石里的盟友;但对米克来说,基思远不止盟友那么简单。他心里还埋着一段非理性的、激情四溢的单恋。

列侬和麦卡特尼之间也有着类似的纽带,当然,不如米克和基思那么牢固。但两支乐队各有一位奇诡的双性恋经纪人:布莱恩·爱泼斯坦和安德鲁·鲁格·奥德汉姆。

一九六七年夏天,我们和披头士一起去拜谒玛哈瑞诗·玛哈士大师[1]。他们的妻子也一道前往。大师居住在北威尔士班格尔的一所寄宿学校里,当时正值暑假,学校里除了我们没别的人。对摇滚享乐主义者来说,这里简朴而清苦。

我们对他有一些顾虑。听迈尔斯说,在印度的时候,玛哈士大师被怀疑有财务违规和性骚扰的行为。

我们逐个进去见他。他挨个儿给我们念一段经文,递上几朵花。我们也带了花给他。他咯咯地笑个不停,气氛轻松惬意。

在班格尔学习期间,从伦敦传来了布莱恩·爱泼斯坦

---

[1] Maharishi Mahesh Yogi(1918—2008),印度冥想大师,二十世纪六十年代起风靡世界的超觉静坐运动倡导者。披头士曾奉他为精神导师,跟随他学习冥想。

自杀的消息。四位披头士伤心不已，就像他们中的一个去世了一样。那是一个可怕的时刻，然而玛哈士大师毫无怜悯之心。

"你们的一位家人去世了。天下有许多家庭，天下有一个家庭。布莱恩·爱泼斯坦继续前行了。他不再需要你们，你们也不再需要他。他像是你们的父亲，现在他走了，我就是你们的父亲。我会照顾你们的。"我听得心惊肉跳。

这年夏天，艾伦·金斯堡携意大利诗人朱塞培·翁加雷蒂来到伦敦。他将莅临伊丽莎白女王音乐厅，用英语朗诵翁加雷蒂的诗作。我好长时间没见着他了，巴不得立刻见到他。我邀他来哈雷大楼做客。艾伦走了进来，坐到我们的床上——米克和我裸身坐在上面，身披那条臭名昭著的毛皮盖毯。我们坐在一起，从音乐、萨德侯爵、《卧房里的哲学》、威廉·布莱克、但丁聊到毒品、越南、神秘主义、巫术和政治。那个时代的闲谈。

和往常一样，艾伦无事不登三宝殿。彼时越战已进入白热化阶段，艾伦试图说服米克给威廉·布莱克的诗作《灰僧》(*The Grey Monk*) 谱曲。

"就表达我们的状况来说，谁能讲得比布莱克更打动人心？"

"嗯，正是在下，艾伦。"米克向他眨了一下眼睛。

米克还是感兴趣的。他尊敬艾伦，总的说来也尊敬艾伦的诗作。毕竟，他自己就是一个诗人。但由滚石乐队操刀《天真与经验之歌》[1]的想法相当愚蠢，而我冲动之下极力赞成。我们几乎就要说动米克了。

与诗人、画家和学者的交往消除了米克内心的隔阂。你们想象一下艾伦·金斯堡跟你唠叨威廉·布莱克和弗里德里希·荷尔德林；威廉·巴勒斯跟你絮聒软机器和思想警察。都被他吸收进去了。米克那会儿对一切都感兴趣。他的好奇心永远无法满足。他还阅读伊莱·里维的著作。里维是一位浸淫于神秘学的法国魔法师，影响过诗人兰波和实验电影导演、民歌采集者哈里·史密斯。

记忆中有一场非常古怪的派对，把美国学院派诗人、摇滚明星和西海岸嬉皮士交融在了一起。派对主办者叫潘娜·格雷迪（Panna Grady），是位年轻貌美又多金的美国女人。身为艺术赞助人的她对艺术家和作家十分慷慨，尤其不吝于资助地下文学作者。当时她正在追求大诗人查尔斯·奥尔森。这场派对文豪云集，座上宾几乎囊括了全伦敦的诗人和作家。艾伦·金斯堡、威廉·巴勒斯、R. P. 布莱克默尔、威廉·燕卜荪、帕特里克·卡瓦诺，另外还有感恩而死的罗恩·麦克南（Ron McKernan）和挖掘者[2]的埃米特·格罗根（Emmett Grogan）。米克进诗人圈了！

艾伦动作夸张地走了进来，把脖子上挂的湿婆教佛珠

---

1 *Songs of Innocence and Experience*，艾伦·金斯堡发行于一九七〇年的专辑，内容是他演唱英国诗人威廉·布莱克同名诗集里的诗作。
2 Diggers，一个由激进分子、即兴演员和行为艺术家组成的社区组织。

往后一绕,问米克听过《嗨儿,克利须那》[1]没。

"艾伦,亲爱的,他是克利须那教徒,"我说,"但只在吸了 LSD 后。"

艾伦拉起他的小风琴,开始唱给米克听。他刚开嗓,就见米克的弟弟克里斯·贾格尔踉踉跄跄地走了进来,醉醺醺地说:"你在念什么经?念给谁听?你这个死基佬想勾引谁?你他妈的以为你是谁?你以为你是个腕儿,是吧?"他不断地打断艾伦的演唱,米克压根没法儿听到曲终。

几天后,米克派司机去艾伦那儿取罗恩和埃米特留下来的奥斯利迷幻剂[2]。我们服下几片,然后前往樱草山(Primrose Hill)。星星排好了队。我们没有看到威廉·布莱克笔下的太阳之神[3],但我们看到了天空中的一张巨脸,他发出的声音也许只是城市噪音,但我们相信他是巨神布兰(Bran),刚从千年的沉睡中醒来,正在唱着歌儿。

我觉得六十年代的 LSD 文化对米克大有助益。他超越了自己的小家子气,卸下了所有的防备。他变得更加开放,更加璀璨夺目。米克后来接受采访时说,他对当年的行为极度后悔。他说那时候的他不是真正的他。当然,是有什么东西占据了他!最后,他完全摒弃了 LSD。

LSD 伴随了我们很久很久,最后我们都收手了。它完

---

[1] *Hare Krishna*,礼赞印度教克利须那神的颂歌。
[2] Owsley acid,制造者是二十世纪六十年代的迷幻剂传奇、反文化运动要角 Owsley Stanley。
[3] 出自威廉·布莱克诗句:I have conversed with the spiritual sun. I saw him on Primrose Hill(我曾与太阳之神交谈,我看见他就在这樱草山上)。

成了打开我们心灵的历史使命。大功告成。一段时间过后，我们开始尝试海洛因等硬性毒品。再接下来，我们饱尝海洛因带来的幻灭和痛苦。

与米克交往后，我做出一个重大妥协，中止了自己曾经无休无止的巡演。我开始意识到这是个错误——我们的生活出现了轻微的动荡。巡演路上，我可以搞各种各样的恶作剧，而在家里就不能。

我想要更多，渴望新的体验。它们很快就来了。

一九六七年，我接拍了两部烂片。在奥利弗·里德担纲主演的《回首黄粱梦》(*I'll Never Forget What's'isname*)中，我光荣地成为影史上第一个在一部合法影片中说"操"的人；还有软色情片《摩托车女郎》(*The Girl on a Motorcycle*)。这部片子拍了三个月，在苏黎世、海德堡和法国南部取景，米克经常来探班。

法国明星阿兰·德龙和我演对手戏。开拍伊始，他就想把我弄到手。他的套路是罗伊·奥比森式的，有些随性，显得漫无目的。被我拒绝后，他翻脸不认人了，摆出一副愠怒的样子。真是个自以为是的蠢驴。有场戏是他一边说着"你的身体像天鹅绒琴盒里的漂亮小提琴"，一边拉开我的紧身皮衣的拉链。这个镜头拍了好几十遍，因为他一开口我就笑场，根本没法儿绷着脸。

拍摄《摩托车女郎》期间，我和旅居巴黎的美国人托尼·肯特搞上了。他是摄影师、魔术师兼扑克牌老千。一段美妙的罗曼史。

我去托尼的工作室拍照。托尼跟我聊起了魔术。我们抽了两根大麻烟,接着我便出发去奥利机场——我得飞到海德堡拍电影。当机场喇叭通知登机的时候,托尼出现了——他尾随我去了机场,并且跟着我一起飞到了海德堡!米克一定知道我和托尼的私情,因为托尼天天都给我送玫瑰花。

我和米克的恋情人尽皆知,所以我喜欢婚外情。它们很私密,是秘密!

每当米克和我觉得关系出现危机时,我们就会一同出游,然后我们就会恩爱如初。所以《摩托车女郎》一杀青,我们便奔赴巴西。

这是米克、我和尼古拉斯三人的第一次长途旅行。我们先去了巴巴多斯,我很讨厌那地方——那是二十世纪六十年代中期,加勒比海度假胜地还很俗气。

我们打算在加勒比小岛上买座大房子。为了看房,我们没少搭乘小飞机。我一度觉得我们会机毁人亡。我随身带了一张盗版的迪伦专辑,就是后来发行的《地下室录音带》(*The Basement Tapes*),里面有很重的歌曲,也有有趣的超现实作品:《太多虚无》(*Too much of Nothing*)、《湮灭之水》(*Waters of Oblivion*)、《车轮起火》(*This Wheel's on Fire*),等等。我放了一遍又一遍,令米克抓狂不已。

两周后,我们飞赴里约热内卢。晚上我们出去吃鱼子酱，喝香槟酒。我们跑半个地球就为了来这儿吃鱼子酱喝香槟？得找些特别的去处。

一对纽约来的黑人夫妇告诉我们一个狂野怪异的地方——巴伊亚（Bahia）。我们去了。惊险之旅就此开启。这次长途旅行没有汤姆·基洛克和艾伦·杜恩鞍前马后地效劳，全靠我们自己。我们自己找宾馆住下。

头天晚上，我们去一个小镇上看一场民间宗教仪式。虽然是在美丽的葡萄牙教堂外面举行，但和基督教没有关系。绝对引人入胜。教堂外和街道边悬挂着彩灯，像百老汇剧院一般。狂野的舞蹈，隆隆的鼓声。没有其他白人。一个也没有。不知为什么，人们对我们很生气。也许因为我们是白人，也许因为我们看起来像圣家庭！米克留着大胡子，头发很长，我也是一头长发，抱着个白人小孩。不管出于什么原因，他们被我们激怒了，一股股敌意在空气中蔓延。我们得赶紧开溜。《同情魔鬼》以桑巴节奏打底，我一直认为就是这段经历所致。

在那座小镇上，我第一次读《裸体午餐》。我的朋友们全是威廉·巴勒斯的信徒。我们都是威廉·巴勒斯的孩子。我猛然醒悟：我得成为瘾君子。不是罗伯特·弗雷泽式的贵族瘾君子——把毒品放在昂贵的镜面桌上吸食——而是街头瘾君子。

几个当地人指引我们住进一处海边小屋，旁边就是世界上最美丽的热带雨林。还有女仆服务！没有大床也没有小床，只有吊床。小尼古拉斯怎么也睡不着。在吊床上做爱倒是意趣盎然。

　　我们的恋情依然罗曼蒂克。我们在巴西过得很开心，而且还是三人世界。住在海边小屋期间，当地人又迎来一个圣人节，这一次拜的是海洋女神。参加仪式的全是村里的女人，而这一次她们也邀请我参加。仪式最后一项内容，是所有人把带来的鲜花作为祭品扔进大海。我手里拿着二十四枝红玫瑰。我把花瓣一片片扯下撒进大海。那是一幅绚丽的景象，花儿漂流，太阳下山，女人高喊，女神升起！

镜中缘

圣诞节期间，英国影星德克·博加德在康诺特酒店办了一场非常盛大的派对，伦敦戏剧界的名流全来了。玛吉·史密斯、保罗·斯科菲尔德、朱莉·克里斯蒂……基本都是戏剧经纪人罗宾·福克斯（Robin Fox）麾下的演员。罗宾也是我的经纪人，我出演《三姐妹》里的伊丽娜就是他给我揽的活儿。他是影星詹姆斯·福克斯(James Fox)的父亲。

最时髦的还数朱莉·克里斯蒂。透过升腾的烟雾，我认出了詹姆斯·福克斯和他的新欢安蒂·科恩（Andee Cohen）。詹姆斯是个漂亮的男人，当然，我是通过他爸认识他的。詹姆斯因塑造《仆人》(*The Servant*)中一个没出息的上流社会男人而声名大噪。但我的目光被安蒂吸引了过去。

她是个精致生动的小精灵，非常瘦，很中性，黑头发，大眼睛，像个小男生。这对情侣和来宾没什么互动，也许是因为詹姆斯的家人反对詹姆斯和她交往。邪恶的女巫想带坏年轻的王子！当然，这恰恰是年轻的王子所渴望的。

我和米克如释重负：屋里有两个意气相投的人！去跟他俩聊聊呗。

我们一见如故。我们打情骂俏，哈哈大笑，刻薄地讽刺来宾。我们越闹，他们就越恼。

尽管属于这个圈子，但詹姆斯却极为渴望被另一个圈子接纳。所以他选择和安蒂在一起。她是个顽固的波西米亚人，很显然也是某种艺术家；怪诞而深刻的洞察被她直言不讳地说出来，就像呼吸一样自然。我立马就喜欢上了她。

那晚过后，我们经常泡在一起。詹姆斯和米克都被对方迷住了。米克本来就对上层社会人士有好感；此外，詹姆斯是个好演员，而米克有意朝演员方向发展。嗯，这儿有个现成的影星，可以让你近距离观察。米克想好好观察他。

富勒姆路有家名叫巴格达之家的餐厅，老板是一对摩洛哥哥俩。人们在巴格达之家听着怪异的木卡姆音乐，公然吸食哈希什。当然，在家中消磨漫漫长夜更为美妙。

我俩去詹姆斯家，或是他俩来我们家。抽哈希什，喝葡萄酒……黑夜像被施了魔法，一切都魔幻般地放松。我们审视着过去，甄选星星点点的家具、书籍、思想、艺术和前世。安蒂热情洋溢地讲述她的前世：埃及、撒玛利亚、路易一世的宫廷、唐朝。

米克是个无懈可击的东道主,他招待周到,侃侃而谈,给我们介绍有趣好玩的新鲜事物。当然,他总能变出品位出众的黑胶唱片。

"听听这个,老兄。你的下巴要被惊掉啦。无与伦比的阿尔伯特·科林斯(Albert Collins),摧枯拉朽的电吉他!"

他给我们放美妙的老布鲁斯和摩城出的唱片,汉克·威廉姆斯和奥黛丽·威廉姆斯(Audrey Williams)、桑·拉(Sun Ra)和乔·泰克斯(Joe Tex)。他是世界上最棒的驻场 DJ,没有之一。

他爱史摩基·罗宾逊。他跟着他们一起唱,模仿发条舞步,突然出现在你鼻子面前,给你来个苗条哈珀或卡拉·托马斯(Carla Thomas)的特写镜头。

"嗬!哇,灵魂乐!一定要听这首。听吧,姑娘们,给灵魂乐教父一点儿敬意。"

我把我的童话书全摊在床上。全部出自古怪的维多利亚时代插画家的手笔。埃德蒙·杜拉克、亚瑟·拉克姆、但丁·加百利·罗塞蒂、希思·罗宾逊。安蒂眨巴着大眼睛盯着这些旧童书。小妖精们住在长着苔藓的洞里,她掉了进去,再也没有出来过——直到今天,她依然迷恋那些我们曾极其信赖的疯狂事物:《光明篇》、卡洛斯·卡斯塔尼达、海伦娜·布拉瓦茨基、查尔斯·福特、约翰·米歇尔、阿莱斯特·克劳利、德鲁伊教信徒、不明飞行物、密宗经典、嬉皮教义。米克沉浸于所有这些。凯尔特神话故事和《太乙金华宗旨》。

詹姆斯是迪伦的忠实拥趸。鲍勃·迪伦、拉维·香卡、阿里·阿卡巴·汉和荒原狼乐队（Steppenwolf）是畅游迷幻之国的必需品。毕竟，迪伦是上帝之声。彼时上帝之声可真不少。头一回听艾瑞莎·富兰克林的时候，我听到了上帝之声；第一次听奥蒂斯·雷丁的时候，我听到了上帝之声。珀西·斯莱奇（Percy Sledge）也是上帝之声。迪伦的声音在火热的熔炉里淬炼过。

那是所有生活都发生在床上的年代。听唱片，讲电话，卷大麻，弹吉他都发生在床上或床周。床是如有神佑的孤岛；LSD 和哈希什是忘忧果。来颗忘忧果，你会度过慵懒闲散的一天。万金油、一大堆的枕头、灯罩上的丝巾、磨破的芭蕾舞鞋、离奇的绘本、弥散的熏香、靠墙㨄着的黑胶。吉卜赛人的生活。

科波拉的《惊情四百年》（*Bram Stoker's Dracula*）里有这样一幕：三个姑娘躺在一张大床上，加里·奥德曼饰演的德古拉跌落到她们中间。看到这里时，我不禁心有戚戚焉："噢，我的天哪，六十年代！"客人在主人家的卧室里晃荡。在主人家的任何房间里游荡。那个年代就是这样。模糊的边缘，模糊的界线。今天，如果主人邀请你进他的卧室，那一定是想睡你了。你们甚至不会上主人家的二楼。

我们的床大得像军舰。二十世纪六十年代之前一定没有那么大的床！我从来没有想到，一件家具可以对所有事情产生那么大的影响。它是童话故事里引导主人干怪事的那种床。可以说，被毒品浇透的切尔西公国的衰亡，就始于这张床。

米克把这艘军舰买回家时，我问他道：

"这是啥玩意儿？我忙着淘最精致的家具，你倒好，买回一艘该死的战列舰。就不能买张可爱的老式四柱床？"

"四柱床没有特大号的。"

"特大号的床够睡一对美国胖子夫妇和他们的六个毛孩子。我们要这头大怪物干吗？"

"和克丽茜住一块儿时，最糟心的就属床太小，我活动不开。"他柔声说。

"好吧，有道理。"我心想。我不喜欢和别人睡一张床，都是做完爱后回自己床上睡。

一个周末，安蒂自个儿来了。米克和我躺在床上，身上盖着报纸和杂志。米克爱跟安蒂调情，夸张地亲吻、爱抚、拥抱，把我们逗得咯咯笑。米克和詹姆斯也会彼此调情。

过了不久，詹姆斯到了。他走进卧室，赫然看到我们三个叠压在沙发上。他脑子一时短路，像忘了台词的演员。他戴着圆顶硬礼帽，来妓院兜售矿业股票。詹姆斯忘了他是谁。他不懂这种游戏的规则。米克脸上浮起邪恶的微笑。

"哈啰，詹姆斯，你又迟到了，这次的借口是？"

"我带了瓶赤霞珠过来，德克·博加德推荐的。谁想来一杯？"

"可卡因带了没，詹姆斯？"

"噢，没，米克……我，嗯……"

"你能派啥用场？"

"我可以去拿杯子吗？"

"听着，詹姆斯，德克一直跟我说，如果没先尝点儿可卡因开开胃，他和玛格丽特公主一滴赤霞珠都不想沾。"

"他真这么说的？"

"当然没有，詹姆斯。现在，去厨房拿几个酒杯，再拿张卷起来的二十英镑纸币过来。"

"噢，嗯，好的，行。"

"过来吻下我们，亲爱的。"

米克会尽其所能地把游戏玩下去。米克是喜剧片里的主角，詹姆斯是供他作弄打趣的丑角。米克决定演一出戏，佯装他和安蒂有一腿。

米克把手搭在安蒂肩上，把她领到一个角落里。

"到这儿来，亲爱的，来待一小会儿。大家抱歉啊，我俩有件私密的事儿急等着要处理。"

说罢，他把安蒂拖进浴室，锁上门，开始假装制造淫声浪语，仿佛里面激战正酣。二十分钟后才偃旗息鼓。在这二十分钟的时间里，詹姆斯如坐针毡，濒临崩溃。他压根不知道米克在逗他玩呢。直到最近安蒂才告诉他，米克在里头忙着扯她的腿呢。

米克把一切变得轻松愉快。他从小就爱开玩笑，爱搞恶作剧。他喜欢调情，简直水性杨花，而他的中性形象让他占有天然的优势。他热衷于把别人弄得方寸大乱。考验他，探究他……捉弄他！

当米克和我来到詹姆斯的公寓，发现就安蒂一个人在家时，他会灵机一动，想出一个馊主意。一听到门外传来声响，米克就会说："是该死的詹姆斯。快快快，姑娘们，快钻到被子下面。"

我们钻到被子下面，扭动着腰肢，假装正在嘿咻。詹姆斯走了进来，我们停止扭动，看上去惊慌失措，仿佛偷情被逮了个正着。

"安蒂的叠被子功夫真是一绝啊，"调皮的米克拉着被角说，"我能欣赏上一整天。你真是个幸运儿，詹姆斯。知道吗？如果我还没结婚，我会——"

"你是还没结婚啊，亲爱的，是吧？"我指出道。

詹姆斯的内心是崩溃的，但还要努力表现出绅士风度。有三个人在你床上云雨，其中一个还是你女朋友；他们被你抓了个现行，你还要假装什么都没看见。

一天晚上，米克、安蒂和我吸了LSD（詹姆斯不玩这个），飞得像风筝一样高。没有药不可能飞到那么高。货很赞，连珠炮般的图像在我脑海里奔流而过。圆颈吉他告诉我，我们在美国南方泥泞深密的长沼里，但当我俯视一秒钟后，我看到我们在埃及。隐隐约约的大床是尼罗河上的一条驳船，我们都在船上。

我旁边的桌灯变成了弗拉基米尔·塔特林的第三国际

纪念塔。灯罩徐徐展开，螺旋着向上转到了天花板。它上面的小浮雕，就像健谈的图拉真柱，模仿着评论着眼前发生的事情。

安蒂成了太阳神殿女祭司，透露着千年之谜：

"这些穿越而来的亚原子粒子可以改变我们。玛雅日历一万年前便已预言。这就是我们一直在这些药物里找寻的东西！你不明白吗？就是接收效果不好。"

地毯上起伏着杏子和象牙的小涟漪。安蒂和我是大法老的女奴，懒洋洋地躺在皇家驳船上。法老抚摸着詹姆斯。抚摸是这次幻觉之旅的要素之一。

我俩慢吞吞地从床边走进地毯的深红色玫瑰花结。靛蓝色花瓣像睡莲叶般从我们身边飘过，随机地载着我认识的人的小脑袋。此时此刻，我能以一种前所未有的方式读懂我们的波斯库尔德地毯。它是一张撒马尔罕市神话地图，交织着阿拉伯式花饰图案：机械孔雀、藏红帐篷、果园、花园、柏树……

我和安蒂是一千年前的名妓，在忽必烈汗的大殿上吸鸦片。我俩喝了天堂的牛奶，它让我们漏洞百出。圣河阿尔夫奔流不息，没有尽头。没有性别，没有时间，没有空间。我们只是在闪耀，在颤动。我们像激动不已的小菩萨。我爱上了每个人。事实上，我是每个人。我被弄糊涂了，我是谁？谁是谁？不过这重要吗？在这极乐的时刻，你能轻易地爱上一把椅子或你自己的鞋子。多么荒谬的想法，一个属于别人的人！苍天啊，想到他们因为这种蠢事发动了特洛伊战争!

这样的夜晚,迟早会发生性事。显然将是销魂的一夜。我温柔地抚摸起安蒂的身体。在我触到她肌肤的一刹那,她的胴体融化了,在我手底下微波荡漾。在她皮肤下方,是她闪着磷光的心。我感觉自己能伸进她的胴体,抚摸深深的里边。我开始亲吻她,脱掉她的衣服,舔她的乳房。她娇喘呻吟着叹了口气,作势身子一软,软软地倒在了床上,像是被激情冲晕了。我们就像学院派画作里的一对后宫女奴。当我俯下身去,她又突然恢复了知觉,对着我咯咯地笑。荒谬得如此精致,色情又庸俗。

我赤裸着躺在安蒂身旁。我把她的乳头含在嘴里,用嘴唇蹭来蹭去。我们不约而同地扫了米克和詹姆斯一眼,看他们会作何反应。他俩不说话了,用偷窥式的目光凝视着我们。我俩乐了,变得更加兴奋,开始加演安可曲。他们被我们撩拨得越兴奋,我们就越想做爱给他们看。

那晚发生的事没有任何人知道,但我敢肯定,在那个潮湿的伦敦之夜,导演唐纳德·卡梅尔(Donald Cammell)一定推开窗户,从空中将它一把抓走。后来,在他导演的影片《迷幻演出》(*Performance*)中,他再现了那个场景。

一九六八年春天,米克开始变得焦躁不安——去年,布莱恩陷入了法律麻烦,导致滚石多场巡演取消;米克自己也经历了被捕和审判。他开始觉得自己被摇滚乐队主唱的角色限制住了。日后他会完成主唱一角的蜕变,但在此期间,他在努力寻觅新的方向。作为文化英雄,米克几乎能成为他想成为的一切。有那么一阵子,他还有过成为工党下议院议员的念头!

在风云激荡的六十年代后期,我们接管世界的美梦似乎就要成真了。很遗憾,米克对政治并不是特别感冒。尤其是左翼政治。但我是左派!我来自社会主义者家庭,父母都是工党支持者。所以当工党国会议员汤姆·德里伯格(Tom Driberg)向米克抛出橄榄枝时,我感到很高兴。

倘若有政客试图说服米克跨入政界,那个人一定就是汤姆·德里伯格。德里伯格魅力四射,很会穿衣服。他给米克树立了完美榜样,因为他有钱,有乡村别墅,是同性恋,还是工党国会议员!

一个午后,德里伯格和艾伦·金斯堡造访夏纳步道,邀请米克参选工党下议院议员。这时的米克真可以去参选的。米克对当局将他法办愤愤不平,到处发表半激进言论:"愚笨至极的政客在对全世界的年轻人发号施令,企图控制他们的思维方式,规定他们该怎么活。"

《街头斗士》(*Street Fighting Man*)就写于这段时期。他释放了自己的中产阶级苦恼。米克·贾格尔,英国工党党魁!我呢?他身后的小无政府主义者。

"那我的巡演怎么办?音乐事业是我的挚爱,我不想放弃这一切,坐到一张桌子后面。"米克说。

"哎呀,那不是问题。你可以继续做音乐,跟你一直在为工党做着重要的事情一样。"德里伯格说。

"我不想逐条审查自来水厂议案,如果你明白我的意思。"

"亲爱的孩子,你不用去下议院上班,处理那些琐碎的日常事务。完全不用。我们把你看作,嗯,一个名义上的元首,就像,你知道——"

"伊丽莎白女王?"米克帮他把话说完。

"正是!"

与德里伯格的首次会晤有一个良好的开端,风趣的聊天,生动的提问。然而接下来,会谈差点儿因德里伯格笨拙的出牌而搁浅。我们席地而坐,坐在软垫上,米克穿着紧身衬衣。一段尴尬的沉默中,德里伯格盯着米克的胯部,突然冒出一句:"你的篮子真大啊。"

噢,好吧,也许行不通。米克知道滚石比所有政客都更具影响力。而他也知道当政客会令人难以置信地无聊!

归根结底,他们是想利用米克来争取年轻人的选票。用米克来做诱饵。我觉得米克不喜欢这个主意。

总之,是基思杀死了这个主意。米克征求基思的意见时,基思说这是他听过的最傻的事情。

德里伯格是个聪明人,他清楚地看到米克想要社会地位。如果德里伯格是在乏善可陈的《羊头汤》(*Goats Head Soup*)时期向米克示好,米克也许就会欣然应允,自此踏上政途。但六十年代末期是米克和基思最具创造力的时期,是《乞丐盛宴》和《流亡大街》破土而出的时期。

一九七三年,滚石推出了录音室专辑《羊头汤》。彼时,作为无政府主义和享乐主义化身的滚石,终于燃尽了。海洛因和可卡因彻底击溃了他们的精神。那是衰败,不是无政府状态。

米克和政治渐行渐远后,一个新的解决方案浮出水面:当电影明星。

有何不可?六十年代的摇滚明星里,最有望成为电影明星的就是米克。多年以来,多个电影项目围绕米克的魅力展开。安德鲁自称拿到了《发条橙》的电影改编权,而所有人都觉得找不到比米克更适合演其主角亚历克斯的人;然后是《唯爱永生》(*Only Lovers Left Alive*)——穷人版的《发条橙》,米克开始去上表演课;再然后是《枪杀米克·贾格尔的男人》(*The Man Who Shot Mick Jagger*)和一大堆嬉皮电影;克里斯托弗·吉布斯和奈杰尔·莱斯摩尔-戈登(Nigel Lesmoi–Gordon)基于中世纪韵文浪漫诗《高文爵士与绿衣骑士》写了个剧本,邀请米克饰演绿衣骑士。米克和基思演古装剧!谁砍谁的脑袋还没有定论,但至少他俩能穿紧身衣上镜!还有一部关于外星人和飞碟的科幻电影。

所有这些项目统统夭折在构想阶段。

一九六八年春天,唐纳德·卡梅尔开始谈论他的一个想法:拍一部关于一个隐遁的摇滚明星和一个在逃的黑帮成员的电影。专为米克·贾格尔打造的《迷幻演出》。

这次看上去一切都很顺利。米克在他最美的时候,两位导演唐纳德·卡梅尔和尼古拉斯·罗格(Nicolas Roeg)

是我们的友人，联合主演是安妮塔·帕伦伯格和詹姆斯·福克斯。而且本色出演就行。这没么难，是吧？

他们拍的是公众想象中的我们这个圈子。是窥阴癖帮他们拿到了华纳兄弟的投资。

《迷幻演出》是一只沸腾的大锅，锅里炖着毒辣的食材：毒品、乱伦、角色颠倒……所有的艺术和人生都被搅打在一起倒进锅里。我想远离这只女巫的大锅，离得越远越好。我和母亲带着尼古拉斯搬到了爱尔兰。

毕竟，我怀孕了。米克和我欣喜若狂。我们希望是女儿，连名字都预先起好了：卡琳娜（Corrina）。

头几个星期，我们没有找到合适的房子，先是寄住在德斯蒙德·吉尼斯（Desmond Guinness）的莱克斯利普古堡（Leixlip Castle）里。德斯蒙德是吉尼斯家族的后人。一个周末，我和米克飞回伦敦，计划第二天再飞回来。我们不在的时候，我雇的保姆把尼古拉斯锁在幼儿房里，戴着我的一只祖母绿戒指逃之夭夭。直到次日他们才发现出事了。他们找到尼古拉斯的时候，他正在剥墙纸，试图逃出来。尼古拉斯才三岁，我决定不再离开他。

最终，我们在戈尔韦郡找到一栋可爱的老别墅。米克隔周过来看我。我们一起读剧本，剧本精彩万分。但拿到最后的分镜头剧本时，米克变得忧心忡忡起来。他完全没了主意，不知道到底该怎么演。他对表演几乎一无所知。

在我看来，米克饰演的特纳是一个象征性人物。有点儿悲剧，有点儿可怜，但依然木秀于林，六十年代的摇滚末世人物。拉斐尔前派画家笔下的哈姆雷特。我们小心翼翼地揣摩这个角色。

米克把一头金发染成了黑色，乌黑，像猫王的头发。太棒了。陡然有了鲜明生动的轮廓。他的紧身衬衣和服饰让他看起来有些危险，有一丝理查三世的影子。

我建议他以布莱恩为原型塑造特纳。这在起初很奏效，但开始进行台词排练后，我们就发现过分简单化了。我们心忖："布莱恩加基思怎样？布莱恩的自我折磨和疑神疑鬼，加上基思的力量和酷劲。"

米克的人格不够黑暗，心灵受创的程度也不够，不足以拿下特纳这个人物。某种程度上，特纳是疲惫不堪的丹麦王子，但米克不是哈姆雷特。米克完全不是悲剧式的人物。他太正常了，太理智了，怪异的命运不会降临到他身上。布莱恩和基思就算不是真正的悲剧人物，至少也是有致命缺点的宿命式人物。

米克以布莱恩和基思为原型，成功地诠释了一个混合型人物。但我没有预见到的是，演绎这两个在安妮塔眼中极具吸引力的男人的时候，他相应地也被安妮塔迷住了。

从某种意义上说，《迷幻演出》的大部分演员都不是在演戏。他们在展示现实生活中的自己：黑帮成员、摇滚明星、瘾君子和塞壬女妖。

卡梅尔干的最奇特的事情之一，是把米克和詹姆斯的阶级身份调换了一下。这是个高招。米克成了出身名门的贵族，詹姆斯成了工人阶级暴徒。要知道，米克经常奚落詹姆斯的贵族身份。

和老辣的唐纳德·卡梅尔比起来,我们都很年轻幼稚。安蒂对安妮塔很有戒心。安妮塔是中了邪恶魔咒的黑皇后,美艳绝伦又充满危险。但老练辛辣的卡梅尔才是首席吸血鬼。

卡梅尔的工作方式是制造一场旋涡,把让你晕头转向的东西投进去。老天才知道我们在片场嗑的是哪种药。加上不分青红皂白的滥交。詹姆斯惧怕性、毒品和摇滚乐,但更让他惧怕的是自己的阴暗面。他来自受人尊敬的英国戏剧王室,如今突然坠入罪恶的渊薮,和沉溺毒海的享乐主义摇滚明星、性向模糊的颓废贵族搞在一起。《迷幻演出》暴露出许多事情,也让许多人陷入危险之境——那些危险曾被他们明智地避开。

拍摄期间,我错误地觉得我没什么可担心的。我压根没想到米克会和安妮塔搞到一起!

我视安妮塔为所有这一切的受害者,一个需要照顾和保护的弱女子。她和布莱恩的分手是毁灭性的。她和米克假戏真做不足为奇。到后来,她已经很难把戏里戏外区分开。

只有米克从不失控,会表现出克制。但可怜的米克有点儿被卡梅尔吓住了。卡梅尔是个暴脾气,会像爆竹一样突然爆发,释放出激烈的长篇大论。米克困惑不已。跟做主唱比起来,这真是个折磨人的差使。不断地重拍,失序的表演。米克失控了!

我努力把它抛在脑后。我与母亲和尼古拉斯在爱尔兰过着小日子,装作一切都好。安妮塔是我最好的朋友,米克是我爱的男人。我怀了米克的孩子。我知道米克和我之间出了问题,但我不知道该如何应对。太糟了。

我跟谁去说呢?前一年,我和托尼·肯特有过一段炽热的恋情。对上眼就上呗。这是我们的信条。只有伪君子才会因为她已经名花有主,所以就不跟她上床。

米克和我从来不讨论这种事。它悬而未决。我完全不知道该怎么讨论,而即便知道,我也没有勇气说出来。这只会使事情变得更糟。

连一向天不怕地不怕的基思都应付不了这个局面。拍摄期间,基思故意不去片场。去那里就意味着和米克发生正面冲突。基思心里明白,一旦发生正面冲突,乐队就会曲终人散。

《迷幻演出》开拍前夕,基思写出了《你得到了银子》(*You've Got the Silver*)。他和安妮塔住在罗伯特的公寓里。罗伯特把公寓高价租给安妮塔后就赖着不走了,和他俩做起了准家庭式三人性游戏。

基思永远在弹吉他,永远在写歌。吉他从不离手。歌曲的动机在他脑子里打转,整个过程遮遮掩掩,而一旦从萌芽长成形,他就会冷不丁地扔给你。非常之迷人。我们坐在罗伯特美丽的十七世纪四柱床上,罗伯特靠着一根床柱,我靠着另一根,基思和安妮塔拥抱着躺在另一头。基思开始弹唱《你得到了银子》。鼻音很重,嗡嗡作响,像还在他心海深处，等着浮出水面。我们无言以对。是写给安妮塔的情歌。毫无疑问。你能听到他对她深深的依恋。非常罗曼蒂克，至上的爱情。可想而知，安妮塔和米克拍《迷幻演出》时假戏真做，给基思带来了多大的打击。

基思不去片场探班，而是窝在罗伯特家，把他所有的愤懑和敌意倾注到歌中。《任血流淌》应运而生。所有被压抑的愤怒。它成了滚石对时代精神的一次不可思议的敲击。在《给我庇护》(*Gimme Shelter*)里，基思指出了我们将何去何从。作为一张录音室专辑，《任血流淌》用讽喻的手法诠释了《迷幻演出》的主题。神秘学变成了撒旦崇拜，黑帮世界变成了无政府状态。

《迷幻演出》的的确确是我们的《道林·格雷的画像》。它是一则寓言，关于六十年代晚期放荡不羁的切尔西生活、浮华的摇滚明星、任性的阔少、性、毒品和堕落。它把整整一个时代封存在玻璃下面。通过一些邪恶的能量交换，它呈现出一种过度修饰的幻觉生活。而影片一旦杀青，剧中人的生活便纷纷垮掉。

《迷幻演出》对戏里戏外的融合产生了致命后果。本会掉在糖玻璃天窗上的人，最后往往掉在了玻璃天窗上。如果曾有一部电影引发过连锁反应，那它非《迷幻演出》莫属。

当然，米克精神抖擞地从《迷幻演出》中走了出来，身披一套闪闪发亮、刀枪不入的新盔甲。他没有吸毒的问题，也没有精神崩溃。没有什么能真的触动他。这套盔甲为他量身定做，他永远也不必摘下来。在绝大数人眼中，这就是米克·贾格尔,而彼时在他自己看来,可能同样也是。事实上,他从剧中走出来时,身上多了一重人格:邪恶的、铁石心肠的黑帮人物。这重人格在米克把头发往后梳,变身为了钱什么都干得出来(包括杀人)的无情恶棍时首度显现。贪财的米克,财神的信徒。

如果有一个人从这种状况中孔武有力地走了出来,那么其他人就可能会元气大伤地走出来。似乎是这样。詹姆斯·福克斯在片中贡献了他演艺生涯中最高光的表演,然后就疯了;露西的饰演者米歇尔·布莱顿(Michèle Breton)很快便成了马赛的海洛因贩子,她可能已经挂了。

一九六八年秋天,《迷幻演出》杀青后不久,我们吸的剂量来了个量子跃迁。仰仗酒精和毒品来渡过难关完全有悖于人类的精神。但它是某种形式的自我药疗,是一种自我保护的行为。

《迷幻演出》一落幕,安妮塔就疯了。疯了好些年。她坠入了深渊。

我们的世界就像一只从内部坍塌的魔术师的盒子。好像我们希望它塌掉,急躁地想要破坏它。让墙轰然坍塌吧,像鄂榭府的倒塌[1],而非杰里科之役[2]。

我们都忘了迪伦的至理名言。我们应该抛开一切,永

---

[1] *The Fall of the House of Usher*,爱伦·坡的短篇小说代表作。
[2] *The battle of Jericho*,美国传统灵歌。"杰里科之役"是《圣经》故事中的一场战斗,约书亚带领以色列人围攻迦南,第七天城墙轰然倒塌,以色列人冲进城中杀光了所有人作为献给上帝的祭品,之后将迦南付之一炬。

不回眸。保罗·麦卡特尼和琳达就是这么做的，进入二十世纪七十年代，他们跑到苏格兰的小岛上，与鸡羊为伴，谁都不见。但《迷幻演出》改变了一切。我回眸看了一眼——虽然没有变成盐柱[1]，但我发现自己已失去立足之地。

---

[1] 《圣经·创世记》里，由于索多玛、蛾摩拉两地的人罪孽深重，上帝决定降天火毁灭他们。事前，上帝遣天使吩咐罗德携妻子、女儿一起出城，但不可回头望。罗德的妻子按捺不住好奇心，出城之后回头望了一眼，马上变成了一根盐柱。

如果我是玛丽·雪莱，
那我的《弗兰肯斯坦》在哪里

一九六八年底，我从爱尔兰搬回了英国。当我回到我们在切尔西夏纳步道的新居时，迎面而来的是一个个吃白食的人。米克雇了个厨师，邀请半个国王路的人过来当门客。七点，盛大的晚餐开启。所有那些依然在做弥赛亚式的徒劳的电影项目的疯子。这是米克在《与我同住》(*Live with Me*)里幻想的家庭场景。我忍受了四天，最后终于爆发了。我大发雷霆，墙壁都在颤抖。我朝米克扔盘子碟子。厨师被炒了鱿鱼，托尼·福克斯和他男友被扫地出门。家里又恢复了往日的宁静。米克爱看我发大火。他很少看到我愤怒咆哮！

家庭生活依然令人兴奋，但目前更多是在精神层面。我们不再做爱。我们关系中性的部分已经消失，但由于我们不想分手,所以拼命寻找其他东西来代替。对米克来说是工作——这段时期,他创作着他的最佳作品。起床,读报,去剧院,然后去录音棚工作到早上八点。不录音的晚上,我俩坐在那张可爱的大床上看书。我看亚瑟·玛臣的《潘恩大帝》(*The Great God Pan*),他抱着 M. R. 詹姆斯的鬼故事。他说:"你得听这个,玛丽安。它会让你毛骨悚然!"然后他就给我读起了鬼故事。

我们之间形成了一种愉快的亲密关系;你的伴侣对你没有过高期望值的感觉真好!我非常喜欢这种同志之爱,有默契,虽然也很无聊。

米克非常健谈,但跟他谈论我的恐惧和麻烦绝无可能。米克和基思再酷再开明,本质上也是英国人——英国人不谈感性的情感问题,即使是跟你的爱人。个人情感和焦虑是禁忌。任何不愉快都要藏起来。我退缩了,不愿再谈。

渐渐地,我们不再聊要紧的事情。最大的障碍之一是扮酷。我是扮酷的受害者。它差点儿置我于死地。跟吸食大麻也有很大关系。哈希什妨碍了我们进行严肃的对话。聊严肃的话题或个人的忧虑是犯忌讳的。

在我们没有开诚布公谈论的话题中,最严肃的一个莫过于我们失去了卡琳娜——从爱尔兰回来后,我因为贫血流产了。我悲痛又内疚,很长时间过后才开始直面现实。为了忘却伤痛,我开始转向酒精和药物(主要是巴比妥类)。

让我有些惊讶的是,米克似乎很快就从伤痛中恢复过来。他只是埋头于工作,而且基思就住在隔壁,没有什么可以阻止他日以继夜地干活。每当觉得我被冷落了,他就会送来珠宝或玫瑰,然而我总是把珠宝搞丢,也从不在乎过季的玫瑰。

米克回家的次数越来越少。他永远在工作。我回到了老套路,开始独自外出。有时我会代表米克去我特别想去的场合。

记得有一次,我和汤姆·德里伯格、W. H. 奥登[1]共进晚餐。席间,奥登转向我说:"告诉我,玛丽安,你是怎么携毒出游的?把它们塞屁眼里吗?"

"噢,不是的,我都是塞下体里。"

我大多数时候都很"飞"。LSD 会助长欲望,踏入迷幻之国后,你会觉得只能和异性做爱的想法极其荒谬——传统的禁忌看起来太荒谬了。

我一点儿都不介意米克跟男人睡觉。我不是说我经常抓到他和男人偷情。不像我自己,他老是撞到我和女友上床。他会哈哈一笑,然后假装不快。

赛达是我多年的女友。我觉得有女友不算劈腿。米克似乎也这么看。又不是跟男人搞,所以没什么问题。但赛达视米克为情敌。

赛达爱嗑安眠酮,这导致了一些有趣的小插曲。有一次在夏纳步道,我俩嗑了好多片安眠酮,然后一起去夜店。我们摇摇晃晃地坐进赛达的宝马迷你,赛达颤巍巍地发动,

---

[1] W. H. Auden(1907—1973),英裔美籍诗人,二十世纪最重要的英语诗人之一。

以每小时五英里的速度缓缓前进。可即便是这样的龟速，我们还是出了车祸。警察来了，我们跟他们叽里咕噜地聊了起来，就像以错误的转速播放的唱片。像这样的事情总是发生在我们身上。

米克整夜都在棚里忙活，我开始和其他男人有染。我觉得他当时不知道我在外面如何乱来。最后他全知道了。他愤懑不已。

住在夏纳步道的时候，我偷的第一个男人是斯坦尼斯拉斯·克洛索夫斯基·德·罗拉。他暗恋我很久了，可以追溯到我嫁给约翰的时候。一天晚上，他抓着紫藤攀上阳台，走进了我的闺房。他身披斗篷，华丽登场。嗯，理该得到操一次的奖赏。真的太危险了。米克会妒火中烧的。但他知道米克在哪儿。他刚和米克道别，离开了奥林匹克录音棚。米克会在棚里一直待到早上六点。

在奥林匹克录音棚，米克和基思的创造力呈井喷之势。米克的工作动力十足。埃里克·克莱普顿在教他弹吉他，他越弹越好了。

与此同时，我在家里一个人踱来踱去或是和安妮塔相拥取暖。我俩都无聊到想哭，觉得自己真没用，就是个装饰品。

有点儿像后宫生活。奢华、毒品和漫长的等待，等待苏丹的出现！我和安妮塔都喜欢阅读和巫术。我俩嗑药、看书、盛装打扮。安妮塔帮助你的法子是给你药物。就消磨时间来说，没什么比药物更有效的了。

我俩做女孩子家做的事：亲吻、共浴。我疯狂地爱上了安妮塔。她美貌绝伦。有一次，我和安妮塔在床上忘情缠绵，被米克和基思抓了个现行。那是在安妮塔和基思家的二楼。米克说："我们加入她们吧。"基思制止了他。基思有守旧的一面。

我和安妮塔的共同语言比和米克的要多得多。我们大声朗读《白女神》(*The White Goddess*)给对方听。我们喜欢谈论月相、石桌坟以及如何用韵脚和手指来助记。那是我们的东西，不在他人面前谈论。

最后，安妮塔更进一步，卷入了巫术。有些时候，尤其是布莱恩去世后，她显得有些疯癫。那段时间，实验导演、自封的术士肯尼思·安格在场，好多疯狂的西海岸术士在场。所有这些神秘的巫术已经暗地里流传了好久。它也存在于英国，但非常隐秘。隐藏在阿莱斯特·克劳利里，更加黑暗可怕。

肯尼思迷恋滚石。他声称亲眼看到布莱恩·琼斯多长了一个女巫的奶子，并认为米克、基思、安妮塔和我各有一个。他显然恋上了米克，而米克也纵容过他一阵。他令人愉快又令人不安，当他的宣言没有得到应答时，他会把威廉·布莱克的书掷出窗外。米克把所有那些巫术书捡起来，让它们成为壁炉里的优质柴火。

我初尝可卡因是在肯辛顿的一间公寓里。罗伯特划出六大行可卡因，递给我一张百元美钞。

"你在干吗?"我问。

"你过来,用鼻子吸。"

我跪下来,把六大行吸了个精光。他的脸上露出惊讶愕然之色。我学得很快。

和米克、克里斯托弗·吉布斯、梅森·霍芬博格一起去看房那天,我有了海洛因初体验。那是一幢维多利亚时代别墅,米克这年晚些时候买下了它。回伦敦的路上,我们停下来好几次,因为梅森很不舒服。最后一次停留,是在纽伯里的一家旅馆。

当晚我还要上台演戏,演《三姐妹》里的伊丽娜。我得在六点半赶到剧院,我觉得我肯定要迟到了。我慌神了,决定吸一行海洛因。

"你真的不需要它的,宝贝儿,你知道。"梅森不停地说。

"梅森,我真的需要它。"

"相信我,你不需要的。你为什么要试这个,你这个傻婊子?"

"因为我要迟到啦。如果迟到,我就是死路一条。"

玛丽安永远渴望新鲜的体验!未知的宇宙是探索不够的。我需要特别的东西。

我对周遭的事产生了一种古怪而超然的兴趣。仿佛在看一部关于我自己的生活的电影。无论发生了什么,似乎都与我个人无关。

海洛因不同于我尝试过的所有其他毒品。吸食其他毒品是为了搜寻感觉。海洛因让你失去感觉。它让各种痛觉烟消云散，身体上的或心灵上的。它也让我感到如此不适，几乎错过了整场表演。每次从台上下来，我都得对着桶里狂吐。

我在《三姐妹》里的表演引起了导演托尼·理查森（Tony Richardson）的注意。托尼邀我在他制作的《哈姆雷特》中出演奥菲利娅。这部戏将于一九六九年三月在圆屋剧院（The Roundhouse）拉开帷幕。就像所有人一样，托尼·理查森爱上了米克。

托尼是权谋家，是双性恋，是自恋狂。他刻薄、冷酷、恶毒，换句话说，他是个典型的导演。他极少给我指导，就让我上台自生自灭。但我是被他控制着的。导演会尽其所能地从你身上取得他想要的反应。我弄明白了，我和尼科尔·威廉森私通是托尼设的局。尼科尔演哈姆雷特，托尼希望我俩演对手戏时能释放出强大的感染力。上台前，我和尼科尔会在尼科尔的化妆间里打上一炮。

接演奥菲利娅一角后，我越来越沉溺于毒海，令米克非常绝望。我也开始和托尼·桑切斯（Tony Sanchez）私通——这段私情持续了很久。他是滚石的御用毒贩兼摄影师。我不相信自己会做出这种事！但我囊中羞涩——米克给的零花钱又不多，我自己又没有收入——你叫我怎么吸得起毒？我在每一家百货商店都有赊购户头，但我从未有过现金。我现在算是明白了，如果你想玩粉，就得自己挣粉钱！"干违法之事，你必须诚实"——当时我不懂这个道理。我只是色诱药头,得到我想要的。

托尼·桑切斯是个糟糕透顶的家伙。看他的吃相就知道他有多令人憎恶。他是个卑鄙奸诈的小混混,体格虚弱的三流诈骗犯。想来真是怪怪的,他做你的床伴,仅仅因为你是米克·贾格尔的女友!

米克不知道我和托尼·桑切斯的事。米克瞧不起女人,对女人评价很低。如果被他发现的话,他的观点会得到完美的印证。

多年来,我一直在采访中唠叨死亡。那是在演戏。然而有一天,它不再是演戏了。饰演最终溺亡的奥菲利娅,加上吸食海洛因,诱发了一种病态的心境,曾让我想过跳泰晤士河自尽。我成了奥菲利娅。就像安妮塔拍《太空英雌芭芭丽娜》时入戏太深一样。当然,安妮塔演的是漫画书里的黑皇后,与日常生活极为脱节,而我演的是自杀的少女。我会沉湎于俗艳的拉斐尔前派画家的幻想作品:头上戴着花环,沿着泰晤士河漂流而下。

毒品一点一点地吞噬了我,而我甚至都没觉察到。质变始自我开始吸海洛因。有一阵我什么药物都不碰。开始出演奥菲利娅的时候,我依然吸得很少。但托尼·桑切斯每天晚上都会在幕间休息时现身,给我带来海洛因。就在那幕疯狂的戏之前!

毒品让我更容易抽离生活。我真的觉得自己置身于生活之外。早在吸毒之前,我就学会了投入与抽离。一个可以让我躲起来的小地方。毒品能从一方面解释我的抽离，但在那种超然背后，远不只是毒品。

米克和我把去年的巴西之行绘声绘色地讲给基思和安妮塔听，弄得他俩也想去了。所以我们四个一起去了热带。这次巴西之行比上次受限得多，也就无趣得多。跟在伦敦罗马游玩没什么区别，只不过是地点变了。

蚊子是个大麻烦。巨大的蚊子，拇指一般大小。它们的进攻越来越凶猛。每晚六点，基思会卷起报纸，对屋里的蚊子军团发动闪电战。最终，连基思都缴械投降了。

为了自卫，我从头到脚全副武装。带面纱的大帽子，拖地长袖晚礼服，高帮红靴。在林中散步的时候，我就是这副行头，像个咳个不停的幽灵。

也有美妙的时刻，像尼古拉斯生日那天，我让游泳池漂满了小蜡烛。那是抚平伤痕和冷却毒瘾的良机，但气氛有些诡异。彼时《迷幻演出》刚杀青，基思和我依然为米克和安妮塔在片场假戏真做感到焦躁不安。对安妮塔来说，这段小插曲就像她的每一段短暂的风流韵事一样，已经过去了，没有藕断丝连。但米克不然。他还没有走出来，老是对着安妮塔的耳朵说情话。

安妮塔开始放下毒品——她怀上了马龙·理查兹（Marlon Richards），但基思和我照吸不误，搞到什么就吸什么。在巴西期间，米克写下了《岂能事事如意》（*You Can't Always Get What You Want*）。他看到局面正在失控。

他知道如果我继续这样下去,我和他的关系就快走到头了。但他只字不提这个,除了在歌中。

从巴西回来后,我和米克把夏纳步道的房子简装了一下。这是一栋十六世纪的旧宅,房主是一位造船匠。地板摇摇晃晃的,楼梯弯弯曲曲。基思和安妮塔的家在同一条路上,是一栋十八世纪的老别墅,远比我们家精致优雅。我沿袭了原来的装饰风格,没有在屋里铺满地毯,就是木地板加东方小毛毯,另外把墙刷成几种淡色。它朴实无华,不是典型的狮子座的家,不如米克后来那些房子富丽堂皇。

我和米克之间的下一道裂痕因《吗啡姐姐》而起。《吗啡姐姐》之后,我迷失了方向。

我的流行歌手生涯进退两难——它变得单调乏味,让我看不到希望。我既缺乏改变的智慧,也没有超越的决心。我的成功实属侥幸。面对一个日益乏味的主题,我所能做的只是一再地对它进行微调。我是流行音乐世界里的异类。作为表演者,我只能算是一般。

我上一支单曲《这就是我爱你的结果?》(*Is This What I Get for Loving You?*)是一九六七年二月发的。到这首歌推出的时候,我已经对它失去了兴趣,连同整个恶劣的唱片工业一起。音乐行业成了一场噩梦,我和我的经纪人安德鲁、托尼·考尔德、格里·布龙之间不断产生诉讼和纠纷。我讨厌它的花里胡哨。爱上米克后,我开始从另一个层面看待流行音乐。既然不用再工作,我就可以让这件该死的事情成为过去式。我对写歌提不起丝毫的兴趣,直到开始创作《吗啡姐姐》。

我感觉自己永远无法超越流行歌曲的浅层面。我羡慕米克和基思。我依然被锁在框架中,但他们早就超越了条条框框。我看到了滚石在怎么做,看到了流行音乐将是什么模样。我想写出具有艺术价值的流行歌曲,《吗啡姐姐》就是一次尝试!

人们往往认为《吗啡姐姐》来自我生活中的一个事件,是一则寓言,关于一个瘾君子的临终时刻。但当时我只吸过一次海洛因,还远未成为瘾君子。《吗啡姐姐》是我对瘾君子处境的想象。

它说的是一个男人遭遇了严重车祸,垂死之际疼痛难忍,对着护士连连发问。

一九七一年,滚石推出了录音室专辑《小偷小摸》(*Sticky Fingers*),《吗啡姐姐》收录其中。彼时我已成为歌中的人物。对你写的东西得非常小心,因为它是一种途径,不管你唤起了什么,都有可能成真。这在米克和基思身上应验过。

在罗马的一座花园里——我们与基思和安妮塔同住在里面——米克写出了《吗啡姐姐》的旋律动机,它本质上是一段 Riff。接下来半年,他经常在家里弹起它。我渐渐意识到,如果没人填上歌词,这首歌过个十年都休想问世。米克似乎不知道什么样的词与这段旋律相配,也许他在等我填。如泣如诉的抒情体。我以英国诗人约翰·弥尔顿的《利西达斯》(*Lycidas*)作为借鉴。

一天，我突然来了灵感。我的脑海中浮现出一系列生动的画面，一个关于滥用吗啡的瘾君子的故事。

灵感可能源自那次巴西之行中发生的一件事——"干净的白床单被染红了。"——当时我、米克、基思和安妮塔在船上。安妮塔有孕在身，在海上待了几天后，她突然流了很多血，被吓得惊慌失措。她打电话给医生，最后医生给她打了一针吗啡。基思和我为她感到非常骄傲（瘾君子的愚蠢逻辑）："哇！被你弄到了一针吗啡！"

我是地下丝绒乐队的忠实粉丝，经常在屋里放他们的唱片。《雷姐》(*Sister Ray*)、《等待药头》(*I'm Waiting for the Man*)。它们也在《吗啡姐姐》里留下了痕迹。

写完歌词，我最先拿给米克看。他觉得很惊艳，同时也倒吸了一口凉气。我在脑子里听到了它们，于是写了下来，几乎一挥而就。得来全不费工夫带来的结果不是写出更多的歌曲，而是使用更多的药物！我成了自己的歌的受害者。

米克知道，如果没有出口，我将变得烦躁不安，变得招人讨厌。互惠的爱情关系也很重要。他教我欣赏黑人音乐和布鲁斯，给我放詹姆斯·布朗、嚎狼、山姆·库克、蹦跳詹姆斯，还演给我看，跳给我看。他把他所知道的一切都讲给我听，而更重要的是，他把自己对那些东西的热爱逐渐灌输给了我，要知道，遇见他之前，那些东西我甚至闻所未闻。我也希望我能滋养到他，通过书籍、艺术和思想。我们之间发生着经验和能量的互换。他的工作热情日益高涨，作品越做越好。

我好胜心很强，凡事都想成为赢家，然而感情本质上是一种妥协。没有人会成为感情中的赢家，可我不能接受这个现实。我变得非常嫉妒米克。他尽他所能去应付这种局面。他知道我需要有自己的事业，并鼓励我录制唱片。

我开始扪心自问：如果我是玛丽·雪莱[1]，那我的《弗兰肯斯坦》在哪里？我极其瞧不起与滚石等乐队厮混的骨肉皮。我开始愤愤地抱怨，所以米克决定录一版《吗啡姐姐》，由我来演唱。

他订了棚，邀来杰克·尼切助阵。当时《任血流淌》已进入缩混阶段，米克不辞辛苦地制作这首歌，可见其重视程度。

人声是在伦敦录的，器乐部分则在洛杉矶完成。杰克、米克、查理·沃茨、莱·库德（Ry Cooder）司职演奏。杰克·尼切是个神经过敏又非常搞笑的家伙。我记得他当时婚姻出了状况。他喋喋不休地谈论加州地下的断层线和加州面临的地震风险。住那儿的人都在唠叨这件事。那时候有种说法，说半个加州随时都有可能落入海中。

他太过严肃，也很傲慢自大。看到我一边喝酒一边吸可卡因，他怒不可遏。

"你还好意思叫自己歌手？你难道不知道那玩意儿会

---

[1] Mary Shelley（1797—1851），英国著名浪漫主义诗人雪莱的继室，英国著名小说家，因创作了或为文学史上第一部科幻小说的《弗兰肯斯坦》被誉为科幻小说之母。

损伤你的声带和黏膜？忘掉基思和安妮塔。其他乐手怎么吸都行，但鼓手和主唱就是不能吸。"

"好吧，先生，我不会再吸了，先生。"

我停吸了，一直挨到录音杀青才复吸。

一九六九年二月，我唱的这版《吗啡姐姐》在英国发行。然而上市才两天，迪卡唱片就粗暴地将它们全部下架。没有解释，也没有道歉。米克跑去迪卡总部，向老板爱德华·刘易斯爵士（Sir Edward Lewis）表示抗议，然而只是白费口舌。我伤心不已，像又被条子抓了一回。迪卡唱片不允许我玷污年轻人的心灵！两年后，滚石专辑《小偷小摸》面世，里面收录了他们演绎的《吗啡姐姐》。这一次没有遭遇任何阻力！

也许是因为他们是男人，也许是因为时机不对，也许是因为我该死的形象。

这首歌一定让迪卡的老家伙们吃了一惊。我两年前发的上一张专辑《雾中之爱》（*Love in a Mist*）基本维持了一贯的风格。我觉得自己被那个可笑的形象套牢了，冲不出也打不破。我被告知不能丢下那个楚楚可怜的、华而不实的洋娃娃形象。想继续录唱片？那就继续唱民谣。想换个路线？没门儿！

《吗啡姐姐》是我的《弗兰肯斯坦》，是我在黑镜中的自画像。但和玛丽·雪莱不同，我的创作不能问之于世。它虽然只是一首歌，一首非常流行的《弗兰肯斯坦》，但在我看来，它是一幅哥特式的小杰作，是我对死亡的庆祝！我怪罪于米克。他为我发声了，但没有尽全力。为了《乞丐盛宴》的封套照（涂鸦的厕所），他和迪卡唱片较了一年的劲；可我的《吗啡姐姐》被下架了，他只跑去跟他们抗议了一回。

我心灰意冷。《吗啡姐姐》是我的内心视像，然而没有人能看得到。我从未那么沮丧过。《吗啡姐姐》被下架后，我和米克的关系开始破裂，我也陷入了二十世纪六十年代末渐浓的黑暗之中。我的《吗啡姐姐》被毙了，我变得闷闷不乐。这是一系列的灾难之一，紧随《迷幻演出》和丧女之痛之后。一旦开始分崩离析，就再也无法回到从前。

自一九六八年年初起，米克和基思开始联手打造基思口中的第二代滚石乐队[1]。这是一个新的阶段，他俩干得心应手，之前那些羁绊他们的因素已然不见。

安德鲁弃船后，布莱恩·琼斯顺理成章地成了下一个需要被剔除出滚石的人。最后一步是把艾伦·克莱恩也给甩掉。布莱恩自己在作死，所以问题不大。艾伦要棘手一些。

米克的招数很毒。他试图把艾伦踢给披头士。

"知道应当找谁来当你们的经纪人吗，伙计？艾伦·克莱恩。"米克打电话给列侬。

"对，太他妈棒了。"列侬说。列侬易受乌托邦式的联合项目感染，比如披头士和滚石的联姻。这一招有点儿卑鄙，

---

[1] The Rolling Stones Mach II。以基思和布莱恩·琼斯为吉他手的时期被称作 The Rolling Stones Mach I；以基思和米克·泰勒为吉他手的时期被称作 The Rolling Stones Mach II；以基思和罗尼·伍德为吉他手的时期被称作 The Rolling Stones Mach III。

不过一旦克莱恩的注意力被一条更肥的大鱼吸引过去,米克就能达到目的。斩断与克莱恩之间的纽带只是时间问题。

我自认为我能通灵,经常用《易经》占卦。安妮塔也是!这是怎样的一对啊!占卦这事儿被渲染得有些过了,听起来像是撒旦崇拜仪式、地狱之火俱乐部啥的。巫术!魔法!其实就是些寻常的嬉皮玩意儿:塔罗牌、显灵板,诸如此类。

进入一九六九年,我对布莱恩越发担心。我有一种不祥的预感,所以我向米克提议,用《易经》来给布莱恩算一卦。

黄昏时分,我抛起了硬币。对得出的卦象,我的解读是:溺水而亡。

"太怪了,是吧?"我转向米克说。

"我的天哪,再占一次。"他说。

我又占了一次,结果还是一样。我们面面相觑。

"听着,这个结果非常不好。我们得做些什么。"我说。

"我们得给他打个电话,看他是否没事。"他打了。也许是出于内疚。

布莱恩在红地,和汤姆·基洛克在一起。接到米克的电话,他一定深感震惊。他讨厌这个傲慢不恭的家伙。但米克还有另外一面,他对电话那头的布莱恩说:"最近怎样,伙计?"

布莱恩很高兴。别人一点点友好的举动都能让他感激涕零,都能得到他热情洋溢的回应。

"噢,米克,你真好,过来和我们一起吃晚饭吧。"

我们坐进宾利,驶往红地。布莱恩的前女友苏琪·波蒂埃也在那儿。她非常漂亮，就是傻得要死。他们为我们做饭，但米克对饮食挑剔得厉害。一切都得完美。他是狮子座！突然，米克转过身来对我说："这垃圾东西我可不吃。走吧，我们出去吃。"本来是一次友好的造访，结果我们致命地冒犯了布莱恩。

我本可以说："为什么不喊他们一块儿出去吃？"但我觉得布莱恩可能是病了，没法儿出门。他疲惫不堪，焦虑不安。也许这就是他们在家做晚饭的原因。布莱恩最终成了这种状态，应付不了多少事情。我之所以这么说，是因为我自己也经常陷入这种状态。但米克就和这种状态绝缘。他喝大了会很失态，但心理还是正常的。

信不信由你，米克和我在外头吃了一顿糟糕透顶的晚餐。吃完回来时，迎接我们的是盛怒的布莱恩。公然侮辱我，是可忍孰不可忍！太可怕了。米克和布莱恩二话不说，大打出手。一定是米克选择了动粗这种形式，因为他自己身强力壮。

真是个笑话。一边是身体状况完美的米克，一边是走路都费力的布莱恩。但满腔的怒火让布莱恩身手敏捷起来。最终，这一架以布莱恩掉进壕沟宣告结束。

"溺水而亡一定是个象征性的信息。谢天谢地！"

两周后，我接到汤姆·基洛克打来的电话。布莱恩溺死在自家游泳池里。他静悄悄地走了。

布莱恩醉酒溺亡时的状况一片混乱。令人困惑、令人愤怒、令人沮丧的混乱。没有人好好照顾他。如果凌晨四时许，一阵急促的电话铃响起，电话那头的人准是布莱恩。嗓音细弱，呼吸费力，就像一个幽灵在公共电话亭里徘徊。我们身边的一个活生生的人一下子就没了。

当你每况愈下的时候，如果有人关心你，你就不会轻生。它是你的生命线，然而没有人真正关心布莱恩。他一再地测试别人的容忍底线，弄得大家对他一丝一毫的耐心都没有了。布莱恩和他人的关系永远都很极端。他所能接受的唯一一种感情是无条件的爱。男人、女人、女友、司机、侍者给予他的无条件的爱。可即使如此，他也只能苟延残喘。有条件的爱让他有点儿难以应对。

布莱恩之死让我极度焦虑不安。也许是因为我能与他产生强烈的共鸣。他是六十年代、毒品、摇滚乐、米克和基思的标志性牺牲品。他的厄运极有可能降临到我头上。

《任血流淌》录制期间，布莱恩总是神志恍惚。他就要走到路的尽头。他们假装给他接吉他线，假装给他录音。看着他咬着嘴唇，恍惚地摸找吉他，紧张地靠在指板上，我们都笑了。他感觉哪里不对劲，但又不是那么确定，因为他太飞了。"我真的听到了吗？还是幻觉？"他暗自思量。

布莱恩的表达也出了问题，什么都讲不清楚。他比基思话多，但说的都不是自己的感受。他在不用说话的场合表现最佳，比如与来自摩洛哥酋酋卡（Jajouka）的音乐家合奏时。他喜欢所有类型的音乐，是个多重乐器演奏天才。扔给他二十四种来自世界各地的民族乐器，他从中挑出任意一种,都能马上琢磨出演奏方法,让它们发出美妙的声音。

我常常思考布莱恩为什么会垮掉。也许始自在丹吉尔的那一天——那天,安妮塔抛开布莱恩,转投基思的怀抱。对布莱恩来说,什么原因都有可能。一是毒品,这毫无疑问;二是乐队里的激烈的竞争关系。谁是乐队的领导者,滚石该由谁来掌舵。布莱恩和米克、基思(尤其是和米克)长期不和,早在安德鲁出现之前便开始积怨。布莱恩曾告诉记者,他是滚石的领导者。真是幼稚啊。布莱恩跳出来说这种话绝对是禁忌。

布莱恩远远地走在米克和基思前面。当米克和基思试图在台上散发性魅力的时候,布莱恩都已经有两个私生子了!当米克和基思还是学生的时候,布莱恩已经建起了一个班子,让他们相信跟着他一起干是有奔头的,不像米克还拿不定主意到底要不要做会计师。布莱恩对他们说:"听着,我们将梦想成真!"彼时,布莱恩能掌控这支乐队。而当他们发现他是对的——他们的确成功了时,他非但没有得到他们的感谢,反而得到了他们的怨恨。布莱恩的厄运自此开始降临。他与米克和基思之间有着很深的宿怨。

我们都预见到布莱恩会在不久的将来挂掉,要么吸毒过量,要么车毁人亡,所以没有谁表示出很多悔恨之意。不管怎样,米克和基思都不会老想着这事儿——这不符合他们的个性。布莱恩的死像是一块石头落了地,让他们从糟糕的困境中走了出来。

布莱恩死后,我以为这下我们都麻烦大了。事实上,只是我一个人麻烦大了。

七月五日,滚石在海德公园开了一场超级演唱会——米克将它献给布莱恩。我在台下,但我不该去的。我状态极差,还没从海洛因中缓过劲来,恶心呕吐、苍白虚弱、满身斑点,像个活死人。玛莎·亨特[1]也在,她穿着白色的鹿皮装,非常漂亮。演唱会结束后,我和尼古拉斯一起回家,米克则跟着玛莎走了。如果我是米克,我可能也会这么做。

米克和我依然想在一起,某种程度上,这就是我们答应去澳洲拍《内德·凯利》(*Ned Kelly*)的原因。当托尼·理查森邀请米克出演男主角内德·凯利,邀请我出演他妹妹时,我激动坏了。我们将远离伦敦的诱惑(对我来说主要是毒品),去一个遥远的地方,共度一段时光。就我们俩。

布莱恩过世后第六天,我们便飞往澳洲。出发前,我跟医生说我有恐飞症。

"我要飞很长时间,所以我需要一些安眠酮。我要在那边待三个月。"他给我开了三个月的药量。飞行途中我嗑了得有十五片。抵达旅馆的时候,我的神志已经恍惚起来。一进房间我就睡着了。

一觉醒来,我忘了我是谁。

---

[1] Marsha Hunt(1946—),美国黑人女歌手、小说家、模特、演员,和米克·贾格尔有过一段情。一九七〇年十一月,她给米克生了他的第一个孩子。

张冠李戴的自杀

我不但忘了我在哪儿,也忘了我是谁。我走到镜子前,镜中人剪了头发,一脸惊恐,瘦骨伶仃,皮肤像死尸一样惨白。在药物的作用下,我隐约辨认出一张备受摧残的面容。镜中人是布莱恩·琼斯,他正盯着我看。我是布莱恩,我死了。

那一刻,布莱恩是我的孪生哥哥。他是公众的祭品,对此我感同身受。我理解这个角色。

当你精神错乱的时候,这一切都顺理成章。既然我是布莱恩,而布莱恩已经死了,那我就得把剩下的安眠酮全嗑了,这样我就也能死了。我这么做了。

米克在熟睡。我在房间里走来走去。我朝窗外望去。我们的房间在四十五层,悉尼港尽收眼底。我想推开一扇窗户,但就是推不开。能推开的话,我就跳下去了。安眠酮的效力怎么还没上来。我俯瞰着街上，认出了许多人，向他们挥手致意。然后我看到了布莱恩。就在那一刻，我眼前一黑，陷入了昏迷，这一昏迷就是六天。

刚看到布莱恩的时候，他还远低于街面，但渐渐地，他的身体变得越来越庞大。他向我伸出双手，然后站直身子，直到就站在窗户的正对面。苍白的脸，绿色的头发，文有闪电图案的手掌，国王路古着店买的中世纪花边皮衣，红黄条纹长裤。他举起手掌，得意扬扬地冲我笑着。

他向我打招呼的方式跟电影里鬼跟人打招呼的方式如出一辙。我穿出了玻璃。但我没有飘浮在街上，而是置身于一幅飘摇搏动的景致中。我进入阴间了。

没有天气，没有风雨，没有阳光，也没有黑暗。什么都辨认不出。宏伟壮阔，如梦如幻，像埃德蒙·杜拉克的插画或阿尔布雷特·丢勒的地狱版画。当我俩一起向前走的时候，我意识到布莱恩也不知道这是要去哪儿。很显然，他已经醒了，不知道身在何处，然后决定来接我!

事实上，这是我和布莱恩之间最愉快的一次对话。他告诉我，他醒来时伸手去抓安定片药瓶，却发现药瓶不翼而飞，顿时感到无比惊恐。他说他很孤独，很困惑，来找我是因为他需要和一个认识的人聊聊。

我们无忧无虑地溜达着，也不管两旁的地面正在崩裂。他说他有一套加冕礼模型，包括伦敦塔卫兵、四轮马车和高头大马。他说他爱看关于铁路桥的书、开关盒使用指南、《福克斯殉道者名录》和乔治·麦克唐纳的童话书。我说等我回伦敦后会帮他买。

他说着说着哭了起来，像《爱丽丝漫游奇境》里的那只素甲鱼。他说他非常抱歉，给我添了这么多麻烦。他似乎不知道自己已经死了。横死或暴毙的家伙是这样的。他们不知道他们在哪儿。也许，我也已经是一个鬼魂了。

"布莱恩，是不是很美妙？"我话锋一转，把对话降格为闲聊——像以往一样，我试图把他从令人极其厌恶的现实中拉出来。但此举一定让他感觉有哪里不对劲。我的语气是屈尊俯就的，像在跟疯子、儿童或小狗说话。

"死亡是下一场伟大的冒险。"他煞有介事地说。这话我也说过，所以我明智地点了点头。

"噢，是的，非常同意。"我热诚地说，仿佛我们在谈论一个新的宗教，或是一种新的毒品。他的心情陡然改变。他开始明白自己在哪儿了？是我把信息通过心灵感应传给他了吗？他转过身，把双手放在我肩上。

"欢迎来到阴间！"他欢快地说。

我还没准备好为此欢欣鼓舞，所以努力当他是在开玩笑。

"噢，我们在阴间里？"我问。

"嗯，你在这儿找不着酒店，亲爱的，也找不着餐馆。你不需要它们。"

我不喜欢这段对话。

我们走到了杜拉克插画的边上。到了跳下去还是站在原地的节骨眼上。

"来?"布莱恩说着滑下了悬崖。

我往后一退。我听到一片召唤声,但我还没有准备好。

我花了好久才回到原来的地方。我被困在一个废弃的镇子里。一切的颜色都变淡了。房屋全都空空如也。我在阿尔巴尼亚!我在荒芜的街道上徘徊了很久,它们的名字叫十月十七日大道之类。我看到认识的人们双脚离地飘浮而来,与周围完全不协调。我大声叫喊,然而他们匆匆而过,好像没有看到我。

在一个机场,我迷路了。人们上前问我问题,像问滞留在火车站的孩子。

"你迷路了,亲爱的?""你知道自己叫什么吗?"

"我在等米克来找我。"某种意义上,他来了。如果他没能及时醒来,接着火速将我送往医院,那我就真的随布莱恩一起走了。

六天后,我苏醒了过来,回到了那个颠倒的国度——澳大利亚。季节跟英国永远是颠倒的;树木不掉树叶,光掉树皮。小时候大人告诉我,把地球钻通,你会从澳大利亚钻出来。你会看到澳洲人颠倒着行走,一切都是颠倒的。

我先是看到了米克。他握着我的手说:"你回来了!"

"想甩掉我,没那么容易。"我答道。并非全是戏言。

"别犯傻了,亲爱的,天哪,我以为这次会真的失去你。"

"野马,也拖不走我。"我说。

我母亲也在。她应该陪伴了我整整六天。米克在片场和我之间往返。没有什么能让米克放下工作,哪怕是我服药自尽!

米克有爱心,有同情心,拍片之余,每天都抽空给我写美丽的信。字里行间都是悔恨:"请原谅我给你带来这一切痛苦……意识到你痛不欲生,我都不想活了,我感到极度震惊和悲伤。"

我少有精神错乱的时候。情况再糟糕,我脑子都不会坏掉。吞下一百五十片安眠药的时候,我清楚自己这么做是出于报复的目的。这是我表明态度的唯一方式。和布莱恩有关。天哪,大家对他的死都泰然处之!嗯,想要痛苦吗?我让你们尝尝痛苦的滋味!

布莱恩之死让我有兔死狐悲之感。我很有可能成为布莱恩第二。当然,布莱恩心甘情愿地成为祭品。我对自己的举动感到非常懊悔,虽然我不愿意承认。时至今日,那些幼稚的话语依然在我耳边回响:"我死了,他们会愧疚的!"不过,也不全是夸张的姿态,吞下一百五十片安眠药可不是闹着玩的。

一口气吞下一百五十片安眠药的时候,我没想到脑损伤这档子事。我昏迷了六天,很有可能成为植物人。我肯定蒙受了一些损失!与此同时,就像每个有濒死体验的人一样,六天六夜不省人事也提高了我的通灵能力。但我肯定要付出代价。

在我和米克等人的痛苦感情中,如果我死掉,将是一个令所有当事人皆大欢喜的结果。我会变成一个神圣又神秘的人物（就像布莱恩一样），不再是任何人的威胁，更重要的是，不会再烦到任何人。殉难者玛丽安！

然而，结果证明，我还没到离开的时候。虽然我以为自己一定会死得很特别，但随着时间的流逝，我开始接受老套的结局。那些从死亡线上挣扎回来的人众口一词："我没死成是有原因的。"我发现我跟他们想的一样。我还有该做的事没去做，我得活下去，把它们做成。

我的"死"对我有利。如果有人怀疑这一点，那他们的怀疑立刻烟消云散。我"死"后没几天，安德鲁便推出了一张我的精选集，封套四周有黑色边框，标题用的是哥特字母。

米克和我之间的裂痕扩大了，这是澳洲之行带来的必然结果。死而复生的新奇和浪漫很快逝去，米克退缩了。他真的没有选择的余地——只要我母亲在，她就会吸光所有的氧气，根本没有米克的立足之地。

尽管我母亲一直喜欢米克，但米克最招她喜欢的富有和强大恰恰是我最不喜欢的。我不在乎身外之物，我喜欢的是他的聪明和善良。他的通灵能力也深深吸引着我。我最初爱上的是那个舞蹈之神（如湿婆般疯狂起舞的他）——这还要拜 LSD 所赐。到我终于真正爱上他这个人的时候，一切为时已晚。而到"澳大利亚事件"发生时，我已经决心离开了！

在几乎各个方面，米克都表现得像个模范。他对小尼古拉斯很好，对我母亲也极好。他买了栋名叫紫杉树的乡村别墅给她住。你挑不出他的毛病。也许就是这一点激怒了我。除了自杀这条路外,我看不到任何出路。说来惭愧,我之所以自杀,原因之一是一旦成功,米克就会被外界视作坏人!然而奇怪的是,外界已经视他为坏人。悉尼警方便对他抱有极深的成见,以至于认为是他把药强行灌进了我的喉咙。

"是你自己服下还是被人强行灌进去的?"他们问。

"什么?谁?"我说。

"如果那个人是米克·贾格尔,你可以跟我们讲,小姐。"他们说。

这件事让我很恼火,但不是因为米克被妖魔化,而是因为我被视作一个不幸的少女。我也许是有些软弱,但神志还是清楚的。如果我想吃药,我完全可以自己吃,谢谢。

他们的态度折射出大众眼里的我。一个无辜的天使,被一个玩弄女性的流氓糟蹋了。彼时是一九六九年,我已不再是多愁善感的流行天使,而是劫数难逃的伊丽莎白·西达尔[1],但澳洲佬还没赶得上节奏。

母亲陷入了宗教狂热。我昏迷期间,她还给我施行临终涂油礼。我太虚弱了,无力抗拒。出院后,她把我送进了一家修女医院。我的所有治疗都在宗教层面上完成。尽管天主教对我不再管用,但就她所知,它是驱除我的心魔

---

[1] Elizabeth Siddal(1829—1862),英国艺术家兼诗人,拉斐尔前派画家们最为青睐的模特,出现在多幅经典画作中。后因体弱多病早逝,给她的丈夫、拉斐尔前派代表画家但丁·加百利·罗塞蒂带来重大打击。

的唯一方法。最后,我们搬到了片场附近的一座农场。那是全澳洲最美、最原始的部分。我爱上了这个国家,被从死亡线上拉回来后第一次有了活着的感觉。

米克一如既往地支付所有费用。在澳洲待了一个月后,我去了瑞士,接受一位非常棒的精神科医生的治疗。她对我帮助很大。不过没有人建议我戒毒。我的朋友们应该觉得我戒不掉的。

几个月后,我终于回到了英国。我迫不及待地想把昏迷中的惊人经历告诉我所有的朋友,然而他们谁都不想听。他们都尽力避开这个话题。我跟死去的布莱恩·琼斯对话了!安妮塔激动不起来。她是我最好的朋友,我以为她会被这个超凡脱俗的奇怪故事迷住的。基思也不感兴趣。米克更不用说。克里斯托弗和罗伯特同样全无兴趣。他们觉得我言行失检,品味低俗!而且,好多人都受益于布莱恩的死。像阿加莎·克里斯蒂的侦探小说,人人都有作案动机!

布莱恩之死像一颗缓缓炸开的炸弹,对我们所有人都有毁灭性的影响。斯人已逝,但幸存者受到了诅咒。安妮塔饱受内疚的折磨,发展出几种强迫行为,其中之一是把照片中的布莱恩剪下来贴在墙上,次日上午再把它们撕扯下来。布莱恩就是这么对付卡带的。他们疯魔时会这么做——创造出某种东西,然后将其摧毁。罗丹的情人卡米尔·克洛岱尔便是这么做的。她在夜里做出漂亮的雕塑,然后在翌日早上将其打碎。

基思对布莱恩之死的反应是变成布莱恩。他成了徘徊在死亡边缘的瘾君子。但基思就是基思——他是另一种材料做成的。不管怎么模仿布莱恩的自毁行为,他都不会崩溃。

他们把我的自杀企图、我和死去的布莱恩的漫步,以及布莱恩之死归入同一个范畴。他们感到紧张,想要撇清干系。这种事最好不要在脑子里待太久。人们开始觉得我疯了,但我真的不在乎。我的确和死去的布莱恩一起漫步了,我不想否认它的存在,仅仅因为它不合他们的心意。

每个家庭中都有一个人被指定为疯子。能得此殊荣的几乎总是女人。在我们的圈子里,我被推选为那个疯子,而由于我们常年生活在各大小报上,我的这个名号不胫而走。

任血流淌

一九六九年夏天,身体一团糟的我回到了洛杉矶。来机场接我的是格兰·帕尔森斯的巡演经理菲尔·考夫曼(Phil Kaufman)。看着这个古怪的白色女鬼踉跄着走下飞机,他心里一定在想:"炽热的风滚草啊,我不能让她这个样子去巴比伦!"

他安排我冬眠了四天,我又活过来了。基思和安妮塔与我情况相仿。我们仨都吸海洛因。不过需要指出的是,对当时的我们而言,它依然只是一种消遣性毒品,我们都还没有像后来那样严重上瘾。但它似乎只是对我造成了恶劣的影响,比我认识的任何人都要恶劣。

是米克派菲尔来接我的。他知道我快废了,所以让菲尔来帮我调整——把我从鬼调整成人。菲尔做到了。菲尔可谓大名鼎鼎,就是他把格兰·帕尔森斯的尸体从殡仪馆里偷走,运到约书亚树国家公园焚烧的。疗程持续了四天,借助果汁、维生素、复方羟可酮和按摩,菲尔让我起死回生。这是第一次有人为我做这种事,唉……不是最后一次。活过来后,我被打包递送给米克。

滚石在洛杉矶录《任血流淌》。米克在好莱坞山上租了一栋平房。米克和基思在棚里忙忙碌碌,使得安妮塔和我有大把的空闲时间。我俩的工作就是尽情玩乐。安妮塔的房子外面有辆豪车全天候待命,载她去她想去的任何地方。她会摇摇晃晃地钻进车里,出去搞些LSD,然后回来享乐。我也经常跟帕米拉·梅奥尔和安蒂·科恩去游泳池消磨时光,吸点儿可卡因,胡言乱语个不停,或是去酒吧喝鸡尾酒。那是段舒爽兴奋的时光。

但无论我们去哪里,我都绝口不提我的名字。洛杉矶人把滚石看作救世主。滚石开启一九六九年巡演的时候,他们已经拥有了神一般的地位,所到之处无不被乐迷顶礼膜拜。人们对虚假空洞的披头士失去了信心。有一次,我和米克、基思、安妮塔走进一家俱乐部,切身体验到了人们的狂热。米克和基思有两个小时的休息时间,干点儿什么呢?去俱乐部吧。我们进去的时候,里面的人像阿兹特克人看到了他们的第一匹马,突然变得鸦雀无声。乐队也不唱了。像一九五一年电影《地球停转之日》(*The Day the Earth Stood Still*)里的那一刻。米克对这种场景习以为常,知道该如何应对。他行了个滑稽的屈膝礼,所有人都咧嘴笑了，我们又能呼吸了。

这将是一轮划时代的巡演，我清楚这一点，但我决不跟随他们上路，跟球队的吉祥物似的。米克不停地说："为什么不来？多有乐子啊！"不去。我讨厌巡演，不喜欢被套牢。他们录音的时候，我是自由身，可以去棚里转转，自己出去玩玩，做我想做的任何事情。而如果跟着他们上路，这种好日子将化为泡影。

不管怎样，你得头脑清醒才能应付巡演。收拾行李、取出行李、旅行、化妆，找到你的酒店，我的天哪！而且我还有另外一个小问题：我有醋意。我吃骨肉皮的醋。当然，我也嫉妒滚石。

迈克尔·库珀来过一阵子，我们一起驾车去约书亚树国家公园，在沙漠里待上一整夜，嗑麦司卡林[1]，信步游走，等待黎明的到来。我们把车停在某个地方，然后就径直走开。不知怎么回事，翌日我们总能走回原地。如果我们走的是直线，那可能就会迷路，但嗑了致幻剂后肯定走不出直线。我们迷上了仙人掌之类的东西。一块巨石变成了印第安首领坐牛（Sitting Bull）的头部。我们沉浸在那张脸里。约书亚树里有许多圣地！

午夜时分，我们坐在高崖边生火，月亮升起来了。突然，黑暗中传来一阵令人毛骨悚然的声响。我从未听过的声响。让人寒毛直竖，像印第安领地里的狼嚎。

---

1 Mescaline，通用名为三甲氧苯乙胺，强致幻剂。吸食后导致精神恍惚，可发展为迁延性精神病，还会出现攻击性及自杀、自残等行为。

"天啊,那是什么?"我问格兰·帕尔森斯。

"哎呀,玛丽安,你不知道那是头小狼吗?"他一口滑稽的南方口音。

在约书亚树,迈克尔·库珀给我拍了张阴森恐怖的照片。天很冷,我穿着从摩洛哥买的黑色卡夫坦长袍。它怪就怪在表现出了未来的我。一个问题重重、形迹可疑的女士。我进入了海底,不过没有溺毙。

在洛杉矶时,他们对《任血流淌》进行的是收尾工作——叠录、缩混和修改。大部分歌曲此前已经在伦敦录完。查理·沃茨添点儿鼓,比尔·怀曼添点儿贝斯,莱·库德添点儿曼陀铃,不少乐手过来添点儿其他什么,然后再叠录上去。对我来说,他们的录音不是重点。我经常在一个小时后失去知觉,所以我只看到基思在录贝斯,一遍又一遍。米克偶尔插话:"弹快一点儿,你不觉得吗?我们可不想让他们睡着。"彼时基思经常录贝斯。在我看来,他们把比尔·怀曼召进乐队,仅仅是因为需要有人在台上弹贝斯。

《任血流淌》是我最爱的滚石专辑。全是伟大的歌曲:《你得到了银子》、《月光旅程》(*Moonlight Mile*)、《社会中坚》(*Salt of the Earth*)、《浪子回头》(*Prodigal Son*)、《猴人》(*Monkey Man*)。当然,还有《岂能事事如意》。每次聆听这首歌,我都哭得像个泪人。它关于我和毒品的罗曼史,也关于其他一些人。滚石的制作人吉米·米勒(Jimmy Miller)是其中之一。当时吉米的身体状况还没变得像后来那么糟，但米克已经被他对药物的沉迷吓到了。

《任血流淌》的一个神奇之处在于极为贴合时代背景。开篇曲《给我庇护》对大时代的预言精准到了不可思议的地步。《任血流淌》于一九六九年十二月五日发行，而就在次日，发生了地狱天使摩托党刺死观众的"阿尔塔蒙特惨案"。人们惊讶于它的先见之明，但实际上它来自过去——大多数歌曲都是近一年前做的。不管怎样，米克和基思没有太注意到街头发生的事情。退一步说，我们都离得挺远。

实际上，《给我庇护》来源于过去两年内发生的几样事情：布莱恩之死，《迷幻演出》带给基思的痛苦煎熬，基思和米克遭遇的逮捕与审判。《任血流淌》发行之时，西方文化正沉溺于二十世纪六十年代末期的末世氛围中。赶巧了。基思也接收到了洛杉矶的火山边缘式气氛。真正的黑暗在很久以后才笼罩过来。

米克和基思都是收听通灵波段的高手。《任血流淌》证实了他俩的天线的高灵敏度。能与大时代如此同步，写歌就得万分小心，因为写什么就可能发生什么。即便是对老成练达的米克和基思而言，过去两年的吊诡经历也着实令人惊奇。

基思·阿尔瑟姆（Keith Altham）在《新音乐快递》（*NME*）上怎么写的？他们压根不在乎别人对《任血流淌》的评价！他们已经开始埋头于下一张专辑。

米克和基思幻想过有朝一日能把披头士抛在后面，而这一天正在到来。录制《任血流淌》的时候,他们在乘风破浪。某种精神在他们体内奔涌。我们知道一些重要的事情正在发生。

在我看来,"阿尔塔蒙特惨案"发生的原因之一是没人重视。梅索斯兄弟[1]正在拍摄滚石巡演纪录片《给我庇护》,米克和基思关心的是自己在片中的形象。彼时,他们觉得自己不可战胜,可以不朽,仿佛他们不可能出错。他们压根没想到会捅出么大的娄子,导致那么疯狂的行为。

他们忘了骚乱也是时间流的一部分,会被强烈的情绪召唤而来。他们不知道恶魔之力正在聚集。他们拿它们开玩笑,因为在英国,世界末日是《圣经》里的概念。但是在美国,鉴于现实与幻想的交融——尤其是在嬉皮文化里——它似乎完全有可能发生。滚石没把这些当回事。米克和基思对肯尼思·安格的撒旦把戏嗤之以鼻。他们认为这很愚蠢,所以他们可以轻松面对。身为女人,对于那些事情,安妮塔和我不像他们那么不当一回事。

"阿尔塔蒙特惨案"发生后,许多人觉得是魔鬼得到了恶报,但滚石不这么看。他们仅仅是在玩一场危险的游戏。《任血流淌》出来后,怪异的事情开始发生在他们身上。

---

[1] The Maysles Brothers,指著名纪录电影导演阿尔伯特·梅索斯和大卫·梅索斯两兄弟,两人合作拍摄了多部经典纪录片。

关于《任血流淌》,最难以消除的误解是米克是撒旦的信徒。米克太理性,太正常了,不会去钻研黑魔法的。《同情魔鬼》是纸做的撒旦。我把米哈伊尔·布尔加科夫的《大师和玛格丽特》拿给他看。他津津有味地看了一宿,写出了《同情魔鬼》。这本书的主人公是撒旦,但与魔鬼崇拜和黑魔法无关。它说的是光,一条线是撒旦来莫斯科开舞会,另一条线是马太与基督前往骷髅地。写得最出彩的当属撒旦的舞会那部分,有趣极了,精彩纷呈。米克用一首三分钟的歌概括了一本极为复杂的书。米克被撒旦吸引住了——他是书中最有趣的人。米克喜欢角色的魅力。角色。他立刻意识到这个角色太适合他了。这话人们不爱听。但就像任何艺术家一样,米克是个大师级的拾荒者,总能拾到适合他的东西。至于后果如何,他从来不会去想。

人们会把偶像的外在和内在等同起来。美国人比英国人要笃信宗教得多。他们的电影全是基督受难剧,他们认为演员在戏里戏外是同一个人。但米克表里不如一。基思和安妮塔后来卷入了黑魔法,但米克只是浅尝辄止,就跟他对待毒品一样。

滚石没有被撒旦主义所毁灭,其唯一原因是他们只是逢场作戏,不像他们的乐迷那般严肃对待。米克从没觉得自己是撒旦。"这是一场游戏。"他们心知肚明。不过对于基思和安妮塔,尤其是安妮塔来说,游戏最终变成了现实。如今她也就是看看魔法小说而已。真是滑稽啊,一个曾经浸淫黑魔法的人最后读起了丹尼斯·惠特利的小说。她从来都不是一个坚定的信徒。是药物让她相信自己会巫术。

这可能是滚石最好的时期，但米克和我之间却出了问题。我记得那时在洛杉矶的房子里和米克一块听《吗啡姐姐》和《同情魔鬼》。我坐在卧室里，米克楚楚可怜地走了进来，把头枕在我膝上，就像一个孩子。他想守住我。我看得出他是多么爱我，我的心都碎了。我轻轻地拍了拍他的头，仿佛他是个小男孩。我为他感到难过，想把他的痛苦带走。我对他充满同情之心，但我已经走出情网了。在爱情中，总有一个人会爱得多一点点。我在退避，他知道。

我觉得米克已经无法将真实的自己与自己的公众形象区分开来；他不由自主地去看小报上对他的生活的报道——从报上看他自己是如何生活的。我的混乱很大程度上与此有关。他该死的形象无处不在。我现在明白了，即便是他处理红地事件的方式，都是他对形象的痴迷的延伸。戏剧效果立马成了重中之重。这是无价之宝。高贵、受难的殉道者，戴着手铐，穿着天鹅绒西装，谋杀了无数胶卷。像该死的查理一世奔赴刑场！他得到了充分的曝光，他爱这个。

红地事件给了他一副庄严的神态。他性格里真的没有这一面。像罗纳德·里根一样，他学会了扮演一个比他自己更复杂的角色。当他需要一个新米克，与新滚石一道完成《乞丐盛宴》和《任血流淌》时，他把《迷幻演出》里自己出演的角色拿了出来。那不是他的真身。特纳是一个复杂的复合型角色。米克选择新角色就跟他选择新西装一样小心翼翼。他品位出众。这对他来说是个完美的角色。

米克厌倦了他的"跳跃杰克闪现"形象,所以又创造了一个新的。海德公园演唱会后,米克身上仿佛多了一层壳。我开始觉得自己和怪物住在一起。过去的一年中,当我醒来时——我知道自己嗑了太多的药片,吸了太多的毒品——但我的直觉告诉我枕边人是个吸血鬼。他是个虚假贪婪的实体,需要不断地补充人、事、思想和灵魂。

米克擅长耍诡计,同时又自命不凡、自鸣得意,渐渐地,他形成了自己众所周知的人格,一个多用途的自我。名人最终都成了自己的滑稽表演。多莉·帕顿有她的大胸,米克有他的大嘴。

我让米克感到困惑。我开始嗑可卡因,这使得我们更加不和。他在客厅里喝茶时,我会大动肝火。米克的一切都很适度,包括使用药物。

我沾上海洛因成了米克的噩梦。但他从未阻止我,顶多就会说:"你不觉得你吸得有点儿多吗?"我向他撒谎,说我只是小打小闹。他信的。米克是典型的依赖助成者。他从周围的瘾君子身上汲取能量。像安迪·沃霍尔。如果有必要,他会陪着他们一起吸,以获取他们的信任和喜爱。跟卧底条子似的。

毒品,尤其是 LSD 和安非他命,对场景的发展起到了推波助澜的作用。它们是"摇摆伦敦"的引擎。然而,最终,毒品取代了场景。它成了人格的一部分。硬性毒品很快就把创作者拖进了黑暗王国。我也陷入了自毁的深渊。

我用自己的方式爱米克,但爱得越多,我就变得越冷酷。可怕极了。"阿尔塔蒙特惨案"那阵子,我和马里奥·斯基法诺私奔了。

我隐约记得,我和马里奥·斯基法诺好上是安妮塔设的局。我显然是心甘情愿的受害者。

马里奥是安妮塔的前男友。安妮塔打电话给我说:"马里奥能在你那儿过夜吗?"她心里也许在想:"可怜的玛丽安,独守空房多寂寞啊,她需要畅快淋漓地打一炮。"马里奥来到了夏纳步道,不消说,我们打了一炮。米克远在美国,正在巡演途中。彼时我真的很痛苦。倒不是说米克把我忽略了。他很体贴,经常给我打电话,告诉我他爱我,给我一些小差事做,让我觉得自己也是巡演的一部分。我去了切尔西古董市场,给他淘了一条饰钉皮带,就是他在《午夜漫步者》里系的那条。

读过帕米拉·德斯·巴雷斯[1]的《我和乐队在一起》(*I'm with the Band*)后,我才知道这段时期他们风流韵事不断。对米克大献殷勤的除了女人还有男人。我们的感情被这种事情慢慢磨掉了,最终还演变成报复。当有一方不忠时,这必然会发生。他出轨被我抓包时,我心里想的是:"噢,好,我得报复他。"我们很快就卷入了一场无休止的报复性游戏。

---

1 Pamela Des Barres(1948—),摇滚史上著名的骨肉皮,写过两本记录自己骨肉皮经历的回忆录。

"噢，你和她搞上了？好吧，我也去睡一个。"这场游戏始自米克出演《迷幻演出》时和安妮塔假戏真做。那是真正的背叛。她是我最亲密的朋友。我唯一的朋友！

我和马里奥、尼古拉斯一同去了罗马。有记者发现我们住在一间脏兮兮的公寓里，于是把我们送上了报纸的头条。米克在美国看到了。他看到我在《旧金山纪事报》上怒喷："我很快乐。我穷得叮当响。我准备白手起家。你们可以通过忘了我来帮我。"他一定觉得自己出现幻觉了。

马里奥是出色的画家和更为出色的可卡因瘾君子。安妮塔非常爱他，我确信这是我喜欢他的原因之一。我觉得安妮塔试图送我一份很好的圣诞礼物。

马里奥和我吸了大量的可卡因。尼古拉斯越来越不开心。他爱米克，我背着米克偷情让他无法承受。当时正值隆冬，一天，尼古拉斯把马里奥送我的黑貂皮大衣放到电暖炉上，然后站在那儿看着它燃烧。就在火着起来的时候，我们的保姆海伦走了进来，感谢上帝。事后，我如梦初醒，决定把心思放尼古拉斯身上。翌日，我们回到紫杉树，与我母亲共度圣诞节。我、马里奥和尼古拉斯。

米克回国后不停地打我电话："我不知道发生了什么，但现在已经不一样了，不是吗？我来处理，我说话算数。我是说，我们至少得试着去挽回吧？"不管他说了什么，我一直说不。是时候放手了，很显然。米克一定也知道我们没法儿破镜重圆。也许他不希望别人觉得是我甩他的。

米克来到了紫杉树。米克和马里奥之间上演了一幕幕戏剧性的画面,最后米克占了上风。当晚,米克和我睡床上,马里奥睡沙发。次日早晨,马里奥走出房门,再也没有回来。我跟着沾沾自喜的米克回到了夏纳步道。他彻底击败了马里奥。

阿迈特的诅咒

米克经常待在洛杉矶,在那里,成群结队的骨肉皮向他投怀送抱,满足他最狂野的幻想。她们什么都愿意做。他是出类拔萃的摇滚明星,取悦他是她们的第一要务。所以回到伦敦后,他很自然地想得到一样的东西!很遗憾,直到最近读了杰梅茵·格里尔的《女太监》,我才明白重点是性高潮。我的,不是他的。重返正常生活,他一定有些失落。

一天晚上,米克建议我用冰激凌味的灌洗液。当时他刚从美国回来不久。我不傻,一定是他的美国床伴爱用这东西。《我和乐队在一起》证实了我的猜测。帕米拉·德斯·巴里斯爱用草莓味和桃子味的灌洗液。

我大吃一惊。"听着,宝贝儿,"我对他说,"这也许是你的美国骨肉皮用的东西,可你现在是在跟我说话。滚蛋!"

当然,私下里,我对这东西很好奇。非常诱人,我知道,所以我去药剂师那儿一探究竟。他拿给我一个橡胶材质的灌洗器和一瓶灌洗液。那种灌洗液有药味,显然和帕米拉小姐用的不同。我偷偷换成了茉莉花沐浴油,米克应该没有发现。

我发现过他和其他姑娘的事,但我假装没看见。因为男友乱搞就生他的气是中产阶级的行为方式,一点儿也不酷。我告诉自己,他是米克·贾格尔,是一件国宝。我开始觉得自己不称职。我知道我敌不过骨肉皮——二十大几的时候,我还没给任何人口交过。

性早已不再是我们之间的主要纽带。最初的六个月后,米克似乎对我失去了性趣。这不全是他的错。性对我来说一直是个问题,我需要热烈如托尼·肯特的陌生人突破我的障碍。不管怎样,酣畅淋漓的一炮对我不管用。我要的远不止这个。我对性没那么感兴趣,这让他们很不爽。他们要的是性欲强的伴侣。

到了二十世纪七十年代,米克下决心要过上流社会的生活。他穿梭于曾经被他嘲笑的元媛舞会,与石油富商共进早午餐,应贵族之邀去城堡参加晚宴。我有时也喜欢与国王路的贵族交际,但米克喜欢贵族到了迷恋的程度。我开始觉得有些怪怪的。

我融不进去,也不想融进去。他们缺乏幽默感,特别没劲,和他们闲聊简直就是活受罪。当他终于把我拖进这种烦人的场面时,灾难不可避免地随之而来。

发生在华威城堡里的插曲相当典型。华威伯爵大卫·布鲁克(David Brooke)邀请米克和我去华威城堡赴宴。这对米克来说非常重要。华威伯爵!城堡晚宴!于是我们就去了。这是我们见过的最隆重的场景。每张椅子后面都站着一个身穿丝绸制服的男仆。但整个场景也乏味得令我难以忍受。

我不认识华威伯爵,也不喜欢他,我根本没把他当回事。他无聊透顶。那时候,我一旦感到绝望,就会向药物求助。我吞下五片安眠酮,一头栽倒在汤里,米克不得不背着我上楼。这发生在用错餐叉都会遭到鄙视的场合!

"脸埋进汤里"事件发生后,米克不再坚持要我陪他共赴昂贵的晚宴。一天,我嗑了一大把安眠酮,然后去闺密帕米拉·梅奥尔家做客,结果又晕过去了!第二天早上我醒了过来,满血复活。与此同时,米克继续前往乡绅俱乐部、勋爵办的派对,或是某个笨蛋的孙子的洗礼仪式。

我显然不能胜任这份工作。我不擅长细节,从来都不。我一度甚至不装扮就出门赴宴。我对衣服向来没有那么大的兴趣,不管怎样,我不会盛装打扮去取悦别人。我只有在上台前才会盛装打扮。这是礼节,是礼物。米克需要的是魅力四射、衣着入时的女人。比如碧安卡·贾格尔(Bianca Jagger)。

米克在一部无休无止的电影中担纲主演。导演在天上看着他,他知道自己每时每刻都得帅气逼人。他们把摄影机推近的时候,我们都得光彩照人。我成了带不出去的女人。我废掉了。我沿着泰晤士河顺流而下,越漂越远。

我的报复方式特别恶毒。米克把我理想化了。每发现一个我的缺点,他都要被真相打击一次。我知道,亲手毁掉我自己最能折磨到他。我想毁掉我的脸。冷血地自我亵渎。他把我看成是他的延伸,所以亵渎我就是在亵渎他。离开他,投奔毒海!

我的后悔清单太长了!如果人生可以重来一遍,只有一件事情我会做得不一样:我会远离毒品!我从一开始就很清楚海洛因是毒药,产生的不良反应极为可怕。我的皮肤马上就产生了奇怪的变化,讨厌的斑点开始浮现,各种奇怪的事情开始发生。

毒品一点一点将我吞噬。

米克难以理解我的自毁行为,不过他太有礼貌了,从来没有说过我的不是。母亲把我送进了精神病院。我打电话给米克,他把我弄了出去。他觉得我没疯,只不过是飞过头了。

有时候我觉得我之所以自毁,是因为只有这样米克才会放手(也只有这样我才能鼓起勇气把他推开)。我把他推开,再推开,直到他厌倦透了。

一个春日,安蒂·科恩造访夏纳布道。我们坐在花园里,米克以他惯有的友善侃侃而谈,但空气中有一丝紧张的气氛。

"要来杯红酒吗,安蒂?"米克问。

"她当然要。"我说。

"大麻?可卡因?美妙的性交呢?"米克继续问道。

"今天有什么特别的尽管拿来,谢谢。"

米克进屋去了。我转向安蒂。

"你为什么不带米克回你家呢?如果你想要他,你就能得到他,你知道。我一点儿也不介意。他是你的。"我说。

"你说什么呢?你怎么能这么对他?"安蒂震惊了。

"噢,我不知道,我觉得我有责任做夏纳步道之鬼。"

这是我的厌世阶段的开始。像夏洛特小姐一样,"我听到有人低语:她若不走,便会遭到诅咒……"

一天,在夏纳步道,我听到了楼下米克和阿迈特·厄特根(Ahmet Ertegun)的低语。阿迈特是滚石乐队新东家大西洋唱片的头儿。听到我的名字时,我着实吃了一惊,因为彼时我已经是忌讳的话题。他们肯定以为我出门了。我蹑手蹑脚地走到楼梯边上,竖起耳朵。

"不,不,米克,我们得聊聊玛丽安。"阿迈特说。

"老天!"

"你肯定很为难,但她会危及一切。"

"但怎么办呢,老兄,该怎么办呢?"

"只有一个办法。瘾君子的悲剧我见得多了。相信我,老弟,他们会毁掉身边的每一个人。这是个无底洞,她会把你拖进去,除非你让她走人。"

"是的，是的，我知道，老兄。"米克说。

"我们可以提供一份三千万美元的合同，但前提是你能确保它不被玛丽安搞砸。你能理解的，对吧？"

"我得考虑一小会儿。让我想想。"

阿迈特和米克在我的客厅里讨论我的命运，仿佛这是门生意，像是讨论出售海外版权。我坐在楼梯最上面一级，像偷听爸妈谈话的孩子，感到了强烈的危险。这是个不祥之兆，连瘾君子都看得出来！

当滚石的新任财务经理鲁伯特·洛温斯坦王子（Prince Rupert Lowenstein）登上历史舞台时，我意识到自己在滚石阵营里的日子屈指可数了。我派不上用场。用他们的话来说，我不具备团队精神。

新政权成立之初，鲁伯特王子的夫人举办了一场白色派对，这意味着参加派对的人都必须着白色服装。我从头到脚一身黑去了。我觉得很有趣，但他们很愤怒。他们非常郑重其事——这是一场白色派对，就得穿白色衣服。

不久后，出于避税的考虑，鲁伯特王子建议滚石所有成员举家搬迁至法国南部。基思搬进了一栋名叫内尔克特的大别墅。安妮塔后来告诉我说，他们在内尔克特疯狂吸食海洛因，到了丧心病狂的程度。我听得心惊肉跳，我本来就命悬一线了呀。在法国南部，一切真正开始乱套。和在内尔克特比起来，他们在伦敦吸的量不值一提。滚石挣到了大钱，生活方式发生了大变化。他们开始大量消耗硬性毒品。幸好我没去，否则必死无疑！

我没打算跟米克去法国。我有个孩子,也不想离母亲太远。从根本上说,我一定是爱他不够深,或是对他不够信任。我感觉他在背叛我。最好能赶快成为过去式!

米克知道我在开溜,所以他最后一次向我做出浪漫而优雅的姿态。狮子座的米克是仪式和象征主义大师。每次行将分手,他都能为我写出一首歌。

这一次他说:"我有首歌想放给你听。"他按下播放键,跪在我面前,握住我的双手,看着我的眼睛。是《野马》(*Wild Horses*)。

不优雅的女士,你知道我是谁
你知道我不能,让你从我手中溜走。

我哭着搂住了他。但想要破镜重圆,不只是一首歌那么简单。米克不明白。他不知道该怎么办。我的行径给他带来了巨大的困扰,而我讨厌给别人带来困扰。我还是转身离开,只困扰我自己好了。

在滚石的风暴圈中,总得有人成为祭品。现在轮到我了。滚石能保持稳定,取决于米克将谁妖魔化。先是布莱恩,再是安德鲁,然后是我。在我出局之后,下一个被妖魔化的是安妮塔。直到今天,人们仍疑心她是个邪恶的女人。真是荒唐。安妮塔成为众矢之的后,基思成为祭品只是时间问题。

如果我不认识米克,只是一个旁观者,我会说:"这个男人一定被爱情深深伤过。"但发生在何时，又是被谁所伤，我就不得而知了。谁是他生命中的至爱？克丽茜，碧安卡，杰莉，我？（事实上我觉得是基思。）

一九七〇年夏天，约翰·邓巴和我的诉讼案件闹得沸沸扬扬，我在大众眼中成了顽固不化的荡妇和毒虫。约翰提起离婚诉讼，状告我和米克通奸。"玛丽安不忠[1]！"上了各大报纸。一夜之间，我从无助的受害者变成了荡妇和女巫。

最后我终于明白，我可以操纵媒体，让局面对我有利。一九七三年，接受《新音乐快递》记者采访时，我说了一些抓人眼球的话，诸如"我睡过三个滚石"。我把自己描述成无情的女投机者。这么做有点儿不合情理，但是有乐子。

我讨厌他们将我描述成米克的肥皂剧里的可悲疯女人和牺牲品。

我们有光明、美丽、浪漫的一面，也有黑暗的一面。它们同时存在。我理解米克为什么觉得我是个恶毒的女人，为什么会说："不是我差点儿杀了玛丽安，是她差点儿杀了我。"我让他吃了大苦头，都是我的不对，麻烦全是我惹出来的。他表现得简直像个圣人，这进一步激怒了我。

在局外人眼中，我是米克·贾格尔的妃子，过着童话般的生活。从来就没有童话。我一直在哭，感到莫名的痛

---

[1] MARIANNE WAS'T FAITHFUL，玛丽安的姓"FAITHFULL"去掉一个"L"是忠诚之意。

苦。记得看完《糖果》[1]时,我突然号啕大哭。我痛苦极了,没有人受得了,也没有人理解得了。我告诉母亲我很不开心,结果她对我大发雷霆!

人们觉得我和米克过的是田园诗般的恩爱生活。这对他们来说极其重要。我离开米克的时候,仿佛在众目睽睽之下犯了滔天大罪。

从米克身边抽身而退是为了拯救我自己。我不想成为滚石的下一个活人祭品。米克困惑不已,不明白我为何离去。他不知道我听到了他和阿迈特的密谈。我离开了他,转投毒品的浪漫怀抱。与和他继续下去相比,我更想成为瘾君子。

---

[1] *Candy*,一九六八年的电影,改编自梅森·霍芬博格和特里·索泽恩合著的同名小说。他俩都是玛丽安·菲斯福尔的友人。

露宿街头

一九七二年的索霍区,仍能看到被闪电战摧毁的建筑残骸。我坐在一堵矮墙上,倚靠着相邻的一面残墙。在这座被炸毁的建筑物中央,社会弃儿和酒鬼夜夜举行篝火晚会。他们喝着最廉价的劣质酒(几乎就是纯酒精)。即使是在道德的低处,还是有着阶级的差别。毒虫和醉鬼。

我日复一复地坐在那个空架子里,飞得神志恍惚,像废墟中的幽灵。我仍然穿着来自旧日时光的精致衣裳。白皇后席地而坐或席地而眠,华裳又湿又脏,被破旧的砖墙磨得厉害。我瘦得跟芦柴棒似的。我希望自己能消失不见。

我中了《裸体午餐》的毒,想做一个街头瘾君子。我无疑做到了,虽然我肝肠寸断、悲痛欲绝、失魂落魄。但当我"飞"起来的时候,一切看起来似乎没有那么糟!

几个月前的一九七一年五月，米克迈进了婚姻的殿堂！我没有受到邀请，不过我以自己的方式庆祝了。于是，在米克和碧安卡的大婚之夜，我被关进了帕丁顿警察局。

我住在米克买给我母亲住的乡村别墅里。每周我都会坐火车去两趟伦敦，让达莉医生给我打一针安定。我都是赶下午五点的火车回来。那一天，回帕丁顿火车站的路上，透过出租车的车窗，我看到了一条巨大的横幅，上面写着：米克和碧安卡今日大婚……

我冲进车站里的酒吧，连灌三瓶伏特加马提尼，醉得一塌糊涂。我忘了刚打完安定不能喝酒。

我东倒西歪地走进一家印度餐厅。在那里，我上演了著名的"脸埋进咖喱"的戏码。餐厅老板叫来警察，把我带走了。到牢里过一夜，他们说。睡一觉来醒酒。

"这场宿醉一定很过瘾吧，小姐。"第二天早上，我蹒跚走出囚室时，条子说。不光是宿醉未醒，我还毒瘾缠身。

我离开帕丁顿警察局的时候，一个条子走上前来，非常礼貌地递给我一本来访者签名本，说："菲斯福尔小姐，您可能知道本警局刚刚成立不久。作为我们的第二位名人访客，如果您能赐个签名，我们将深感荣幸。"

我没有演好我的角色。我没有如期而死，也没有被扫地出门。我收拾好我的东西，离开了米克的宫殿。这么做是不被允许的。对极其自恋的米克来说，女友离他而去完全不能接受。但我的自恋程度和他有得一拼，所以我不管这些。我只是在他们赶我走之前先行离开。

早在一年多前，我就已经决心要离开米克。我利用了派迪·罗斯摩尔勋爵（Lord Paddy Rossmore），不过我认为他是个成年人，知道事情的真相。

在爱尔兰香农河畔的格林城堡，我邂逅了可爱的罗斯摩尔勋爵。这座古堡的主人格林爵士是米克的好友，拥有最古老尊贵的英裔爱尔兰贵族头衔。我和米克去造访格林爵士，在堡里住了一小阵。罗斯摩尔勋爵是典型的英裔爱尔兰人，大长腿像英国贵族那样蜷缩着，有点儿像老妇人。简言之，他是我母亲最青睐的那种女婿！他极其聪明，是个热爱威廉·布莱克的书呆子。我俩喋喋不休地聊布莱克。他送给我一本《天真与经验之歌》。他的威廉·布莱克是拉斐尔前派的，我的则更加迷幻。两个布莱克毫不费劲地和平共处。我俩的关系在这一层面上。

正常情况下，我就想跟派迪玩玩而已。问题是这并非正常情况下。露水情缘成了痴心迷恋。我不知道我是真的爱他还是在寻找下家，让我能有尊严地出局。米克和我还没有正式分手，但基本已经到头了。派迪似乎爱上了我，我可以借此摆脱困境。我鼓不起勇气独自离开夏纳步道，跳进未知世界。不管怎样，走投无路的我像是抓到了一根救命稻草。我和尼古拉斯搬出了夏纳步道，带走了两块地毯和一箱书。几周后，派迪和我宣布订婚。

刚认识我那会儿，派迪压根不知道我是个瘾君子。不光是海洛因。为了控制海洛因成瘾，我大量服用巴比妥类镇静催眠药。我用酒精和巴比妥替代海洛因。可怜的老派迪娶了个大毒虫。我在安眠药的效力下昏迷了一整年。疯狂得简直没治了。

派迪的解决方案很务实:"为什么不去看医生呢?"所以我去看达莉医生。我们没有任何语言上的交流,所有的交流就是她朝我屁股上扎一针安定!一针八十英镑,这竹杠敲得!可怜的老派迪付账。戒除海洛因的方法有很多种,一周两针安定肯定不是其中之一。

我的吸毒问题让派迪震惊不已。我们分手后,他还帮我在爱尔兰找了一家勒戒所。

我和派迪之间的另一件怪事是不住在一起。我和尼古拉斯住我母亲那儿。派迪也回去跟他老母亲一块儿住!伊娃还是不打算放手,和我上演着奇怪的内心戏。我不再是我自己,不再有自己的人格,就像多年前一样。我的字越写越小,越来越难认,然后派迪的母亲、八十七岁的女族长罗斯摩尔女士走进画面,开始与我对峙。一个靠自己努力上位的暴君,君临天下的龙母!

有时我会去罗斯摩尔女士家度灾难性的周末。她偶尔也准许我们外出度假。我们去过伊比萨岛,乘过一回吉卜赛大篷车,但全部都是噩梦。我狂敲药头的房门,四处搜寻可待因止咳糖浆,搞得派迪一头雾水。

九个月后,派迪离我而去。我自己也受够了这些。离开米克,失去派迪,搬回母亲的房子后,我开始完全受制于她。她接收了一切。照看尼古拉斯,操持家事。我成了毫无用处的闲人。

在大约一年半的时间里，我努力听话，顺从母亲，顺从派迪，然后有一天，我突然离开，开始露宿街头。美丽的订婚戒指还在，当然，被我丢在了毒贩那里。

一次滑稽的事件后，米克终于放弃了我。我俩分手后很长一段时间里，他不断给我打电话，给我写信，恳求我去找他。但我已不再是他认得的那个我。我纵饮无度，体重暴增了至少五十磅。我故意的。我不想再做那个窈窕的我。我也把秀发给剪了。米克对此一无所知，有一天，他又打来电话要我去找他，这一次我答应了。我知道，在他见到我的那一刻，一切都会结束。我乘火车到伦敦，回到夏纳步道，迎面而来的是管家、厨师和各款骨肉皮。米克瞥了我一眼，不禁大惊失色，倒抽一口凉气。这个女人是谁？这不是我的女人。他不想和眼前这个肥婆有任何干系。成了。此后我再也没有接到他的电话，收到他的信件。我回到紫杉树，给自己倒了一杯烈酒，哈哈笑了起来。多么愚蠢的事儿！

在巴黎时，我邂逅了让·德·布莱特伊（Jean de Breiteuil）。他是个可怕的家伙，像从石头下面爬出来的。我去巴黎拜访塔丽莎·盖蒂。塔丽莎是小约翰·保罗·盖蒂的夫人，最终死于药物过量。她是我去见的第一个旧友，那天让·德·布莱特伊碰巧也在。他是塔丽莎的情人，然后不知怎的，我和他搞到了一块。我喜欢他的眼睛——一只眼睛黄，一只眼睛绿，而且他还有大量的大麻。他比托尼·桑切斯进化程度要高一点儿，很法国，喜欢交际。我们之间无关爱情。他和我在一起，仅仅因为我是米克的马子。这让他着迷不已。对他来说，我"太摇滚了"。我熟悉这类人，但就像我说的，他有大量的毒品。

彼时基思和安妮塔租住在法国南部。布莱特伊跑去找他们，带去了好多海洛因。基思和安妮塔乐坏了："太妙了！听着，老兄，你以后去伦敦就住我家。"我跟着布莱特伊去了基思和安妮塔在伦敦的家，和他同居了几个月，然后去巴黎度周末。

在我们下榻的酒店，他接到了吉姆·莫里森女友帕米拉·莫里森打来的电话。他得赶紧出门。

"让，听我说，"我对他说，"我得去会会吉姆·莫里森。"

"不可能，宝贝儿，现在不合适，好吗？"

"你这个蠢货，该死的假正经！"

"不是现在，好吗？我马上就回来。"

他摔门而出。

但他直到翌日凌晨才回来。他把我摇醒，看上去焦躁不安。我被巴比妥类催眠药弄得一团糟。他开始揍我。男人吸了海洛因后似乎会变得暴力。当他们揍我的时候，我的自然反应是活该——可能是我上辈子造了什么孽。

我点燃一根香烟，问他道："在那儿玩得尽兴吗？不打算告诉我心情怎么这么好吗？"

"收拾东西。"

"我们要去哪儿吗?"

"摩洛哥。"

"真搞笑,我们刚到这儿呀。"

"我带你去见我母亲。赶紧!"

"噢哦……昨晚发生了什么?"

"闭嘴,他妈的!"

"噢,妈的。"

"是的,出事了。"

布莱特伊担心自己的生命安危。大门乐队主唱刚刚死于吸毒过量,而他吸的海洛因就是布莱特伊提供的。小毒贩遭遇了大麻烦。我们发了疯似的将衣服塞进手提箱,仿佛已经到了危急关头。我跟着布莱特伊去了丹吉尔,拜见布莱特伊伯爵夫人。我们在丹吉尔待了一周,都被毒瘾折磨得够呛。我的身心状况一团糟。离开巴黎时,他惊慌失措,把货全扔了。我们在他妈家里只找到一些乙醚。

后来我看到杂志上说,当他们撞开浴室门,发现莫里森的尸体浮在浴缸里,胸口有一大块紫色瘀青时,我就在他家;要不就是我给他打了一针海洛因,把他送上了西天。我这辈子没帮任何人打过海洛因。直到脱瘾前几个月,我才学会了给自己注射毒品。谁让我在摇滚神话学里的角色是"吗啡姐姐"呢。

我曾觉得和米克一起生活很辛苦,可再苦也苦不过和他分手后的头两年。我这才知道他把我保护得有多好。当然,如果不曾离开他,我绝不会知道自己身上蕴藏着多少力量。

老有媒体骚扰我；我成了理所当然的抨击对象。每个有虐待倾向的讨厌鬼都把气撒在我身上。没完没了的羞辱。我咬紧牙关，面带微笑，假装从容。我开始正儿八经地吸食海洛因。我痛不欲生，甚至自杀过，不过没有死成。接下来我母亲又试图自杀，我的天哪。我在地狱旁边待了好几年。

朋友们都已远走，很少有人来看我。有一天晚上，安蒂过来吃晚饭。我透过她的眼睛打量这座房子。它出自亚瑟·拉克姆的画笔，狭窄逼仄，被过大的黑橡木家具塞得满满当当。餐毕，我走进卧室，躺在床上。我们之间隔着一道她无法逾越的鸿沟。我去了一个她去不了的地方。我沿着隧道逃了。

一位前来采访我的美国记者回国后，给我寄来了全套的罗伯特·约翰逊和全套的汉克·威廉姆斯。它们是紫杉树里仅有的唱片。我没日没夜地播放，听了一遍又一遍，最后把母亲给放跑了。我俩势不两立。她出去找了份工作。她上班的时候，我一直在听罗伯特·约翰逊和汉克·威廉姆斯，边听边沉思。

一天，一个炫目的人物走进了我阴郁的生活。肯尼思·安格，地下导演、自命的巫师，我的旧友。他能认为米克崇拜撒旦，就能认为我相信黑魔法（我已足够成熟，可以做他的学徒）。他要我在他的电影《恶魔崛起》(*Lucifer Rising*) 里演莉莉丝（Lilith）。我还能说什么呢？

虽然我从未相信肯尼思能通灵，但我愿意相信他是个出色的导演。

莉莉丝显然是一个伟大的女性形象。她是另一种形式的女神，诸如伊师塔或阿施塔特、黛安娜、阿佛洛狄忒和得墨忒耳。从父权制的角度看，她当然是魔鬼的化身。

我跟着肯尼思和该片的摄影师克里斯·奥德尔去了埃及。克里斯·奥德尔是我的哥哥（他小时候被我母亲带到家里抚养）。米克的弟弟克里斯·贾格尔演恶魔（Lucifer）。肯尼思的电影讲的全是性政治。他最青睐的主角人选是米克，但米克不肯演，所以就轮到了克里斯。这家伙是个没头脑的毛头小伙，不能认真对待他演的角色。而且他还是个自以为是的大嘴巴，不停地回嘴。肯尼思无论说什么都会被他嘲笑一番。然后克里斯就被炒了。这个角色还是肯尼思来演合适。

我的戏份在吉萨金字塔和狮身人面像旁拍摄。脸上涂着假血，在清晨五点太阳爬上金字塔时围着阿拉伯墓地爬行，太疯狂了。听命于这种人去完成一个食尸鬼般的仪式，太愚蠢了。正常情况下我肯定会笑场，但我是一个无可救药的瘾君子。我一度觉得后来的许多坏运气都来自那部电影。

星山（Star Mountain）那场戏被肯尼思安排在最后拍，现在我明白他的用意了。星山位于德国，是新石器时代的一处祭祀场所。冬至的早晨，太阳初升，处在脱瘾状态的我沿着两百级凿入山体的石阶向上攀爬。当我爬到山顶的时候，看到阳光照进石阶的孔隙。倏然间，我眼前一黑，没有了知觉。当然,这是因为我的海洛因耗光了,我出现了脱瘾的症状。几秒钟后,我意识到我在朝后倒去,眼看就要摔下星山。我记得我翻了个跟头。他们急忙把我送往医院,以为我至少摔成了脑震荡,但事实上我毫发无损。肯尼思·安格,我的巫术比你的更高明!肯尼思是希望我摔下山的,它将成为影片的高潮段落。

多年后,肯尼思寄给我一本弗兰西丝·法默[1]的传记,并附上一封信,信中说我酷似弗兰西丝·法默,我母亲则酷似弗兰西丝·法默的母亲。我明白他是怎么一回事了:好莱坞小报式的巫师,庸俗廉价的魔法,哇!

我的剧照上了报,穿着修女服,化着灰色妆,背景是金字塔,像死人一样。统统有助于塑造我的恶魔似的"魔鬼崇拜"的形象。连我站在紫杉树外的老照片都有了邪恶的一面!那座可爱的乡村小别墅怎么看怎么像是女巫的小屋。

拍完《恶魔崛起》,我回到那堵墙,成了一个街头瘾君子。在我爱的人面前,我觉得自己肮脏又危险。那堵墙是个好地方,在那儿我不会伤害到任何人。当你病了的时候,你遁入树林,病不见好就不出来。威廉·巴勒斯那句老话"疗法在病里"我烂熟于心。想治愈自己,就得去疾病的源头。想离开噩梦,只有去问题的核心。在巴勒斯的宇宙学里,

---

[1] Frances Farmer(1913—1970),美国女影星,在事业前景一片大好的情况下,却因酗酒及常常犯法,被迫在一九四二年息影,四十年代的许多时光在精神病院度过,五十年代末才开始恢复健康。

街头瘾君子是神化的中心。当然，巴勒斯一天都没在街头待过，一天都没有脱下过西装（做爱除外）。我坐火车去了伦敦，一待就是两年，除了偶尔回来洗个澡。

对我来说，街头瘾君子是体面的。这是一种完全匿名的状态，我在十七岁后就已与它挥别。成为伦敦的街头瘾君子后，我又把它找回来了。没有电话，没有地址，没人认识。

刚离开紫杉树的时候，我借宿在朋友们家，但最终，我失去了耐心，不想再受折磨。有段时间我住在帕米拉·梅奥尔家。我消耗掉了好多海洛因。我蹒跚着走在花园小径上，一头栽进紫丁香花丛，听到出租车司机对帕米拉说："三英镑七十五便士，夫人。"帕米拉有四个孩子嗷嗷待哺，我快把她逼疯了。我坐在她的床尾扎针，把肮脏的针头搁在厨房里的水槽上。我的行径太恶劣了，让她的孩子们看着恐怖的硬性毒品长大！我把帕米拉的孩子们和客人们吓坏了。一天晚上，帕米拉邀请她的律师和他的法国夫人来家中吃晚餐。他们来之前，帕米拉恳求我不要让她难堪。"玛丽安，我求求你了，一定要规规矩矩的，就这一次！"很遗憾，我觉得这是在暗示我来点儿疯狂的。入座之前，我急切地想要去小便，当然，还要去打一针。不知怎的，在卫生间里的时候，我把裙子塞进了内裤里。我对自己的可笑形象全然不知，跟跄着走回餐室，手上若无其事地夹着一支香烟，自以为非常老练地说："嗨，亲爱的！"客人一脸呆滞。别介意。与之后史诗般的愚蠢相比，这事儿还有点儿滑稽可笑呢。

我的状况开始好转,除了记忆偶尔会短暂丧失。所以有一天,帕米拉觉得可以把我一个人留在家里,自己外出购物了。我趁机给自己戳了一针,然后钻进浴缸,准备泡个舒爽的热水澡。

帕米拉回来的时候,从浴缸里溢出的水正顺着楼梯倾泻而下,跟小瀑布似的。她冲进浴室,见我一只胳膊搭在浴缸边,人已经失去了知觉。她试图把浴缸塞子拔出来,但水太烫了,她的手伸进去一会儿就得缩回来。我像一只快被煮熟的龙虾。帕米拉觉得只要把我从浴缸中拉出来,水位就会下降,然后她就可以拔出塞子。她抓住我的胳膊往外拽,可我的胳膊上打了肥皂,她的手突然滑脱,整个人向后倒去,头撞上了坐浴盆,当场昏厥。二十分钟过后,帕米拉苏醒过来,这时房子已经水漫金山——奔流的热水冲出前门,穿过花园,流到了街上。等脸上青一块紫一块的帕米拉把塞子拔出来时,楼梯顶的天花板已经坍塌了,地毯也被毁了,孩子们房间的墙壁也塌落了。

这件事发生后,帕米拉终于把我扫地出门。我走出大门的时候,她在我身后大声嚷嚷,像是在念咒语:"我受够了!我受够了!我受够了!我受够了!"

现在只有两条路可走:回母亲家或露宿街头。相信我,露宿街头似乎没那么糟。

我的新"家"在圣安妮墓地公园里。选择在这里安"家",是因为我的粉友吉普赛在索霍区有间小屋。我坐在矮墙上,等吉普赛携毒而来。通过吉普赛,我认识了许多流浪汉和小店主,他们对我都惊人地好。

那时的索霍区是个非常怪异的地方,到处都是危险的俱乐部和可疑的酒店。毒虫、妓女、黑道、音乐工业里的骗子、才华横溢的画家……形形色色的边缘人在这里聚集。我感觉很对路。这儿离切尔西很远,离与我有瓜葛的任何地方都很远。跟我认识的那个世界隔了几个世界。在这儿永远不会遇到米克和基思,不会遇到我以前圈子里的任何人。他们不在这儿混。我常去一个会在凌晨两点迎来出租车司机茶客的茶摊。这儿非常狄更斯,当然,还有点儿巴勒斯。

但我偶遇过作家布里昂·基辛。布里昂待我很好。他不在乎我是否是米克·贾格尔的女人。但除了布里昂,没有一个人试图找到我。他们为什么要找我?说实话,我无法想象我的老友们都来索霍区的空袭废墟找我。

离开米克时,我觉得人类是地球的瘟疫。流落街头后,我开始看到人类的善良和仁慈。是街头毒虫和酒鬼使得我对人性恢复了信心。人们觉得我和米克在一起那几年是我生命中的光辉岁月,但我不这么看。我们过着不真实的生活。

我和宽容的流浪汉们打成一片,经历着他们经历过的事情。他们根本不认识我,根本不在乎我是不是米克·贾格尔的女友。他们只知道我非常瘦弱,时常嗑药。我什么药都嗑。在一个妓女的公寓里,我差点儿因过量服用哌替啶命丧黄泉。到了晚上,有人会带我去被他们非法占用的空宅过夜。偶尔，当我身上太脏了，我会回母亲家洗个澡。天气变冷了，总有人递给我一杯热茶或一张毯子。我只有一套衣服，从来没有换过。吉普赛有时会带我去中餐馆，在那儿，他们会把我裹起来，用洗衣机洗我的衣服。

人们觉得这段时间我一定卖淫换毒品。幸运的是，我没有下海做鸡，因为就算我想做也做不成。我瘦得不成人形，仅有九十八磅左右。我从来不吃东西，我的美貌荡然无存。除了吸毒外，我还和一个夜盗药店的团伙一起混过，这是我和犯罪离得最近的一次。

坏消息接二连三地传来。"你有没有听说吉米·亨德里克斯昨晚死了？"像从遥远的战场上传来的军情报告。吉米·亨德里克斯、吉姆·莫里森、詹尼斯·乔普林、莎朗·塔特、查尔斯·曼森、肯特州立大学枪击事件……我似乎与濒临破碎的世界保持同步。我们进入了一个幻灭的、自毁的、悲剧的时代。听到亨德里克斯的死讯时，我震惊得不能自已，即便我是个无可救药的街头瘾君子。接着是詹尼斯的死讯，一个接着一个。我心里一沉，感觉我们真的搞砸了。"曼森杀人案"是对我们所有人的判决。

这是我一生中最急速的一次下坠。自由下坠。这段时日，我认识的每个人都开始转向硬性毒品，用它们来止痛，或是转向酒精和安眠药来麻醉自己。开启心智的药物成了过去式。世界倾斜了。调性发生了巨变，马勒交响曲疯狂地失去了控制。

我从二十世纪六十年代走出，背着他们沉重的行李，最后费了九牛二虎之力才放了下来。我的生活取决于丢弃这些幻影。这些媒体生成的形象非常复杂,吉米和詹尼斯不明白发生了什么事。他们陷进了旋涡。

我口袋空空,很难搞到毒品。帕米拉·梅奥尔的一个朋友同情我,介绍作家兼瘾君子亚历山大·托鲁奇(Alexander Trocchi)给我认识。他同情我的困境,而且他是个毒品行家,这正是当时的我所需要的。他把我介绍给他的医生威利斯,正是他和威利斯帮助我注册进了国家医疗服务系统(NHS)。在这之前,我吸的毒品都是在街头搞到的。那时候,纳入 NHS 的瘾君子能按处方合法得到海洛因。我应该是最后一批受益于此的瘾君子。在那些美好的日子里,一旦注册到 NHS,你就天天都能从药剂师那儿取回一定剂量的海洛因药丸!

每天早上,我先去药剂师处,然后再去亚历山大家,由他来给我注射。

有了医生开给我的医用海洛因,我不必再依赖于吉普赛。我带着很大的剂量,回到我的栖身之墙。日剂量二十四颗。二十四颗高纯度的英国海洛因药丸,让我能在恍惚中度过二十四个小时。一千个想法和图像穿过我的脑海。我由着它们去,不去拉回来。它们离我很遥远,像玻璃箱里的趣味标本。我什么都不依恋。我是松尾芭蕉,在山腰的茅屋里,凭空创作俳句。

每次回到家,我和母亲都闹得很僵。彼时我们已不再说话。太可怕了,没什么好说的。

她受不了我的脏兮兮。我为什么要作践自己？我不明白。最终，我在一次"可卡因精神病"发作时，用剃须刀片划破了自己的脸。这为我的自我作践画上了句号。我对我的容貌深恶痛绝。我的麻烦不就是它带来的吗？美丽是一种诅咒。它站在我和我是谁之间，阻止人们看到我真正的价值——如果有的话！

我露宿街头的时候，约翰和他的家人想把尼古拉斯从我身边夺走。一九七二年春天，尼古拉斯七岁时，约翰·邓巴和我打起了监护权争夺战。我不想输，但我怎么可能赢？我已经在街头露宿了一年。连亲爱的帕米拉都出庭做证，说尼古拉斯不宜待在我身边。

最令人气愤的是约翰在法庭上说我是个不称职的母亲，因为我是个瘾君子。既缺德又伪善。我的天哪，他蜜月期间一直在吸毒，而当时我连那些毒品的名字都叫不上来。我尽了最大努力，但还是失去了儿子。法官这么判是为我好，也是为尼古拉斯好。我和我母亲都不适合照顾尼古拉斯。她非常爱尼古拉斯，但她都有点儿精神错乱了。这个判决带来了非常悲伤的后果：尼古拉斯以为我不爱他了，因为我不和他住一块儿了。

尼古拉斯住进了约翰家，约翰当时的同居女友是模特珍·诗琳普顿[1]。我记得他俩来紫杉树了。我常常有这种感觉，

---

1 Jean Shrimpton（1942— ），英国超级模特、时尚偶像、演员，"摇摆伦敦"的一个标志性人物，被认为是世界上最早的超模之一。她的妹妹克丽茜·诗琳普顿曾是米克·贾格尔的女友。

人们来紫杉树，只是为了看我一眼，仿佛我是关在笼子里的动物。好怪诞。

此后多年，我很难再见到尼古拉斯。约翰反败为胜。尼古拉斯一岁半后，约翰便很难再见到他，尝尽了痛苦的滋味。

母亲企图自杀，原因之一是失去了尼古拉斯。这绝对是压垮她的最后一根稻草。虽然我不愿意承认，但我真的没想过我的行为会对她有什么影响。这是吸毒导致的自私自利。我压根不会去想："我的行为对我妈有什么影响？"

不久后，一心想死的母亲喝下了大量的液体吗啡。外祖母去世后留下了一大批麻醉药品，她把它们全部保存了下来。她说要以防万一。"以防万一，老妈？"万一有人需要打一针吗啡？万一有人得了癌症？

她真的很想死。大半夜的，她的朋友卡罗尔突然接到灵媒传递的信息，要她以最快的速度赶到紫杉树，说那里出事了。还真的出事了。伊娃喝下了所有的吗啡，写了封遗书，瘫倒在地上。卡罗尔及时赶到，把她送进医院，救了她的命。当伊娃恢复知觉醒来时，她对卡罗尔大发雷霆。一心想死的人最痛恨的就是有爱管闲事的白痴来搭救！

我回到我的栖身之墙，继续疯狂嗑药。有了这种习惯，烦心的事儿就很少。你不会感到痛苦，不会感到寒冷，也不会患上感冒。一直到把毒戒掉，我都没有得过感冒。

时间静止，倒流，然后猛地进入黑暗的未来。往昔的小碎片浮出水面。

我的思绪不断回到女修道院学校的日子。我想回到尚未卷进旋涡的日子，看一切如何起始，看自己能否避开。我最好的朋友萨莉·奥德菲尔德……用牛皮纸包的禁书……辛普森夫人……

我一心觉得辛普森夫人能拯救我。十二岁那年，她开始担任我的英文老师，我爱她。她是个会激励孩子的好老师。她带我们读了一本名叫《祭司王约翰》（*Prester John*）的小说，然后要求我们写一篇论说文。我写的那篇题为《高潮》，辛普森小姐觉得写得很好，读给全班同学听了。她向我传授了所有那些美妙的知识。她让我爱上了莎士比亚、济慈和阅读本身。她打开了所有的门。我稀里糊涂地觉得，辛普森夫人当年能为我推开那些门，现在就也能救我于水火。我决定打电话给她。这显然太尴尬了。可怜的女人！她能有什么法子？她是个善良的中产阶级女士，对瘾君子的生活一无所知。电话一接通，我就知道我犯了一个可怕的错误。"嗨，我是玛丽安·菲斯福尔，还记得我吗，辛普森夫人？我是您的学生。"她惊呆了，不知该跟我说些什么。在痛苦中煎熬了几分钟后，我们都如释重负地挂了电话。

一天，我的前制作人米克·利安得（Mick Leander）摸到了我的露宿之地。他要我录一张专辑。

"可以，但我得有个住的地儿。"就是这么简单。他们给我在罗素广场租了一间公寓，就在大英博物馆旁边。那是限电的年代。每晚七点到十一点拉闸限电。罢工和能源危机持续了好几个月。我没当回事儿,之前我可是露宿街头,没有电视也没有电灯。我没有问题。

怀着临时抱佛脚的态度,我住进一家可怕的私人诊所,希望能在录专辑前夕把毒戒掉。我在里头待了一天半,结果因为没忍住毒瘾,让人偷带了点儿海洛因进来,被我的男护士重拳打落两颗门牙。稍后我就进棚录音了。

这是一张十分奇怪的专辑,而最奇怪的莫过于专辑名《富家子布鲁斯》(Rich Kids Blues)。他们一厢情愿地把我看成生活奢靡的富妞儿,而我显然不是。光景不同了!我不在切尔西住了,而是厮混在索霍区的空袭废墟。我缺了两颗前牙。

封套上的我就是我当时的模样。苍白、瘦弱、病态,人不人鬼不鬼。我唱得孱弱无力,自己都不忍卒听。行走在死亡边缘的飘飘欲仙的瘾君子。约翰尼·桑德斯[1]那种嗓子。有气无力的。每个听到这张专辑的人都说:"嗯,这是她的告别专辑了。"

《富家子布鲁斯》几乎是转眼间就录完了,然后我再度回到街头。

一天,在国王路的古着店"奶奶吸迷幻剂"门前,我碰见了米克·贾格尔。他热情地拥抱了我,仿佛我们破镜重圆了。我们握着对方的手,看着对方的眼睛。他开始抚

---

[1] Johnny Thunders(1952—1991),美国传奇朋克乐队纽约妞吉他手,后成立碎心人乐队并任主唱。

摸我的后背，我意识到他想和我做爱。他问店主可否使用楼上的房间。我们上楼做起了爱，完事后我们穿好衣服下楼，亲吻告别，各走各路。

最古怪的是，整个过程中我们一句话都没有说。并没有感觉到爱意。也许是一种无言的沟通，但感觉更像是，嗯，行使物权。

撞见米克后不到一周，滚石新专辑上市了。《小偷小摸》无处不在，我的《吗啡姐姐》收录其中。一个下午，我得意扬扬地走进一家唱片行，结果看到我的歌成了米克·贾格尔和基思·理查兹的了。这是终极羞辱！我的名字被抹掉了！这是我的歌啊！我给艾伦·克莱恩写了封义愤填膺的信，然后过去见他。

艾伦向我解释说，我的名字被漏掉并非蓄意为之。真的！他给我看米克和基思一九六九年初写给他的信，信中说我应该得到三分之一的版税。原来，他们没署我的名，是因为《吗啡姐姐》写出来时，我和格里·布龙签的经纪约还没到期，而我们都不乐见版税被他拿去。很显然，我能拿到版税，但署名权免谈。好吧，那首歌待我不薄。我靠它的版税撑了几年。

是奥利弗·马斯克（Oliver Musker）把我从死亡线上拉了回来。

我四处游荡，瘦骨嶙峋，消耗了大量的海洛因。然后有一天，我去切尔西参加派对了。我去大卫·林德尔的地毯店看大卫，他说晚上有个派对，我突然抑制不住地想去。我已经有好久没去过派对了。

当晚米克也在，和苏琪·波蒂埃在一起。大部分时间我都待在卫生间里，边吸可卡因边跟米克和苏琪聊天。但奥利弗·马斯克才是这场派对的白马王子。那晚我一定很美，因为奥利弗爱上了我。他年轻英俊，强壮可爱，是经营小本古董生意的老伊顿贵族。

奥利弗的到来改变了我的一切。他决定挽救我。他像一缕清风般把蜘蛛网一扫而空。"你的状况太可怕了，我们必须拉你一把，亲爱的。"

贝克斯利医院因威利斯医生而著名。他帮助很多吸毒者成功戒除了毒瘾。但他的做法有悖常规。他不会劝你别嗑了，也不会把你嗑的药扔掉。你想要多少他就给你开多少。我的处方剂量越来越大，他等着瞧会发生什么。

"好吧，我尝够海洛因的滋味了，现在我想戒掉。"我终于去找他了。

"嗯，玛丽安，你的决心令人钦佩，但我不看好你。"

我决心已下。他们把我的海洛因日用量减少到仅为0.03克。奥利弗每天都来医院看我。他巴不得我马上康复出院。我在里头待了八个月。只有被纳入NHS的瘾君子才有这待遇！我渐渐好了起来，成了正面典型——威利斯医生觉得我对其他瘾君子有助益，要我去跟他们聊聊。他需要正面典型，也需要反面教材。医院里有个可卡因瘾君子，是个美国女人，曾经才貌双全，如今却形同废人。

医院里有个病入膏肓的男孩崇拜我。有一天晚上，他一定预感到自己快死了，所以问我可否握他的手。我拒绝了。真是可耻。他不停地呼唤我的名字，呼唤了一整夜，然而我无动于衷，没有走上前去。

奥利弗是个真正的骑士，做着真正高贵的事。他旋风般地把我卷进贝克斯利医院，再把我扯出来，送至印度、巴厘岛和新加坡。金发的他像是齐格弗里德[1]，美丽极了，闪耀着光芒。

我们共同度过了一段美好的时光。我们先去了印度——我过去拍一部叫《鬼故事》（Ghost Story）的电影，演一个从精神病院逃出来的女孩，一心想手刃她残忍的弟弟。我们下榻在孟买港的泰姬陵酒店（那是个最疯狂的地方）。它建于十九世纪，设计师是法国人。这是他的杰作，非常漂亮，富丽堂皇，就在海湾边上。在他的设计蓝图里，华丽的大楼是面朝大海的，这样进港的欧洲客轮便能看到他的光辉杰作。但印度人脑子糊涂了，把大楼正面和背面建反了！华丽的大楼面朝的是一条窄小的后街。典型的印度式误读。可怜的法国建筑师坐立不安，从酒店顶楼跳下自杀了。

奥利弗是个棒极了的家伙，但我渐渐意识到自己不能与他共度余生。一天，我们登上了从班加罗尔开往德里的火车，过去拜访罗伯特·弗雷泽（他当时住那儿）。奥利弗

---

[1] Siegfried，德国叙事诗《尼伯龙根之歌》中的屠龙英雄。

越来越暴躁。旅程很漫长,我只想读我的小说。但他显然很无聊,要我陪他说话。在他看来,我沉浸在自己的世界里是一种敌意。奥利弗是个温柔的男人,但凶起来时完全没有教养。他想嚼他朋友的舌根,而我沉浸在《霍华德庄园》[1]里,读得不忍释卷。他被我惹毛了,把书从我手里一把抢走,扔出了车窗外。这是图书馆的藏书。我深感震惊。

他是一个热爱社交的英国上流社会人士,闲聊对他很重要。彼时,当此类事情发生时,我不做任何回应。我什么也没说。我只是自思自忖:"这是不可原谅的行为。"这是摩羯座的特质。"等哪天我不跟他过了,他就会明白把《霍华德庄园》从火车上扔出去大错特错。"

与我的罗伯特·弗雷泽久别重逢真让人高兴。他健康,灵性,穿着白袍,风趣依旧。他母亲辛西娅和我们一起外出徒步,攀爬喜马拉雅山麓。她令人惊叹。登山也不忘带上伊丽莎白·雅顿的化妆品和面霜。她每天早上上妆,晚上卸妆。她是基督教科学派成员,笃信物质是虚幻的,疾病只能靠调整精神来治疗。当我走路不稳时,她的用词总是很得体。十八个月前,我还是一个登记在案的瘾君子。虽然我已经戒掉毒品了,但我的肌力还没有恢复。

攀爬喜马拉雅山犹如置身天堂。我不知道自己是怎么做到的,但我做到了。现如今,每当我动摇时,都会对自己说:"喂,你爬过喜马拉雅山的!"这是奥利弗看待事物的方式:

---

1 *Howard's End*,英国作家 E.M. 福斯特小说代表作之一。

行动。他从来就不是一个分析者。他对阅读和讨论人生的意义没有兴趣，立刻行动才是他的专长。

山顶有个小茶馆，罗伯特和奥利弗已经到了。他俩相处得极好，是伊顿公学的同窗。

我好些了的时候，大卫·鲍伊邀我担任他的电视演唱会《1980 歌舞秀》(*1980 Floor Show*)的演出嘉宾。我穿着修女服，与他合唱了《我拥有了你，宝贝》(*I Got You, Babe*)。穿成这样是大卫的主意；我还独唱了一版诺伊尔·科沃德（Noel Coward）的《二十世纪布鲁斯》(*Twentieth Century Blues*)，这部分我很喜欢。

大卫邀我去温布利看滚石的演唱会。大卫·鲍伊偕玛丽安·菲斯福尔同往？我俩之间是清白的，但此举在外人看来可不像。所以我决定和他的随从同往，这让他大为光火。

奥利弗对这类事情泰然处之。

"嗯，我想去看看会发生什么。"我说。

"好的，亲爱的。"

我穿着莫扎特式戏装去了。我去了后台，然而除了基思和安妮塔外，每个人对我都避之不及。我成了贱民。基思和安妮塔见到我很高兴，说："玛丽安，见到你真好！我们想死你了！瞧瞧你，我的天哪。"

米克可怕极了。我一定是疯了，没有多想便走进他的大化妆间。他在化妆。我若无其事地坐下，开始跟他聊天。他对我说："玛丽安，真的！你应该懂事了。你不能来这里，不能跟我说话，我在化妆呢。"我错愕不已。我错愕于碧安卡优雅的穿着,错愕于我的不合时宜。我能体会到克丽茜·诗琳普顿的感受了。我仿佛听到米克在说:"你被淘汰了,我的宝贝儿,我可怜的过时的宝贝儿。"

演唱会结束后,我恍恍惚惚地站在温布利体育场外,不知该干什么。我衰爆了。我身无分文,一身莫扎特的打扮。大雨倾盆而下。二十辆豪车从我身边驰过,全是驶往滚石的庆功宴的。最后,终于有一辆汽车在我身边停下。是安德鲁。他载我回到了城里。

奥利弗和我经常跟大卫·鲍伊和安琪·鲍伊夫妇泡在一起。一天晚上,在大卫家,我们都喝得有些微醺。趁着酒意,大卫开始对我调情。我俩走到走廊上,我拉开他的裤子拉链,想给他口交。但大卫怕极了奥利弗。对他来说,奥利弗就是盖世太保。所以他不能保持勃起。大卫太小瞧奥利弗了。这种事儿可惹不毛奥利弗。他会付诸一笑。

奥利弗控制不了自己的脾气。就因为这个,我不能和他一起过日子。我的躯壳还在原地,但灵魂已经飘走。他气坏了,可怜的家伙。他把我拉出毒海,带我环游世界,不过我并没有完全恢复。当我重归歌坛后,我的生命力才恢复过来。

我的"人在魂不在"导致了激烈的争吵。这是我抽烟的原因之一。约翰·列侬说抽烟能把你拉回地面。我觉得靠谱。每次试图戒烟时,我都感觉魂儿又飘走了。我努力让双脚着地。舞台和剧院能让我双脚着地。自打我能掌控自己的人生后(相对来说),我便有意识地在腿上绑沙袋。

我只在表演时才摘掉它们。

我爱他，可我也怕他。我对他的爱里既有受虐的成分，又有施虐的成分。母亲的叔祖父利奥波德·范·萨克-马索克的受虐倾向没有遗传给母亲，但一定遗传给了我。不是直接的，不是身体上的，而是心理上的。

和奥利弗在一起时，我偶尔也接演戏剧。在我滥用海洛因的年代，我曾想重振我的戏剧事业，然而每次都以灾难收场。很显然，我是那种碰不得海洛因的人。我试镜了一些角色，结果全部泡汤。我去见杰克·古德（Jack Good），他在做音乐剧版的《奥赛罗》，名叫《抓住我的灵魂》（*Catch My Soul*）。杰瑞·李·刘易斯演伊阿古；我演苔丝狄蒙娜。我搞砸了，昏倒在试镜现场。演她挂掉那场戏还过得去，问题是她一开始得活着。就是这样。

在汉普斯泰德戏剧俱乐部（Hampstead Theatre Club），我出演了《收藏家》（*The Collector*）里的受害者一角。我的戏剧生涯成了奥利弗的心头之痛。他觉得我就该优雅地退出戏剧舞台，和他走进婚姻的殿堂。和鲍伊有了牵扯，又开始写歌后，我也这么觉得了。我被鲍伊将自传成分和虚构角色融为一体的创作方式深深吸引。

奥利弗送给我一只美丽的订婚戒指，那是他的家人传给他的。我考虑过嫁给他，但在最后一刻，我踌躇了。我知道自己永远都融不进他的贵族圈子。他迟早会后悔娶了我。我是一个局外人。

连我身边的人都觉得我已经山穷水尽了。看起来奥利弗是我最后的、最好的机会。"她多幸运呀,能嫁给奥利弗,我们不用再担心她了。"一个患厌食症、嗜海洛因、浮在伦敦上空的女人钓到了金龟婿。我让他们很为难。我是一个幽灵,不知不觉地飘进他们的生活,睡在他们的沙发上,昏倒在他们的浴室里。我仿佛阴魂不散。

我的朋友们(主要是我的同性恋朋友们)向我指出:"你应该嫁给他,你知道。亲爱的,你再也不会有这样的机会了。"我什么也没说,虽然这种话让我极为愤怒,深感冒犯。

蹩脚英语

女男爵的女儿，摇滚明星的女友，甜心宝贝歌手……即使在我炮火全开后，这些邪恶的标签都没能被撕掉。剪去长发，暴饮暴食也徒劳无功。连被关进局子，成为街头瘾君子都不管用。它们没有改变我的形象，只是做了修正。我成了被玷污的甜心宝贝歌手："女男爵之女被控在公共场所酗酒"，"贾格尔的前任说她已经不碰毒品了"。

到了二十世纪七十年代中期，我无奈地得出结论：想抹掉我的过去？唯有写出优秀的作品。

对玛丽安的重建始于一首《梦我所梦》（*Dreaming My Dreams*），我开始回到正轨。此前的两年，我一再被唱片公司拒绝，变得心灰意冷。我成了包袱。拒绝的理由很荒谬。华纳兄弟说他们正打算签爱美萝·哈里斯（Emmylou

Harris),而我和她太相似了。简直是笑话。"可怜的人儿,我们必须善待爱美萝,不然她会寻短见。"他们说。

最终,我的前经纪人托尼·考尔德把我签了下来。托尼与帕特里克·米汉(Patrick Mehan)共同主理NEMS厂牌。在我看来,他们之所以给我唱片约,就是因为我声名狼藉(这对多卖唱片很有助益)。当然,也不能排除他们觉得我可能会写出金曲。无论出于什么原因,我都很感激他们。我准备好重返录音棚了。

NEMS管理着多位美国词曲作者的欧洲版权事务,其中就有艾伦·雷诺兹(Allen Reynolds)。他给克里斯泰尔·盖尔(Crystal Gayle)和韦伦·詹宁斯(Waylon Jennings)写过歌。托尼觉得艾伦的新作《梦我所梦》有大红大紫的潜力,便安排我来录唱。

新玛丽安的第一个化身是《梦我所梦》里的乡村版玛琳·黛德丽。玛琳在道奇城酒馆唱伤感恋歌。也许是我身体里的德国血统觉醒了。玛琳经常饰演夸张虚饰的女牛仔,演得很到位。我爱那些片子里的感伤和造作。

《梦我所梦》是中欧人的悲观主义和乡村愁绪,是华尔兹舞曲里的乡村歌谣。细细流淌的钢琴声在你的啤酒里哭泣。我想要的是氤氲绵长的氛围,让你听的时候感觉时间已然静止。我的本能是放慢了唱,这会让你听到更多并沉入其中。米克倾向于加快速度。

单曲唱片《梦我所梦》不声不响地在英国发行了。然后,突如其来地,它被爱尔兰DJ帕特里克·肯尼(Patrick

Kenny）在自己的节目上推放了。《梦我所梦》在爱尔兰单曲榜冠军位置停留了七周。爱尔兰人喜欢华尔兹。好吧，这是侥幸，但也给了我希望。登上排行榜意味着原谅。我们喜欢你的歌，你做过什么我们不关心。爱尔兰人懂得原谅。

我有机会做一张录音室专辑了。我想以我自己的方式做一张乡村乐专辑。窝在家里的时候，除了听詹姆斯·布朗和奥蒂斯·雷丁，我还听了大量的汉克·威廉姆斯和吉米·罗杰斯（Jimmy Rodgers）。二十世纪六十年代，人人都在模仿黑人音乐，但我很好奇白人布鲁斯长什么样。我的结论是像汉克·威廉姆斯。悟到这一点后，我就想做一张新乡村乐专辑，不模仿韦伦·詹宁斯或威利·纳尔逊（Willie Nelson），也不在纳什维尔或奥斯汀录——我要在英格兰录，乡村音乐的根，加上凯尔特音乐的魂。我的身体里涌动着德鲁伊教的渴望与愁思，因为我的血管里流着威尔士人的血。

开始做同名专辑《梦我所梦》的时候，我想做的是一张英国乡村专辑，这将是一场有趣的实验。但它并不是NEMS想要的，所以我不得不做出妥协，录了多首美国唱作人写的歌——它们的欧洲版权由NEMS代理，典型的唱片工业那套。《香草奥莱》（*Vanilla O'Lay*）便是一首愚蠢的流行歌。

不过自这张专辑起，我又开始写歌了。我有好多年没写了，上一首还是《吗啡姐姐》。我写的新歌叫《玛德琳夫人》（*Lady Madeleine*），它更现实主义，更个人风格，对我来说是一个新品种。它说的是我的好友兼瘾君子玛德琳·达西（Madeleine D'Arcy）的凄惨结局。

我有好几天联系不上玛德琳，电话一直打不通。我想到了最坏的结果，我预感到她吸毒过量了。去她的公寓时，考虑到可能需要破门而入，我带了两个毒贩同往。我们敲了又敲，没人应门。他俩撞开房门，见玛德琳躺在床上，显然已经死了。她浑身青紫，血迹斑斑，像被打死的。他俩立马开溜了。我在尸体边等了五个钟头，条子才姗姗来迟。我扔掉了所有的毒品，没有私藏一丁点儿。那一夜，我对毒品文化深恶痛绝。

玛德琳前一年登上过《世界新闻报》的头条。一九七二年的拜金小姐。文中提到她的妓女生涯，还有她与托尼·桑切斯、基思、安妮塔在法国南部共同度过的醉人生活。那段时期，托尼和玛德琳会"打飞的"到尼斯度周末。

彼时，玛德琳在布莱顿重操旧业，十五英镑包夜。这种不公的境遇伤透了我的心。她卑贱的人生和高贵的名字总让我想起德伯家的苔丝。她母亲是个小个子爱尔兰天主教徒——对达西夫人来说，女儿能葬在教堂里比什么都重要。但任何丑闻都能让计划泡汤。在爱尔兰就是这样。自杀者没资格葬教堂，死于谋杀影响同样恶劣，会成为大丑闻，后果很严重。

条子踱来踱去，做着记录。我蛮横地要求他将死因记录为"意外死亡"，把原因跟他说了。他碰巧是个有同情心的好条子，明白我的意思。

写这首歌的时候,我没有着墨于不光彩的细节和她的困顿潦倒。我写的是她的美,还有我对她的爱。

有一次,我去一家俱乐部跳舞,然后洛·史都华(Rod Stewart)跟着我回家了。他把我当成了骨肉皮。流行歌手永远在寻找猎物。他们猎取的是穿着漂亮内衣和长裙的可人女子,寻找的是对女人的所有想象。他以为我也是那种货。他会大失所望的!我笑着把他赶了出去。你知道,为了他好。他犯了一个诚实的错误。他看错人了。这不是第一次。

一九七六年,我遇到了我的第二任丈夫本·布莱尔利(Ben Brierly)。当时我即将带着乐队去爱尔兰巡演,推广《梦我所梦》。出发前,我四处转悠,想搞些海洛因(我又旧态复萌了)。本住在富勒姆路,虽然他自己不是药头,但他知道哪儿能买到毒品。穿着皮夹克的他处于肝炎恢复期,显得苍白又有趣,瘾君子的范儿。我发现了新大陆。他幽默、迷人、脆弱,我爱上了他。

巡演归来,我过去找他了。我们一起唱埃弗里兄弟的老歌《何时有人爱我》(*When Will I Be Loved*),我们的嗓音融为一体。

我搬进他住的公寓,和他同居了。我们紧紧抓住有安全感的错觉,过了一段正常人的生活。公寓是他某位前女友的朋友的,非常优雅,有美丽的旧家具和地毯。一天,薇薇安·威斯特伍德前来造访。薇薇安为国王路上的朋克圣地——服装店"性"(Sex)设计撕裂的 T 恤和捆绑束缚装。

她和马尔科姆·麦克拉伦是处在萌芽期的朋克运动的共谋者。他们刚拉扯起性手枪乐队。薇薇安环顾四周，慢吞吞地说："这就是你们老嬉皮的生活，是吗？"这是他们的姿态。

然而好景不长，一段时间过后，房子被收了回去。我们无处可去，而且囊中羞涩。NEMS每周给我一百英镑，可即便是在一九七六年的伦敦，这么点儿周薪也不够活的！只够买粉！

于是我们私自占用了位于切尔西洛茨路的一处空宅。它非常浪漫，有烛光、木箱和一张放在地板上的床垫。我俩有两个共同点：音乐和性。这是我一生中最富激情的一段感情，当然，也是带给我最多痛苦的。

在我人生的这一阶段，本是最理想的伴侣，母亲看出来了。她喜欢本，明白我这时候需要一个与我状况类似的人。他让她想起了二战前她的吉卜赛男友。三十年代，她在柏林做过舞蹈演员，和大富豪发生过浪漫关系，他们送花给她，给她买昂贵的衣服。她把米克·贾格尔和他们混为一谈。但她也有非常浪漫的一面，所以她认可本。

和本·布莱尔刚走到一起的那段时光很快乐，我们听卢·里德的《柏林》，詹姆斯·布朗、奥蒂斯·雷丁、詹尼斯·乔普林、贝茜·史密斯，还有好多雷鬼乐和乡村音乐。我唱韦伦·詹宁斯、汉克·威廉姆斯和威利·纳尔逊。

那时，每次去听摇滚演唱会，我都被眼花缭乱的表演和山呼海啸的声音燃得不能自持。声音和愤怒。记得有一次去看齐柏林飞艇现场，我吃惊于我们的反叛形象居然如此一成不变。不久后，朋克乐粉墨登场，改变了一切。它是六十年代末越发冗长的前卫摇滚乐［诸如里克·维克曼（Rick Wakeman）的《冰上的亚瑟王》（*King Arthur on Ice*）］的伟大解药。

我们和朋克乐手打成一片；我从他们那儿汲取能量，将它们带到我自己的现场。《蹩脚英语》（*Broken English*）里的愤怒便由朋克提供。性手枪贝斯手席德·维瑟斯和我从同一个毒贩那儿买货，我还受邀在性手枪电影里演席德的妈妈。这部影片原定由情色导演罗斯·梅尔（Russ Meyer）执导，后来中途夭折。本来我将迎来新一批的恐吓信的！

然而，在朋克乐尚未破土而出的荒地上，我没有看到出路。我一度把自己看作乡村天使。《那一天（可卡因来到纳什维尔）》［*That Was the Day*（*Coke Came to Nashville*）］是我对乡村歌曲的想象。我顶着一头蓬松的金发。

洛茨路的空宅逼仄破落，没有电，也没有热水。本教当时还没崭露头角的亚当·安特（Adam Ant）弹贝斯，挣点儿小钱。但我们爱这里，我们过得很快乐。有段时间我们搬到了楼上——楼上的住户是一个占星家兼算命先生，他去乡下写书，把房子借给我们暂住。他的墙上饰有十二星座、北欧古符文、蜡烛和五角星。

那是我俩最快乐的时光。那是一个夏天，我俩常常不得不靠唱歌换晚饭。我们带着吉他到别人家里，唱歌给他们听，他们会给我们吃的。这是两个身无分文的游吟诗人的理想生活；在这个过程中，我们结识了很多人。

我们私占了好几处空屋住着。天气渐渐转凉，没电没暖气简直是灾难。本决定做点儿什么："我们一定能拉起一支乐队，然后去欧洲走穴挣钱。我们不能坐以待毙，眼看着自己饿死冻死。"于是我们去了 NEMS，他们安排我们去荷兰巡演。我们拿到了一半的钱和六周的准备时间。

我们在切尔西的一间排练室面试乐手。这将是我自己的第一支乐队。然后，我发现了无与伦比的巴里·雷诺兹（Barry Reynolds），他是一位出色的节奏吉他手。我和巴里一起创作了我下三张专辑的大部分歌曲。

我们来到阿姆斯特丹的摇滚演出场所天堂（Paradiso），为南区强尼和阿斯伯里·朱克斯（Southside Johnny and the Asbury Jukes）暖场。本是我们乐队的贝斯手。头一晚，我站在舞台边，醉醺醺地看他们弹《甜蜜的简》（Sweet Jane）的前奏。铛铛铛，铛铛铛，铛铛铛，铛铛铛。"好奇怪！他们不停地弹那些愚蠢的十二小节！他们到底在干吗？"然后我才明白他们在等我上台。我动作夸张地冲上舞台，结果被电线绊倒，摔了个嘴啃泥。完美的劳来与哈代[1]式开场。我站起身，转向一脸错愕的他们，说："你们没事吧，亲爱的？"

观众被我华丽的出场惊呆了，他们整场演出都呆立不动，一脸茫然。

---

1 Laurel and Hardy，喜剧电影史上著名的二人组合，在二十世纪二十至四十年代极为走红。

回到化妆间，本怒不可遏。

"你他妈的在干吗，玛丽安？"他操着一口浓重的索尔福德口音朝我吼道，"你摔跟头了！"

"噢，是的，换谁都会呀。"我唬他。

"你用手和膝盖在台上爬！"

"本，你不懂。戏剧性，不是吗？观众买了价值不菲的门票，自然想看到能值回票价的东西。"他不明白我在说什么，我权且当作我赢了。

本会写歌，但贝斯弹得很烂。只够在朋克乐队里弹。比性手枪的席德·维瑟斯好那么一点点。他们是一个水平线上的。我既不要他做我的巡演乐手，也不要他做我的录音乐手。

巡演如此糟糕，我对工作再度失去了兴趣。与此同时，我和本的同居生活也成了一场灾难。他有外遇，他总是有外遇。我痛苦了好几个月。然后有一天，本突然打电话给我说："我们再组一支乐队去演出吧。"这一次，我让史蒂夫·约克（Steve York）司职贝斯。我们慢慢地得到了一支合适的乐队。

在这之后，本偶尔帮我录过贝斯，也给我写了几首出色的歌，但我们再也没有一起巡演过。不管怎样，他有自己的事业，这对我们来说都是好事。他在一支名叫血诗人（The Blood Poets）的乐队里唱歌。他的队友德鲁·布拉德（Drew Blood）是波兰人，后来娶了大卫·鲍伊的前妻安琪·鲍伊。

本同时也是振动器乐队（The Vibrators）的一员。无论身在哪一支乐队，本都有本事把事儿搞砸。他和别人处不来。他不懂流行音乐的法则，即你必须先舍弃，然后才会得到。什么都不能舍弃的人，最后什么也得不到。他就是不明白这个道理。他对自己的权益太过注重，会提出苛刻的要求，而我就不会。

本喜欢把人往家里带。一天晚上，他在切尔西一家酒吧里遇见了蒂姆·哈丁（Tim Hardin），便把他带回公寓。

"你得给玛丽安写首歌，蒂姆。"本对他说。

"我可以在这儿过夜吗，伙计？"蒂姆说。

我和蒂姆完全合不来。我们都是摩羯座。我没那么喜欢他的歌。他很招人烦，不过在写抓人的旋律方面很有一套。

蒂姆终于写出了一首歌，唉，不是给我写的。它叫《不可饶恕》(*Unforgiven*)，乔·库克唱了，最后埃里克·克莱普顿也唱了。蒂姆全天候神志不清，因为他嗜饮臭名昭著的布朗普顿混合麻醉剂。那是一种混杂了吗啡、海洛因、可卡因等的"鸡尾酒"，当年可以通过处方合法得到。蒂姆的思维被它搅得极度混乱。在先后看到格雷戈里·柯尔索和蒂姆被这种玩意儿折腾得够呛后，我就断了碰它的念想。

但是我的歌在哪儿呢，蒂姆？我对他唠叨个不停。他有一个主意，其实就是个歌名而已——《大脑外流》(*Brain Drain*)，不过挺符合我们当时的状况的。几周过去了，这首歌毫无进展。蒂姆决定去海边完成它，于是本和蒂姆还有约翰·波特（John Porter）一起去了安提瓜。约翰·波特和克莱普顿合作过《躺下，萨莉》(*Lay Down Sally*)，最后娶了基思·理查兹的前女友琳达·基思。

蒂姆带着两大罐布朗普顿混合麻醉剂到了安提瓜。他的行为越发离谱，连极为崇拜他的本都受不了。这个失序的杰出创作人让本感到幻灭和恐惧。他的注意力集中不了十秒钟，需要一个伙伴把他的话捋顺。十年之后，本也走到了这一步。

约翰·波特为我制作了四首新歌。《那一天（可卡因来到纳什维尔）》、《到河边等我》(*Wait for Me Down by the River*)、《今夜我是你的宝贝》(*I'll Be Your Baby Tonight*)和《杭基-汤克天使》(*Honky-Tonk Angels*)。担任伴奏的是乔·库克的油脂乐队（The Grease Band）。它们被收录进了《不忠》(*Faithless*)，除了这四首歌外，这张专辑和《梦我所梦》一模一样。但 NMES 在《梦我所梦》发行两年后推出了它，仿佛这是我的新专辑。NEMS 的丑恶伎俩。

本让我再度和音乐人取得了联系。那些全部身心都被音乐占据了的人。这正是我所需要的。

我和本的爱情浪漫而炽热，同时也充满了痛苦。他是一个漂亮的男人，讨厌的女人们对他大献殷勤！我饱受折磨。我以前从来没有这种感觉。很显然，多年来我一直把自己藏在自恋的玻璃墙后面。和米克在一起时，我没有这种感觉。他和别的女人劈腿我都没有醋意大发，安妮塔除外。

现在，破天荒第一次，我感受到了可怕的灼痛的醋意。

录《蹩脚英语》期间,他人在洛杉矶,和别的女人搞在一起。我的心被强烈的妒意刺得好疼。

这段时间,我的旧友邓尼·科德尔(Denny Cordell)与我取得了联系。邓尼六十年代末创办了庇护所唱片(Shelter Records),发掘了J. J. 卡尔、汤姆·佩蒂和里昂·拉塞尔,制作过乔·库克早期的几张专辑,在圈里备受尊敬。他是传奇厂牌小岛唱片(Island Records)创始人克里斯·布莱克威尔(Chris Blackwell)的多年老友。邓尼要我去见诗人希思科特·威廉姆斯(Heathcote Williams)。

"玛丽安,贾斯珀写了首好诗,想找人谱曲,作成一首摇滚歌曲。简直太适合你了。"邓尼管希思科特叫贾斯珀。

"好极了,我会给他打电话。"

"别。你最好去一趟。而且得尽快。玛丽安,他扬言要跟蒂娜·特纳或米克·贾格尔合作。"

"啊!我哪竞争得过他们?"

"不适合蒂娜或米克,适合你,玛丽安。贾斯珀还没意识到这一点,快去,玛丽安,去把他搞定。"

"好的,先生!"

希思科特把这首名叫《你为什么这么做?》(*Why D'Ya Do It?*)的诗读给我听。他才读了两句,我就意识到它将是我的《弗兰肯斯坦》。它说出了我的痛苦。终于有人把我难解的内在世界转化成文字了。

"我太想唱了,希思科特!"我说。

"我很感动,亲爱的,不过我希望由蒂娜·特纳来唱。"他非常委婉地重复了邓尼告诉我的话。

"天哪!我该怎么办?"我心想,"他肯定觉得最适合唱的人非蒂娜莫属!"我认识到有必要来点儿夸张的行为。我抑制不住地大笑起来。

"听着,希思科特,蒂娜永远不会唱这种歌的,除非太阳从西边出来。让我唱吧,我会干得漂漂亮亮的!亲爱的,你知道我行的。你不需要一个黑人歌手来证明它的真实,它已经够真实了。"

希思科特渴望通过黑色的灵魂来证明自己。像米克一样,他觉得黑人的东西才有效。他要蒂娜唱,因为黑人最正宗。他的第二选择是米克,因为米克模仿黑人很成功。在我看来,这是破坏你自己的布鲁斯,但那是六十年代的教义。

我不得不抛出一些很好的理由。我们展开了冗长而复杂的论战,甚至上升到了哲学的高度。锲而不舍地纠缠和哄骗。邓尼也很坚持。最终,他的态度软化了。可怜的希思科特笨得很,把版权立刻卖给了我们,他显然涉世不深。

次日早上,我激动地赶到位于阿克顿的排练地点,仿佛找到了我的罗塞塔石碑(Rosetta Stone)。我带着极大的热情,一字一顿地给我的乐队朗诵这首诗。

死一般的寂静。当我读到"每次看到你的鸡巴,我都在我的床上看到她的阴户"时,你无法想象他们的表情有多惊骇。巴里·雷诺兹差点儿昏过去。这也太搞笑了,原来他们很守旧呢。当然,本例外。他是吉卜赛人,住在远离城市的地方,对道德礼仪没有概念。他相信我。

最初的震惊过后,我们开始寻找驱动这首诗作的吉他Riff。吊诡的是,它来自亨德里克斯。我们的主音吉他手乔·马沃蒂(Joe Maverty)痴迷于吉米·亨德里克斯,会弹吉米的所有乐句。我们扯着这首诗的时候,乔弹起了《沿着瞭望塔》(*All Along the Watchtower*)的Riff。完美契合!"你为什么这么做?铛。铛。"在这之上,巴里加进了雷鬼夏弗(Reggae Shuffle),让它不全是亨德里克斯,也让它不至于太沉闷。

但效力最猛的原料来自本。没有他带给我的沸腾的妒意和痛苦的煎熬,《你为什么这么做?》对我来说便不会如此重要。它完全关于本。米克喜欢这首歌。像几乎所有与我有过一腿的男人一样,他也以为这首歌是唱给他听的。

这段时间我们还做了《蹩脚英语》。这首歌的灵感源自左翼女恐怖分子、德国红军旅的重要人物乌尔丽克·迈因霍夫。红军旅的多位骨干刚被羁押入狱,电视屏幕上闪现着神秘的字幕:"蹩脚英语……蹩脚英语……"我把它记在笔记本上了,《蹩脚英语》里的歌词"用蹩脚英语说"[1]就源于此。

我认同乌尔丽克·迈因霍夫。出不来的情绪把一部分人变成了瘾君子,把另一部分人变成了恐怖分子。同样的

---

[1] 原曲歌词为:say it in broken English。

愤怒。"我不能容忍！这完全不能接受！"相同的理想主义通往不同的道路。《蹩脚英语》散发着黑暗的、险恶的气氛。史蒂夫·温伍德（Steve Winwood）贡献了出色的键盘弹奏。

《蹩脚英语》好评如潮的原因之一，是我和乐队准备了两年才进棚录制。我们天天都去阿克顿排练，雷打不动十一点准时开始。百炼成金。

我们获得了在丁渥（Dingwalls）和音乐机器（The Music Machine）定期演出的机会。我们干得很不错，消息在伦敦渐渐传开了。我们以《泪水流逝》开场（我们用"双簧"的方式表演这首歌。我对口型，巴里用深沉的男低音唱）；《你为什么这么做?》和《蹩脚英语》是演出的高潮部分。有次在音乐机器演，制作人马克·米勒·芒迪（Mark Miller Mundy）特意前来观看（他和史蒂夫·温伍德合作过），说愿意出钱帮我们录《你为什么这么做?》和《蹩脚英语》。

我们风头正劲。乐队非常出色，我爱他们，然而就在进棚前夕，他们上演了一出令人憎恶的背信弃义的戏码。爱尔兰巡演进行到收官阶段，他们造起了反，撂挑子不干了。他们非常不快，因为没挣到钱，没睡足觉，住得也很糟。我们住在都柏林郊外一座年久失修的乡村老宅里，屋顶漏水，楼梯摇摇欲坠，没有电，当然也没有送餐服务。我喜欢这类东西，但对我的乐手来说，这是一场噩梦。凌晨四点，精疲力竭的我们回到那座老宅，屋里漆黑一片，伸手不见五指。这鸟不拉屎的地方可没有他们想要的俱乐部、电影院、汉堡包、唱片行和姑娘。他们想下榻贝尔法斯特假日酒店。那不是真的。他们不去贝尔法斯特,一群懦夫。我几乎得用枪逼着他们上大巴。

为了让大家振作起来,我提议在演出前一晚来点儿致幻蘑菇。这成了我最糟糕的一场演出。鼓手跟不上节奏,巴里的吉他像狗链一样牵着他走,我完全不记得自己唱了哪些歌。

尽管条件恶劣,为期六周的爱尔兰巡演仍不失为一次无与伦比的经历。我的乐队跑路后,主办方拒绝付钱,除非我完成巡演。我打电话给本,他招募来几位乐手,为这场该死的巡演画上了句号。

《不忠》用了职业录音乐手。他们的活儿是很好,但录出的专辑缺乏连贯性和中心。它让我意识到,我得用我自己的乐队录《蹩脚英语》。但芒迪要的是全明星乐手班底。第一次会面,他就一口气说了一长串名字:

"你觉得呢,玛丽安?吉他基思·理查兹,键盘史蒂夫·温伍德,鼓斯莱·邓巴(Sly Dunbar),贝斯罗比·莎士比亚(Robbie Shakespeare)……"

"他妈的绝对不行!我们要用一支真正的乐队,我的乐队。"

芒迪虽然断了建一支超级乐队的念想,但还是一有机会就塞个超级乐手进来。他把退化乐队(Devo)的吉他手请来录其中一首的主音。弹得相当糟糕,不过给了我们一些启示:这首歌需要的是癫狂扭曲的吉他。巴里重录了一轨,一遍搞定。

我只同意让史蒂夫·温伍德一个大腕进来。我对他还是有点儿担心，怕他把歌弄得太甜，加过多合成器之类。我没准他加太多自己的东西。我也没准芒迪说一句话！

芒迪带着两首歌的成品去见小岛唱片总裁克里斯·布莱克威尔。布莱克威尔非常喜欢："咱们录一整张吧。"我的天哪，我们成了！我们在矩阵录音棚录完了剩下的六首歌，花了很少的预算。这是布莱克威尔喜爱《蹩脚英语》的原因之一。制作成本相当低廉！

芒迪是个没用的制作人，完全不懂音乐，第一天进棚就露陷了。《蹩脚英语》给他带来的赞誉其实属于录音师鲍勃·波特（Bob Potter）。波特是乔·库克和油脂乐队的合作伙伴，很懂行。

做这张专辑的过程中，最令人愉快的要属和巴里一起写歌了。一般情况下，两个人合作写歌，都是各自独立完成。合作伙伴把你写的歌词带回家，做出小样，然后你再根据小样修改歌词。但巴里当场就能给你搞定。我把歌词拿给他看，他抱起吉他，弹着弹着就有了。他能把脑子里突然冒出的动机迅速地变成一首歌。《内疚》（*Guilt*）是巴里写的。我问他灵感来自哪里，他说他患了感冒，服用了大剂量的止咳药（应该还服用了不少可待因）。当然，我知道内疚是什么样的感觉。

《急什么？》（*What's the Hurry?*）很容易理解，说的是我深陷毒海时的恐惧；《露西·乔丹之歌》（*The Ballad of*

Lucy Jordan）没那么浅显易懂。露西·乔丹是选择了另一条人生道路的我。打个比方，如果我当初嫁给了吉恩·皮特尼，住进了康涅狄格州的一座大豪宅……她选择了女人们都渴望过的那种"美好生活"，然而人生却陷入了困境，感到非常恐惧。

我唱了本写的《大脑外流》。实际上是他和蒂姆·哈丁合写的。蒂姆过世后，本把它占为己有，我觉得这太可怕了。《大脑外流》妙就妙在蒂姆创作的动人桥段，"你的大脑在外流，不停地流，像一道血痕"。没有这一段，这首歌的其余部分将毫无意义。但本就是这么鸡贼，对他人不够慷慨。他没有一颗慷慨之心。他只对我一个人慷慨，然而我的风格是照单全收，甚至没有留意到。接过来，继续走，不多想。我报答他的方式是给他买昂贵的吉他和衣服。

《女巫之歌》（*Witches' Song*）是我对姐妹情的理解，是我唱给一个疯狂的异教徒姐妹的颂歌。她身上也有点儿我母亲的元素，因为母亲是我认识的人里最像女巫的。母亲来自一个着了魔的时代和地方，彼时彼地，你会真的相信有女巫的存在——她们生活在黑森林或喀尔巴阡山里，念着魔咒施着魔法。伊娃有充满爱意的一面，也有非常黑暗的一面。当我和她作对时，她黑暗的一面会更凶猛地跑出来。小尼古拉斯被约翰夺走后，她就几乎被那一面恶狠狠地吞噬了。我给她带来了坏运气。

我写歌的过程很漫长，从《女巫之歌》可见一斑。它的第一缕微光出现在我和米克的一次摩洛哥之旅中。我们驾着宾利前往摩洛哥，途经马德里时，碰巧赶上戈雅的画在普拉多博物馆展出。我让米克在马德里待了两天，与此同时，我跑去看戈雅的画展，用心灵记下了它们的朦胧情感。

对我来说，《工人阶级英雄》(Working Class Hero)是在向约翰·列侬、米克·贾格尔、基思·理查兹、伊基·波普和大卫·鲍伊致敬。他们是工人阶级英雄。"我看到你们做了什么，知道你们做了什么，知道你们必须克服什么。太棒了。但我也是一个样，我也有同样的经历。"

录《工人阶级英雄》的时候，我第一次试图活出真我，而不是活在安德鲁给我打造的那个漂亮宝贝里。终于，凭借《蹩脚英语》，我把那个形象砸了个粉碎。

一九七九年六月八日，我和本结婚了。性手枪主唱约翰尼·罗顿等各路朋克贵族莅临现场。十一月，《蹩脚英语》问世，我终于有了自己的《弗兰肯斯坦》。克里斯·布莱克威尔委托导演德里克·贾曼拍了三支MV：《蹩脚英语》《露西·乔丹之歌》和《女巫之歌》。

《蹩脚英语》扫掉了蜘蛛网，让我凭自己的实力成为一名艺术家。彼时，朋克运动达到了顶峰，《蹩脚英语》准确触到了时代的脉搏。在一支忠实可靠的乐队辅佐下，我已准备好征服世界。

迪伦归来

一九七九年夏天,《蹩脚英语》发行后不久,迪伦又回到了我的生活里。这张专辑显然激起了他的兴趣,他开始打听我的近况。哎,我又是才结的婚。这次是和本(我给了他一个闹剧似的承诺)。你知道,除了结婚,当时我不知道还能做什么。

迪伦也有麻烦事儿。他和萨拉离婚了;他拍的电影《雷纳尔多和卡拉》(*Renaldo and Clara*)被口诛笔伐;他被赶出了马利布的别墅;他超重了,心情低落。

我们在肯辛顿高街我的海洛因毒贩家会面。戴安娜是切尔西的大女巫兼女毒王。第一次见到戴安娜的室友德梅尔扎,我就被她脸上的神秘文身吸引住了——那文身我似曾相识,她和住在洞里的波西塔诺女巫瓦莉想必是同一族群。我爱上了德梅尔扎,过去的两年里,我和她断断续续地保持着关系。

一九七八年,迪伦携新乐队班底来英国巡演,其中有一位技艺精湛的康加鼓手。德梅尔扎本身也玩康加鼓,她急不可耐地想见到这位同行。她打电话给下榻在皇家花园酒店的迪伦,撒谎说她刚从美国回来,奉了约翰博士[1]之命,现在得去见他。

一年过后,迪伦重返英国,在伯爵宫举行系列音乐会。出人意料的是,这一次他主动打电话给德梅尔扎,问可否去她的房子参观。她有些困惑,什么风把他吹到她狭小的公寓来了?他提出了几个要求:能来酒店接他吗;能带他去一个他需要去的地方吗;还有,认识玛丽安·菲斯福尔吗?

然后我接到了德梅尔扎的电话。非常奇怪的对话。德梅尔扎十分神秘,对着话筒低语道:

"到我这儿来,玛丽安。现在。"

"为什么要去啊?"

"我是认真的,玛丽安!对了,是……一个惊喜。"

"噢,我不能去,亲爱的,本在家呢,我在做烤饼。"

她没有善罢甘休,坚持要我过去。

"大麻、海洛因、可卡因、哈希什,应有尽有,全是为你准备的。快出门吧,打个的,车费我付。你一个人来。"(最后一句话激起了我的兴趣。)

---

[1] Dr. John(1940—),美国创作歌手、钢琴家,获得过六座格莱美奖杯,二〇一一年入驻摇滚名人堂。

"噢,很重要吗?"我的好奇心被勾起来了。

但问题之一是本会醋意大发。我做什么都得带着他。如果被他知道我去秘密赴约,他会疯掉的。

德梅尔扎去酒店接迪伦。大堂里挤满了粉丝,都溢到门前阶上了。她打电话到迪伦的房间,迪伦让她在电梯口等他。过了一会儿,迪伦从电梯口出来了。墨镜、长外套、围巾、手套,包得严严实实,像一个木乃伊。德梅尔扎和迪伦驾车离去,歌迷们拍打着车窗。他说先去哈利街。他们在一家诊所前停了下来,迪伦进去办了件神秘的事儿。这天他休息,演唱会还没开启。

德梅尔扎家边上有家名叫"映像"的靴子精品店,卖的靴子难看得要死。上面有星星和月亮的高跟靴。鲍勃站在橱窗前,凝视了很长一段时间。

"我要买些新衣服。"他说着走上了一段又脏又窄的楼梯。楼梯通往德梅尔扎的公寓。他变得不安起来。

"我不知道我这是要去哪儿。"他说。

"你知道的。"德梅尔扎试图打消他的疑虑。

他还是有些犹疑:"我知道,但我不知道我在哪儿,你可以把我带到任何地方,不是吗?"

他们爬到了顶层,映入眼帘的是一扇坚不可摧的钢板门。戴安娜和德梅尔扎被捕过多次,所以她俩在这扇门上装满了门锁和插销。把门打开花了大力气。迪伦怕是以为他要被绑架了。

德梅尔扎问他要不要来一杯。他说不了,不过可以给他来杯柠檬茶吗?当戴安娜端来一壶格雷伯爵茶、几个瓷杯和几把银匙时,他意识到没有人打算把他裹进地毯,塞进面包车。他开始放下心来。

我是半个钟头后到的。一进门,我就看到迪伦坐在屋里。我顿时明白我被设局了。我惊呆了,差点儿休克,几乎就要扭头开溜。但我的盎格鲁-撒克逊态度占了上风。我是游园会上的玛格丽特公主,听到自己说:"英格兰一别,很久没见了。家人都挺好,是吧?"

但迪伦不喜欢寒暄。他抓住我的胳膊,凝视着我的眼睛。

"玛丽安!我等了太久太久了。这么多年了,我从来没有忘记我们的第一次见面。"

"在萨沃伊酒店,是吧?天哪,鲍勃,那是很久以前的事了,不是吗?"

对于多年前的那次会面,他封存着生动而浪漫的记忆。他说他从来没有忘记我,一直都很后悔把那首诗撕掉。

"在我印象中,你是个初入社交界的贵族少女,不知从哪儿冒出来的。你走后,彭尼贝克不停地问,玛丽安去哪里了?我说,嗯,好吧,早晚有一天我会去找她的。"

他有一张我十七岁时的照片,他一直保存着,这时候拿了出来。应该来自我的某轮巡演,我站在一辆巡演大巴前。照片有折痕和卷角。

我们在炉火前席地而坐,他握住我的手说:"我以为今生再也见不到你了。"

我是他的往昔里未曾探索过的部分,这一部分从未发生,有着一切可能。迪伦爱慕女人,简女王(Queen Jane)、乔安娜(Johanna)、眼神哀伤的女士(Sad-eyed Lady)……她们是他的歌里的小女神,是探索往昔的关键。

他亲昵地与我攀谈,让我陷入了十足的恐慌。我试着不去接他的话茬儿。他看起来越痴情,我就越感到紧张。他非常需要情感的支持。我真的不知道该如何回应。他热切地盯着我看,我感觉自己像个猎物。我走进厨房时,他站了起来,跟着我进去了。

我崇拜迪伦,但被迪伦崇拜就完全是另一码事了。让人心里发慌。极其恐怖,真的。像牛头人弥诺陶洛斯喜欢上了你,虽然他人很好。

"是一场蹩脚相遇。"当我们又坐下来时,他说。

"是的,鲍勃,运气真的很坏。"

"你的专辑在美国发售时,我去唱片行买了一张。我真的被惊到了。当我听到那首歌的时候,我想起了我们在萨沃伊酒店的相遇。"

蹩脚相遇和《蹩脚英语》。我敢肯定他以为这首歌写的是他。有点儿奇怪吧,多年来我一直在解读迪伦的歌的含义,现在轮到迪伦解读我的歌的含义了。

关于我的专辑的话题让我如释重负。谢天谢地,现在我有了可以抓牢的东西。戴安娜有一张《蹩脚英语》,我问迪伦:"要我放吗?"

"我很想再听一遍,有几个地方要问你呢。"

"听的时候我可以解释给你听。"我半开玩笑地说。(有什么好解释的?)但他非常热切。

"期待。"

知道我做了什么吗?我放了不止一遍。我放了好几遍。每听一首歌,我都问他知道其含义吗?他哑口无言。他当年放《席卷而归》给我听时,我也说不上来。我反败为胜了,他当年怎么对我的,现在我也怎么回敬他。像是重播。他知道的。《内疚》是首不言而喻的歌,聆听它的时候,我煞有介事地问他:"听得懂吗?"我大模大样地坐着,详细解释着我自己的歌。我讲个不停。迪伦不得不坐在那里听我的歌,被我仔细地尖锐地热情地一首一首地问:听得懂吗,理解了吗,写的是啥?他乐在其中!

这场马拉松跑至中途,我变得兴奋过度。我真的需要什么来让我冷却一下,出于礼貌,我问他想不想冷却一下:"要不要,嗯,来点儿药,老兄?"

我们真心希望让他感到宾至如归——至少像我们一样放松。但他什么也不想要。德梅尔扎和我整夜都在楼梯上跑上跑下,拿这个取那个,让自己"飞"起来。甭管哈利街的医生给了他什么,反正够他运转一晚。迪伦一晚上什么都没碰,一滴酒、一根大麻、一支香烟都没碰,只喝了格雷伯爵茶。我们把葡萄酒、威士忌、哈希什和可卡因(这个略有迟疑)等等端到他面前,被他一律拒绝。

我们没有把海洛因拿到他面前,因为我们不想被看成是瘾君子(虽然我们的确是)。我是想拿给他的,但戴安娜和德梅尔扎想保持体面。和我们凡人比起来，毒贩有更高的标准。

我一遍又一遍地放这张专辑，最后几乎热泪盈眶。对我来说，它是一张尽情宣泄我的情感的自传体专辑。

我们是从晚八时许开始听的。这样的良夜如此非同寻常，我都不知道是真还是幻了。我们都不能相信这一切真的发生了。他坐在这间小小的玩具屋里，我又处在了这样的境地。真是太奇怪了。我感动得哭了，他太好了。在我不道德的人生里，这是一个充满了尊重的晚上。

但是气氛也变得紧张起来。我们手挽手坐在炉火前，世界已经停止转动，仿佛只剩下我们两人。我说不出话来。我被吓呆了。戴安娜走进房间，只用几秒钟就对情况做出了判断。我惊惶不安，气都喘不过来了。戴安娜聪明过人，她带他到楼上的卧室，为他量身体的尺寸，好去帮他买他想要的新衣服。他不知道她会买回什么样的衣服。然后她就出门了，给他买了伯爵宫首演之夜的全部行头。我只是坐在那里哭。

大约四十分钟后，他又下来了，这时我已稳定住了情绪。

"这些年你去哪儿了？做什么去了？"他问。

"噢，好吧，我成了注册瘾君子，等于消失了。最亲爱的。"

"好吧，这可以解释你为什么从地球表面消失了。好像没人知道你在哪里。"

"也许因为我露宿街头。"

"你露宿街头?"

"是的,我的窝在圣安妮墓地公园里。索霍区。"

"喔,嗯,你露宿街头。"

他露出一丝悔恨的微笑,仿佛在说"我要是去过那里就好了"。他跟阿尔贝托·贾科梅蒂[1]和杰克·凯鲁亚克一样,也痴迷于充斥着骗子、妓女、毒虫和老千的地下世界。

他想知道我是怎么摇身一变,从街头瘾君子变回摇滚歌手的。总不能从空袭废墟直接走进录音棚吧。

我开始讲述我的故事。

"我碰到一个家伙,和他一起去了印度。我在居里夫人的地下室里住了一阵,然后我的一首歌在爱尔兰火了,接下来我组了一支乐队。有一天我收到一首诗作,才读了两句就意识到这是一首我得唱的歌。"

渐渐地,我的话听起来像是他的一段迂回的歌词:"我去意大利,继承了一百万美元……"

在这个良夜的尾声,他说:"如果你需要我,如果我能,我会再给你写那封信。"听起来像他的一句歌词。黎明时分,我们开车送他回酒店。也许这是在来生,我告诉自己。一切都会迎刃而解。但是运气很坏,真的,我必须说,因为我爱慕迪伦。我能说什么?希腊神话里的凡人遇到神时,会头晕目眩地离开。

---

[1] Alberto Giacometti(1901—1966),瑞士超现实以及存在主义雕塑大师、画家。

迷失岁月

《蹩脚英语》很哥特也很科技,所以我预感到在德国会大卖。它六个月不到就成了白金唱片。我们花了大量的时间和心血,让它用好音响放时能更加干净饱满。一九七九年的欧洲,只有德国人和北欧人买得起能听出潜台词的好音响。英国人用小半导体收音机听BBC电台一台。

然后是美国。我好多年没来纽约了。带着一张出色的专辑而来,我感觉棒极了。但我也怕得要死。在肯尼迪国际机场,我连填入境卡的力气都没有,只得由本代劳。和毒品没关系。连我都知道专辑宣传之旅中不宜大肆嗑药。破天荒第一次,我创作歌手的身份即将被大众接受,这让我恐慌不已。而且,有异于《泪水流逝》,此时我神志清醒。

对过惯了苦日子的本和我来说,这无疑是一场奇异之旅。全纽约的电台都在放《你为什么这么做?》(同时也在用哔哔声屏蔽里面的粗口)。小岛唱片安排我们下榻在巴克夏酒店。安妮塔来看我们了。她为我的巨大成功感到非常高兴——她认同我,觉得与有荣焉。

我的胜利时刻接踵而至:作为演出嘉宾,我登上了《周六夜现场》(Saturday Night Live)。演出前一切顺利,带妆彩排完美无缺(这永远是不祥之兆)。我看上去很美,我感觉好极了。然后,毫无征兆地,一阵恐惧向我袭来。而偏偏就在这时,芒迪如恶魔般在我耳边一阵咆哮,让这一切雪上加霜:

"今晚至关重要,华纳兄弟的高管全在这儿!他们专程从西海岸飞来看你。别演砸了,亲爱的!"

在我六神无主的时候,有人递给我一张字条。是米克让他交给我的!米克向我致以美好的祝愿,说想来后台探班。天哪,不!想到他坐在观众席中,我会站立不稳的。

也许一切太过顺利,也许江山易改本性难移,总之我突然决定来点儿人造能量,以助我熬过这一阶段。我让一位伴唱歌手去搞可卡因,结果她把我介绍给一个小浑蛋,后者卖了些普鲁卡因给我。普鲁卡因会把你的声带冻住。当我张嘴开唱的时候,一种奇怪的哽咽声飘了出来。这是一个如假包换的恐怖时刻。

当然,也有人说这是电视史上最迷人的时刻之一。嗯,舞台剧的品质。(这该死的节目老是重播!)这就是人性。人们爱看疯狂的、无可救药的瘾君子。面对现实吧,我彻底搞砸了。

感到愤怒沮丧的我求助于女神——那时正好是安妮塔。她经常司职女神，尽管表现为印度教女神迦梨。那天晚上，我又碰海洛因了。这已经不重要了。

在那样的车祸现场过后，你除了这么说没别的可做："我注定要吸！我想吸的话他妈的还会再吸！"

安妮塔爱这个东西，所以我招她喜欢。在《周六夜现场》的化妆间，她演戏似的夸张地说："对！对，亲爱的！你现在必须一鼓作气干到底！忘掉那些该死的唱片公司的傻帽儿，去他妈的高尔夫球车和热水浴缸！你是朋克女歌手，你现在必须去朋克的麦加，像穆罕默德一样。"

"嗯，是的，安妮塔，亲爱的，但——"

"不！不！你必须去该死的穆德俱乐部（Mudd Club），今晚！哎呀，难道你不明白？"

"别闹了，安妮塔，于事无补！哎呀！"

"别犹豫，宝贝儿。会震惊四座的。我将是你的地狱天使。你一开腔唱《吗啡姐姐》，我就进女厕所打一针。"

好可怕，但有乐子！还有，此举会把芒迪逼疯！我们打的去了穆德俱乐部。我摇摇晃晃地完成了表演，一度紧紧抱住一根柱子。刚才在《周六夜现场》，我害怕听到自己的歌声。现在我可以听。它没什么错。不像青蛙也不嘶哑，只是非常微弱。我低吟着歌词，仿佛在召唤丢失的嗓音。置身穆德俱乐部的神秘氛围，效果就像是在念咒语。不是每个人都喜欢。第一曲唱罢，芒迪便如一只易怒的老鼠般摔门而去。几首歌过后，随着乐队奏响《吗啡姐姐》的第一个音符，就听舞台后面传来一声带德国口音的大吼："我现在就要来一针！"我像是在地狱里！

演出结束，我和安妮塔一道上楼。我俩坐在破旧的维多利亚沙发上，通过一台索尼显示器观看滚石的演唱会；我们假装成小女生，看着她们最爱的乐队。

在旁观者眼中，《蹩脚英语》改变了我的人生，但事实上我的日常生活变化很小。本和我还是偷住无人居住的空房。我们在一起两年后，这张专辑的版税才姗姗来迟。

《蹩脚英语》问世后，我和本的感情出了大问题。一开始我们处得很好，但两年之后，一切都改变了。我的境况发生了变化，这造成了我们之间的各种紧张关系。我表现得愚蠢而幼稚，而本比我还要愚蠢而幼稚。

恋情有倒转过来的坏习惯。前任怎么对你，你就会怎么对现任。米克怎么对我，我就怎么对本。最终，他觉得被我骑在头上了——我比他有钱、有名，在夫妻关系中处于支配地位。他非常讨厌这一点。

《蹩脚英语》大获成功后，我对本一定表现得冷酷无情。就因为我混得比他好。我仍然表现得像个孩子。

我应付不了日常事务，这和我成天"飞"得神志恍惚有关（这段时间以海洛因和可卡因为主）。我们忙着做音乐，天天足不出户。实际上我们需要一个联络人，一个帮我们跟唱片公司和杂货店打交道的人。

然后有一天,一个名叫凯特·海曼的漂亮女孩出现在门前。她喜欢《蹩脚英语》,从洛杉矶远道而来,想为我工作。她能成为我与外界的联络人吗?我给她列了一张长长的书单,全是法国作家写的,然后将她拒之门外。"全部看完再回来为我工作。"我说。《包法利夫人》《贝蒂表妹》《红与黑》《危险的关系》等等。我好荒谬。

然而一周半后,她通过了我的考验,又杀将回来了。不久后,小岛唱片雇用了她(表面上是照顾我,实际上是监视我)。小岛唱片每周发我四百英镑生活费,凯特周五去取。到周六下午,最迟周日上午,它们就被我造光了。

做下一张专辑《危险的熟人》(*Dangerous Acquaintances*)前夕,我的新经纪人艾伦·塞弗特(Alan Seiffert)走马上任。他管理过这个星球上最难搞的一些艺人,包括萨拉·迈尔斯(Sarah Miles)和凡妮莎·蕾格烈芙,所以由他来管理我最合适不过。他能把工作干得很好,但在其他方面都很糟糕。乏味的英国中产阶级。我的居住状况让他感到震惊。他支付给我一笔预付版税,还给我租了一套地下室公寓。这段时日,我对本开始不客气了。

艾伦·塞弗特看不出本到底能派何用场。他们觉得本是个累赘,劝我甩掉他。令本蒙羞的事情一直在上演。克里斯·布莱克威尔的秘书帮我订的是商务舱,帮他订的是经济舱!他只有离开这一个选项(我曾经也是)。但问题是我俩也是互相依赖的粉友,所以还有很长的路要走。

我们把克里斯·布莱克威尔预支的高额版税花了个精

光。主要花在毒品和衣服上。到了约定要交三首小样的前一天,我们一个音符都没写。交不出来就拿不到余款了。

我们从基思的保镖罗伊那儿搞了瓶威士忌,在厨房里安好 TEAC 录音机,两个小时不到,我们就录好了三首小样。录的效果很差,但很好听。啊,逼急了!先是《阴谋》(*Intrigue*)和《最终》(*In The End*);然后我读了《危险的关系》中瓦尔蒙那封著名的信:"如果你的心碎了,那不是我的错。去找个新欢,像我一样……"我们非常满意。

次日早晨,凯特把小样带给布莱克威尔,布莱克威尔递给她一张令人垂涎的支票。他特别靠谱,总是先付钱再听歌。但那天晚些时候,当他确信自己非常讨厌这三首歌时,他打了个电话给我。

"我先找根烟,亲爱的,我特别想知道你怎么看?"

"玛丽安,很抱歉,但我有责任告诉你——"

"喔,亲爱的,打住!你就一丁点儿都不喜欢?"

"我受不了它们!我讨厌它们!"

"恭维很管用。"

"它们太颓了,玛丽安。"

"好吧,小南瓜,《蹩脚英语》不是一张积极的专辑,不过你喜欢的。"

"但它有力量,有愤怒。这几首只有抑郁。"

我知道问题所在。和所有人一样,布莱克威尔要的是另一张《蹩脚英语》。更多的愤怒和女人的咆哮。它卖得太好了,所以他们要同样的东西。就像海滩男孩(The Beach

Boys）的专辑总是关于夏天和乐子，我的专辑总得关于一个愤怒的泼妇。但我已经朝前走了。愤怒和情欲我已经唱过了。我需要探索我目前的情感：阴谋、背叛、柔情和幽闭恐怖。

与此同时，作为一支乐队，我们怎么都打不起精神。我们在自己的马尾藻海上漫无目的地漂流。芒迪看在眼里，知道如果不采取行动就前功尽弃了。他的大招是把我们送到该死的乡下（牛津郡的奇平诺顿镇，太不方便了——考虑到我们对药物的依赖）。我们的新经纪人艾伦·塞弗特变得非常管用。他在伦敦和牛津之间穿梭往返，为我们运送毒品。我们会在凌晨三点给他打电话说："亲爱的，我们需要一些草药，你什么时候能到？"然后他会跳进车里，火速赶往牛津。主要是可卡因和巴比妥。他办公室里有个保险箱，里面装满了镇静药和镇定剂。他自己也嗑个不停，可能因为他管理的全是些令人发指的女艺人。

他办公室里有一个酒柜，凯特有钥匙。我们偷出里面的伏特加，带回奇平诺顿，然后围坐着畅饮伏特加橙汁鸡尾酒，读巴尔扎克，狂热地写歌词。

没过多久，乐手们就感觉快要疯了。无聊到了极点。没有女朋友，没有俱乐部，没有霓虹灯，很快就被孤独和郁闷笼罩。本吃我的醋，心情很不好，我他妈的也快要疯了。

新专辑见鬼去吧，我要去访友。各种各样的朋友，从远方的熟人到住在附近的王室成员。我的朋友萨拉·华兹华斯不是说玛格丽特公主要去她家待几天吗？我得去见她。

我一直都喜欢玛格丽特，她是个淘气鬼。我打的前往格洛斯特郡。怎么那么远？花了我一百英镑。嗯，小岛唱片发的津贴就是用来付这些钱的，不是吗？远得令人难以置信，但我被她深深吸引，像是接到了皇家谕令。我对都铎王朝和金雀花王朝时期的英格兰有着浪漫的想象，可以和王室成员约会呢。莎士比亚的英国！

玛格丽特公主身穿典型的乡村周末式贵族服饰。开司米羊绒衫外罩开襟羊毛衫，下穿粗花呢裙。非常五十年代，但这就是她们在巴尔莫勒尔堡度周末时穿的。她一定看出我有点儿失望。我没想到迎接我的是褶边、衩口和图章戒指。我真的希望看到一位莎士比亚式的公主。她让我坐到炉火前，递给我一杯金汤力，说了声"对不起"，然后上楼去了。等她下楼的时候，我看到的是一位王室成员。翠绿色丝绸晚礼服、祖母绿珠宝和耳环。真正的公主。我被迷住了。

她见到我似乎很紧张。我是一个完美的怪物。她说起话来像嘴里含着李子（所有王室成员都是这样）。很有气派，透着机智和一点儿顽皮。我们谈论纽瑞耶夫和莎士比亚，她给我讲一些无害的小段子，涉及她姐姐伊丽莎白二世和王室侍从，还说到外国政要的无礼。都带着点儿自嘲和嘲弄的口吻。她咬了下指甲，我一下子就乐了。

与此同时，我们没有录出一点儿有价值的东西。与史蒂夫·温伍德的即兴合奏火花四溅，但到了正式录音时却烟消云散。是因为漠然、自我陶醉还是芒迪空洞的指导（"伙计们，我想让它听起来更像是，嗯……旅鼠坠海"）？反正没有人能正常运转。

把乐队推到精神崩溃的边缘后,芒迪自己也濒临崩溃了。他把自己锁在屋里不肯出来,透过房门发出听不清的低吼。几天后,疑神疑鬼的他一出关就开始炒乐手鱿鱼,一个接一个,像劫机犯枪决人质。他走进录音棚,直接叫人卷铺盖滚蛋。巴里是最后一个被炒的乐手。我没有乐队了。最后,他把我也给炒了!

我们回到伦敦,在一个阴森森的没有窗户的地牢似的录音棚里录完了专辑。我们在这个棚里都感觉很自在。

《危险的熟人》是第一张我大量参与歌曲创作的专辑——大部分歌曲是我和巴里合写的。讽刺的是,这张专辑的败笔是我们试图做出一张能在商业上取得成功的专辑。《危险的熟人》在《蹩脚英语》发表近两年后正式发布。

《蹩脚英语》让条子对我产生了兴趣。他们是隐藏的乐评人和公共道德的守护者。忏悔的或甜美的小民谣专辑根本不会烦到他们。但听到《蹩脚英语》里淫荡的字眼时,他们自言自语道:"她又在玩老把戏了。最好去她住的地儿看一看,伙计们。哪儿有女人说下流话,哪儿就一定有脏事儿,记住我的话。"

我们不断地被捕,每月至少一次。过于频繁了,尤其是我们并没有贩毒,只是吸哈希什而已。

警察确信本和我至少在贩卖可卡因。他们没能在我们位于丹弗斯街的公寓里搜到罪证,于是坚信我们把货藏楼上人家了。楼上住着一位可爱的老姑娘,他们把她家翻了个底朝天,结果一无所获。她一辈子都没吸过毒。她的毒药是波本威士忌。

一次搜查中,他们发现了微量的海洛因,0.00014 毫克的海洛因!就这么一丁点儿!我恼火死了。多年来它一直是我护照上的污点。

在法庭上陈述逮捕我们的经过时,警察从未忘记提及进屋时的惊恐:"他们的住所肮脏邋遢,我已经无法用语言来形容,法官大人。恶心极了,除了嗑药和住在垃圾堆里,他们啥也不干。活得跟牲口似的,真的。"

骚扰来自警察的臆想:我身处大宗毒品交易和邪恶黑道阴谋的中心。他们在寻找低俗小说里的人物,嬉皮士蜘蛛女,切尔西女毒王。我就该是那样的!

我搬去威尔士住了。我住在海怡书镇[1]的一个疯子书商家。他叫理查德·布斯[2],每天都有几大箱的书从他家运进运出。巧合的是,我搬到威尔士没多久,英国警方便发现市面上的大批 LSD 来自威尔士。太神奇了。他们把我出现在威尔士和威尔士的 LSD 加工厂联系到了一起。我成了威尔士的 LSD 王后!他们天天搜查从布斯家运出的书,连查了几周后终于放弃。我意识到只有离开英国,他们的臆想

---

[1] Hay-on-Wye,世界著名的书香小镇,拥有众多二手书店,每年都举办图书盛会海怡文学节。
[2] Richard Booth(1938—),海怡书镇上最著名的二手书店店主,正是他将海怡书镇打造成为二手书交易王国。

才会终结。

有一次我们放了两天假,我径直回家,打开电视。那时候只收得到两个台。一个在播福克兰群岛战争的伤亡名单,一个在放教皇在温布利球场主持的弥撒。"我得离开这里,"我心想,"在他们抓住我之前。"

为了宣传《危险的熟人》,艾伦·塞弗特安排了一轮美国巡演。是时候离开了。我和本来到纽约,住进东十八街的一间公寓。起初是有一些文化冲击,但我很快就意识到,纽约人理解我在做什么。我在英国从未有过这种感觉。

我和本还将就着在一起。我不指望得到他的爱。瘾君子对爱情不上心。不过我挺渴望同志情谊。我日渐沉迷于可卡因,本实际上成了我的看护人。对一对毒虫来讲,与其说是爱情,不如说是看护。

在纽约住了几个月后,我不得不回伦敦接受审判。本天天陪我一起出庭,他怕我在庭上招出毒品是他的(我永远不会这么做的)。我被判有罪,罪名是非法持有哈希什和海洛因。他们最多可以罚我一百英镑。"罪名成立,罚款一百英镑。下一个!"

回到纽约后,我们不吃不喝,只嗑可卡因和海洛因。我不介意,因为我是那么自私。记得有天回到东十八街的公寓,我看到本蜷缩在沙发上,脸上写满了痛苦。他被痛苦吞噬了,我看得出。

十七岁的尼古拉斯来纽约过夏天。这个和母亲共度的假期成了他的噩梦。我去机场接他。他一坐进豪车,我就划了一行可卡因，问他要不要吸。他扬起眉毛，鄙夷地说："玛丽安，想什么呢？当然不要！"我整天昏昏然，就知道坐在电视机前看 PBS 台；我又做起了晚饭，只是因为尼古拉斯来了。

状况越来越糟，很长一段时间后才刹住车。无穷无尽的痛苦和羞愧。吸毒带来的身体反应越发强烈，我一度身体麻痹，几乎无法动弹。在我完成巡演，开始做下一张专辑《一个孩子的冒险》（A Child's Adventure）的时候，本开始参与克里斯蒂娜·莫奈（Christina Monet）新专辑的制作。克里斯蒂娜的老公是 ZE 厂牌老板迈克尔·齐尔卡（Michael Zilkha），因发掘了麦当娜而成名。本和克里斯蒂娜搞到了一起，伤透了我的心。太可怕了，简直就是耻辱。他俩背着我好了一年半，而我对此一无所知。纽约是个小村庄，除了我之外，所有人都知道他俩有一腿。终于有一天，他俩的事被我撞见了。

克里斯蒂娜是个歌手，也许本跟她说他是我的斯文加利，他为我做的，也能为她做。她太过分了，甚至翻唱了我的《你为什么这么做?》。

我知道我和本之间已经覆水难收，但我向来不知道该如何从一段感情中走出来，不知道该如何放手。我只是一味地用毒品麻醉自己。过不下去又分不开的状况太令人痛苦了。他说他希望我死，这会让事情变得容易。如此，他就能为爱人的死而哀伤。

我开始和克里斯·布莱克威尔展开紧密合作，一起致力于打造我的新专辑《一个孩子的冒险》。制作人由巴里和沃利·巴德鲁（Wally Baderou）担纲。走近克里斯后，我意识到这是跳出芒迪合同的契机。布莱克威尔可以非常迷人。他喜欢《蹩脚英语》，虽然我不确定他真的听懂了。我告诉自己，专辑大卖才是硬道理。滚石之所以被允许进行音乐上的实验，只是因为他们在六十年代卖出了天文数字的唱片。

小岛唱片给了我一张巨额支票——我终于拿到了《蹩脚英语》的版税，真金白银的九万英镑。相信我，纽约的几个毒贩激动得欢呼雀跃。这笔令人瞠目结舌的巨款很快就被我花光了。又一次，全花在了衣服和毒品上。

魔鬼开始上身。我对自己越发憎恨。我得了可卡因精神病，会产生身上爬满虫子的错觉。一天下午，我走进浴室，看着镜中的自己。那段时日，我有一半时间是在浴室里度过的。如果人们想和我说话，他们会走进浴室，因为那是我生活的地方。

我有了强迫症，总觉得有什么东西在皮肤下面爬行。在镜中，我看到成千上万只沸腾的虫子即将破皮而出。我恐惧极了，觉得无论如何也要把它们弄出来。我拿起一把剃须刀，准备在脸上划一道长口子，把我的皮肤剥下来。我先切开一个小口。血从我脸上缓缓滴下，我失声尖叫起来。就在那时，我的基佬朋友杰伊走了进来。

"老天，玛丽安，你想什么呢？"他急忙拦住我。

他往我身上泼了一壶冷水。我清醒了过来，意识到我疯了。第二天我就去牙买加了。我脱序的时候会这样做，让自己冷静下来。我也预感到将有大事发生，我不想留在原地等着看究竟是什么事情。布莱克威尔给我订了机票，我这一去就是半年。试图远离毒品，把自己掰回正轨。

当我身在牙买加的时候，一场缉毒行动悄然而至。

杰明勋爵（Lord Jermyn）和本被卷入其中。给我供货的毒贩弗林是主犯。感谢上帝，我逃过一劫，没被卷入其中。但也可以说我被卷入了，因为报纸上每次提到本，都是"玛丽安·菲斯福尔之夫在海洛因贩毒集团案中落网"云云。还有记者拿到了监控录像。《纽约邮报》上天天刊发通话内容："本打电话给弗林说，嘿，弗林。手头有货吗？棕色的东方货还有吗，亲爱的？……"

从牙买加归来后，我被带到联邦政府大楼接受联邦检察官的讯问。我对弗林的交易一无所知，所以我没什么好隐瞒的。幸运的是，我只是一门心思地写歌和嗑药。

本被驱逐出境，我留了下来。那是段凌乱的日子。我独自一人生活在纽约，又一段感情就要灰飞烟灭，毁掉自己的念头经常在脑海里打转。我住进了闺密辛西娅家。为了驱魔辟邪，我举行了一个小仪式，在门上放了一片老鹰的羽毛。尽管气氛阴暗疯狂，倒也一直平安无事。嗯，有一个小插曲。一天，一个发狂的墨西哥人用斧头猛砍我卧房的门。我无聊极了，让他嗑我的药，结果他嗑嗨了，急切地想强暴我，被我严词拒绝。随后警察来了，我为他们签名留念的时候，才注意到他们是那么年轻。

终日沉溺毒海的我偶尔还有工夫当一回月老。一天,我的媒体经纪人艾伦·史密斯(Ellen Smith)来辛西娅家给我送机票。辛西娅的友人、作家弗兰克·劳里亚(Frank Lauria)当时也在。多登对的一对呀。

"弗兰克是不是很机智?"吃晚饭时我唠叨个不停,"弗兰克是不是很有趣?"

进出租车的时候,我对弗兰克说:"跟艾伦讲意大利语!"我看到他俩走在第二大道上,弗兰克一头雾水地对着艾伦说意大利语。

他俩在一起十年了。

一天晚上,米克和他的朋友惠特尼·托尔(Whitney Tower)出现在辛西娅的派对上。他极富魅力,也很有趣,仿佛时间坍塌了。但我已不再是十八岁的姑娘,而他也成了一个最复杂的骗子。他的目光在我身上停留了一会儿,然后就去赶另一个派对了。

《一个孩子的冒险》表明了我糟糕的身心状况。它是我最绝望的一张专辑,潜台词尽是绝望之感,不过多少有点儿被无忧无虑的配器掩盖住了。《我手里的灰烬》(*Ashes in My Hand*)是专辑中我最爱的歌曲之一。我是如此绝望,已经到了禅宗的消极层面。所有的拘谨和羞愧都消失了,拥有一切后的时刻。你梦想成真,然后变成你手里的灰烬。

《失宠》(*Falling from Grace*)写的是在伦敦涉毒被捕的事儿。出完庭回到美国,我开始写这首歌。旋律在我脑子里，是好笑的 6/4 拍，我说服了巴里用这个节拍。《早晨来了》（*Morning Comes*）是在牙买加写的，由沃利·巴德鲁与我共同完成。它算是一首抄袭之作——我们剽窃了艾米莉·迪金森的诗句。本过来加了段吉他，然后就回去了。事到如今，我已尽量不让他参与我的创作。《为我们的生命奔跑》（*Running for Our Lives*）反映了我当时的心境，仿佛生命是一场没完没了的逃亡。我在逃离这一切，本、成功，还有我自己。《爱尔兰》（*Ireland*）是在棚里捣鼓出来的——我们还需要一首歌，于是巴里来了段 Riff。

我试图记录下自己在纽约的别样生活。《时报广场》是巴里写的，我爱那股弥散的忧伤。《她有麻烦了》（*She's Got a Problem*）是本和卡罗琳·布莱克伍德（Caroline Blackwood）合写的。"到头来，你走了会不会要紧？我会把威士忌当成一位母亲？"歌词来自她的一首诗，本谱的曲。那是我和他合作的最后一首歌。此后我们便分道扬镳了。感谢上帝，否则我们终会手刃对方。

我在纽约住了五年，在这期间，我憎恨自己到了疯狂的程度。我一定是个话都说不清的废人，但我觉得自己把瘾君子当得游刃有余！我能保持淡定，创作出优秀的作品。我也不明白自己怎么能在钢丝上走那么久。不管别人怎么说，我认为在我回纽约完成《一个孩子的冒险》之前，一切都进展得很好。之后我才从钢丝上掉了下来。

我吸了多年的毒，但直到住到纽约，大量的毒品才源源而来。不过我没有再给自己注射海洛因。我驾驭不了，我就没见谁驾驭得了的。戒不掉海洛因，那就是死路一条。

专辑出来后，我去了趟巴黎，为单曲《为我们的生命奔跑》拍摄 MV。我勾搭上了一个名叫让·皮埃尔的法国帅小伙。他来纽约看我。当时我大吸特吸可卡因。一天晚上，我们去夜店跳舞。我表现得就跟我一个人去时一样：跟陌生人跳舞，浪笑，调情。皮埃尔吃醋得不得了，回去后我们大吵了一架。他来自科西嘉岛，观念和农民一样保守，认为我是"他的女人"。他拿剃须刀片割腕寻死。到处都是血。我不同情他。我受够了。我冷冰冰地说："这无济于事！"然后我做了一件令我羞愧不已的事。我从包包里拿出十块钱递给他，在一张纸上写下"带我到贝尔维尤"（他不会说英语）。我对他说："交给出租车司机。"

吸毒，写歌，进浴室，买衣服。这段时期的许多事情我已记不清了，所以当听到一些关于我当时的怪异行为的段子时，我无法反驳。比如，我与德斯蒙德·吉尼斯和佩妮·吉尼斯到克劳斯·范·布罗（Claus Von Bülow）家做客，我去的时候就醉醺醺的，到了后又喝了不少。我走进卧室，被他夫人桑尼令人眼花缭乱的高跟鞋收藏震住了。我开始一一试穿，然后就失去了知觉。他们在克劳斯的床上找到了我——我脚上蹬着桑尼的鞋（编号 57）。

有天晚上，我带两个朋友去大都会歌剧院看《玫瑰骑士》。我弄到了一个包厢。在可卡因的药力上来时听歌剧似乎是个好主意。并不是。可怕极了，谁都没法儿安安静静地坐着。你要是飞成那样,就连看电影都是一场噩梦。

拜毒品所赐,我失去知觉被朋友抬进出租车已成常态。当然,我觉得靠我自己过得很好。大多数时候我都是孤单一人。我会把百元大钞当成十元付给司机。为了远离毒品,我在牙买加和马提尼克待了很久。这是我避开毒品的方式。

随着手头越来越紧,我不得不做点儿什么。一九八三年,我开启了一轮漫长的美加巡演。没钱买演出服了,我去旧货店淘了件二手无尾礼服,佯装摇滚界的玛琳·黛德丽。我们的巡演巴士狭小逼仄,里面架子鼓、麦克风架、电吉他、电吉他音箱塞得满满当当,我们像生活在潜水艇里一样。巡演到得州时,辛西娅加入了进来。该死!她带了十只行李箱!(还有一个大块头男人。)她没有睡上下铺,而是迅速霸占了我的卧房。我终于认清了一个比我还要自私的朋友。

这轮巡演在旧金山收官。我和小野洋子同一天住进同一家酒店。演出完回到酒店,等候我的是一盒巧克力和一张来自洋子的便条:"玛丽安,旧金山欢迎你!我很想见到你。也许我们可以一起喝茶。你会打电话给我吗?我在×××房。爱你的,洋子。"一张友好的便条。太友好了,我想。辛西娅兴奋地上蹿下跳:

"小野洋子!我的天,玛丽安,洋子想见你!太棒了吧?"

这张便条让我想到了《糖果屋》(*Hansel and Gretel*)。我们本打算走健康路线,去做 SPA 水疗的,然后就听她说:

"我在酒吧等你。"酒店里有一间非凡的红木装饰艺术风格酒吧。那就不一样了。

我在底线俱乐部(The Bottom Line)表演的时候,她过来看了。演出结束,她来到后台,告诉我约翰·列侬非常喜欢我唱的《工人阶级英雄》。那一刻,我的心被融化了。从此,我成了小野洋子的大粉丝。

我们租了一辆轿车,快马加鞭地驶往索诺玛米慎客栈。经过一片阴沉的灌木丛林地时,我忽然感觉不大对劲。

"老天,辛西娅,发生了什么事?突然变得黑漆漆的,这他妈的是在哪儿?"

"你难道不知道?亲爱的,这儿是阿尔塔蒙特[1]。"

---

[1] Altamont,一九六九年十二月,在北加州的阿尔塔蒙特赛道公园,举行了一场大型摇滚音乐会。这场音乐会以暴力闻名,大量财物被毁,多辆汽车被盗,多人伤亡,包括滚石乐队演出时,负责安保的地狱天使摩托党将一位观众当场刺死。阿尔塔蒙特被视为嬉皮时代的结束和二十世纪六十年代末美国青年文化的终结。

霍华德

我在勒罗伊街醒来。我饿坏了,很累,也很恍惚。屋里空空如也,除了几卷钞票和几袋毒品。

我住在纽约,和一个名叫希利·迈克尔斯(Hilly Michaels)的乐手生活在一起。多么可怕的日子啊。一年多来,我深陷可卡因和海洛因中难以自拔。我肯定彻底中毒了。放在以前,我会选择出国调整,但彼时我遇到了入境麻烦。如果我离开这个国家,就再也进不来了。

当我于一九八五年秋天回到纽约时,我清楚地看到,在某些圈子里,我的名号能派上大用场。做"玛丽安·菲斯福尔"挺好。我能用它来赊欠毒品(高纯度的毒品)。我四处赊欠毒品。直到今天,我还欠好几个毒贩的粉钱——每人两万美元!

我和安妮塔经常会面。我俩同病相怜，都被毒品拖进了深渊。她住在长岛的一栋大别墅里，传奇歌手宾·克罗斯比（Bing Crosby）是前房主之一。她终日躺着看电视，"就像一个寄生虫，亲爱的"。每隔几天，她就会找个司机，载她进城买粉。

表面上看，事情并没有那么糟糕，尤其是跟以前露宿街头比。我有男友，有好衣服穿，有好地方住。但我觉得自己与一切都没有关联。和没法儿交流的男人在一起时（有那么几个），我把时间花在阅读上。

我读了《灵魂永生》（*Seth Speaks*）。自六十年代以来，我头一回读神秘学著作。经历过布莱恩·琼斯和《易经》的事儿后，我对一切超自然的事物都心存恐惧。书中有个观点大大出乎我的意料，就是我们创造了自己的实相。我接触到的都是欧洲的老观念，认为命运无法驳倒，不可改变。

书中还有个观点是有两个我在平行生活。如果你醒来时感到精疲力竭，那就意味着另一个你正在别处奔忙。每天早上，我在勒罗伊街公寓醒来，筋疲力尽，枕头湿透，一脸汗水。不可否认的是，这和我前一晚喝大了有关，但我却把它当成了征兆！

当时我并不知道，我即将穿过深渊底部，从另一头出来。下坠，下坠，下坠，下坠。坠到地狱的最底层。我还在下坠，下面还有若干层。最终，我撞破最下面一层，坠进了一片光亮。

我每天都在厌恶和自我厌恶中醒来。我厌恶我的处境，厌恶枕边的那个男人,厌恶所有的一切。但我最厌恶的还是我自己。我感觉到:"不能再这样下去了。什么都没了。看不到一点儿希望,我受够了。我得停下来。"

有趣的是,我从没想过要戒毒。典型的瘾君子之痛。你不能停止,你不能继续。吸毒很痛苦,不吸毒同样很痛苦。你在毁掉你自己,你的身体和灵魂感到了恐惧。这一定是瘾君子最初陷入毒潭的原因之一:把你自己照顾好,把每件事都做好太他妈无趣了。不幸的是,另外一条路是死路一条(意外死亡)。

男友睡着了。我一点儿都不喜欢他,事实上我根本不了解他。他身上没有一点儿让我喜欢的地方。到后来,我得先吞下一把安眠药才能和他做爱。我是一个绝望到无以复加的瘾君子,而他只是另一种形式的本,真的,一个可以一起嗑药的同好。这些男人总是需要我来照顾,因为他们什么都不会。他们挣不到钱。他们不工作。他们什么都不做。所有这些男人中,希利是最糟糕的一个。多么不合情理的状况。那是一种可怕的依赖关系,建立在对毒品和性的依赖上。他看起来就像吸血鬼。

就像本一样,希利觉得我能帮到他,能在音乐事业上拉他一把。两年前,我又遇见了他。他获得了大厂牌的一纸唱片约,拿到了一笔高额预付版税。他把这笔钱造光了,但是一首小样都没弄出来,所以他有大麻烦了。

但我能帮到他吗？我自身都难保！连自己的专辑都搞不定！新专辑录得很不顺，我不知道该如何摆脱这种局面。当时我没有想到我可以告诉他们，我恨这张专辑，不打算录了。我总感觉哪里很不对劲，但不知道具体是哪里。我只知道它必须停止。如今我简直不敢相信——就是一张专辑而已——但当时我认为只有自杀才能解决问题。我把海洛因和可卡因混在一起注射，还通过加热的方式吸食精炼可卡因。和往常一样，我把一切都怪罪到我的制作人迈克·索恩（Mike Thorne）头上。

我对制作人一直有成见，这要追溯到与安德鲁合作的经历。安德鲁善于摆布别人。渐渐地，我对制作人有了自己的认知。他们令人恐惧，拿走你的才华，肆意榨取或歪曲。他妈的，难道他们不是一贯如此吗？迈克·索恩还好。他不碰药物，甚至有点儿像一台机器。每次开录一张新专辑，我都会感到巨大的危机，而拜强效的毒品所赐，这一次的危机更加严重。老念头又回来了："受不了的话，我就一死了之。"

做出自杀的决定后，我爬下床，翻箱倒柜，把家里的海洛因集中到一起。是效力强劲的东方海洛因。我用勺子舀起它们，点火加热，然后给自己来了一针。刚一打完，我就意识到麻烦大了。直接进了我的心脏。当我感觉自己快要死了时，我就不想死了。是求生的本能吧。我的解决方法也是典型的瘾君子式的："噢，他妈的，我做得太过了。我得吸点儿可卡因！"

我跌跌撞撞地穿过房间去找可卡因，结果跌了个大跟头，把下巴摔断了。我能感觉到我的心跳快停了，和澳大利亚那次完全不一样。在澳洲时，我虽然陷入了昏迷，但是依然能触到自己。这一次，我完全不存在。

我不只是脱离了躯壳——我在一个和身体没有任何关系的空间。这是一个非常奇怪的地方，冷淡又热情，不露声色又不能自持。绝对不是我通常的状态。

当时，我的"正常"状态是神经质、不快乐和昏昏然。但这里的一切极其清晰，完全没有被药物和困惑所影响。那一刻，我问了自己一个清晰得令我称奇的问题："你真的想死在这个陌生的地方，这个远离认识你的人、爱你的人和你爱的人的地方？你真的想以这种方式结束你的生命？"

我的回答很坚决：不，我不想。我能感觉到"救命"二字在我脑海里产生，那一瞬间，我又回来了。我的心又扑通扑通跳了起来，我感觉到了下巴的搏动性疼痛。我听到"救命"在我脑海里嗡嗡作响。我爬上楼找我男友——他吸多了海洛因，昏死过去了。我把他摇醒，说："救救我。"我对这种游戏已经非常有经验了，"带我出去走走。一直走，直到我回过神来。"然后我们去看医生，检查心脏，治疗断掉的下巴。

你会觉得这种事情能让我警醒，但实际上根本没有。都到这份上了，我还是没有悬崖勒马。我依旧我行我素，仿佛什么都没有发生过。刚能下地走路，我就回到西五十八街，跟我的药头买了一堆毒品。

但我明白了一件事：我得离开希利·迈克尔斯。我打电话给迈克·索恩："带我离开这里。"我落跑了，搬进了格拉梅西公园酒店，留下希利一个人在勒罗伊街痛苦纠结。

我可怜的制作人！他想把唱片做出来，而我对此憎恶至极，企图通过自杀来摆脱。我对一切的态度都他妈很矛盾。我知道自己必须录，但我真的想录吗？每次开录新专辑，我都纠结不已。虽然我拿不定主意，但是我害怕跟他们讲，这让事情变得更加糟糕。毕竟，我的伙伴们会为之骇然。他们刚付给我预付版税！这就好像一架波音747的飞行员飞到一半突然说："我不想飞了。"太可怕了。

很显然，问题不在于专辑，而在于我身上的某个部件出故障了。

这张专辑最终胎死腹中。里面的确有一首很棒的歌曲，是我和希利合写的，名叫《派克大街》(*Park Avenue*)。希利写歌挺有一套，它栩栩如生地描绘了我当时的心境。

> 我们年轻，那么相爱
> 梦想未来，梦想成名
> 我觉得这就是场游戏
>
> 都没发觉你变了
> 派克大街，我想你

我想待在那里

这是一首关于米克的幻想曲。他是地球上最有影响力的广告主管,她是他青梅竹马的甜心。他是米克。他离开了她,她在派克大街上想他。

搬进格拉梅西公园酒店后不久,小岛唱片的霍莉过来看我。小岛唱片的人对我的状态一无所知——我一定隐藏得很好。他们只知道我的下巴摔断了。霍莉和我聊了聊新专辑,然后逐一拉开抽屉。每个抽屉里都放着毒品。一个是可卡因,另一个是海洛因……镜子上还留着我用口红写的"救命"二字。

霍莉一言不发。最后她说:"我得回公司了。"我知道一切都结束了。我变得非常平静。我知道霍莉会把她看到的一切告诉克里斯·布莱克威尔,然后他们会采取一些行动。

一九八五年十一月十八日,我住进了明尼阿波利斯的黑泽尔登(Hazelden)勒戒所。我迫切需要一次着陆。住进黑泽尔登后,我意识到自己终于着陆了,像从太空回来了。

刚进去的时候,戒毒治疗差点儿要了我的命——我被戒断反应的各种症状折磨得痛不欲生。他们以为我会挂掉。我知道该怎么做。当然,我已经做了几十次。我要了十条毯子,爬到它们下面,浑身发抖、汗流浃背地躺了一周,直到挺过这一阶段。

这是我最后的机会。"好吧，我戒，我会康复的。"我积极地配合治疗。像我皈依天主教一样，这是一个纯粹的社会决策。我在那儿住了六个月；没过多久，我就如鱼得水了。

治疗的过程中，我明白了一件事。虽然你必须自助，但只帮助自己是没用的。你经历这些事情，是为了也能帮助到他人，如此，你最终才能拯救你自己。现在我理解在贝克斯利医院时，我为什么应该握那个垂死的男孩的手了。你得先是一个瘾君子，才能真正帮助到其他瘾君子。居高临下是帮不了他们的。"我懂你的意思，因为我也与恶龙缠斗过。"

直到住进黑泽尔登（与米克分手大约十五年后），我才第一次意识到，和米克在一起时，我没有自己的历史。作为治疗的一部分，每个人都要讲自己的故事。我不知说什么好，所以我打电话给艾伦·史密斯，让她寄本托尼·桑切斯写的《与滚石一起浮沉》过来。我对他们说："想听我的故事？那就读它吧。"那些日子里，我没有自己的故事。我只是他们的故事的一部分，我只能通过这些书看到我自己。仿佛都发生在别人身上。

在黑泽尔登，我注意到了霍华德·托斯（Howard Tose）。他是我见过的身心受损最严重的人之一，正因为此，我立刻就喜欢上他了。他的状况糟透了——身体抽搐不止，说话结结巴巴，眼神茫然若失——可卡因精神病引起的。

他的状况糟糕得令人难以置信，所以他是我最喜欢的人！我认同受伤最深的人。他人很好，就是病得很重。除了多重成瘾外，他还有躁狂抑郁症和精神分裂症。他也很疯狂，而我也喜欢这一点。无药可救了。不过没关系，他很讨人喜欢，我爱上了他。

你就拿像我这样的人来说吧，我对药物、酒精、性爱和金钱成瘾，如果把这些东西统统从我身上拿掉，我就会回到追求爱情的老路上。我得选定一个像我一样的人。他显然精神很不正常。我以为我跟他一样，精神也有问题。事实证明并非如此。我不过就是个想自我毁灭的糊涂蛋，我们是两回事，只有一个共同点：都是瘾君子。比起他来，我的问题简单多了。吸毒在他的问题里算小的。

我真的是一个普通的瘾君子。我极想证明自己有严重的精神病，然后把罪责往这上面推。但医生没有找到证据。

霍华德让我想起约翰·邓巴。他甚至长得有点儿像约翰。他有着奇怪的魅力，看起来既年轻又显老。瘦骨嶙峋，年轻的脸，灰白的头发。酷毙了。做过 DJ 的他为我自制了几盘美妙的卡带，里面都是他精心选出的歌曲。我和他们住在一起，没有自己的空间，觉得孤独极了。只有音乐能给我出口。

我开始茁壮成长，而霍华德越来越不开心。六周后，忍无可忍的他不顾医生的劝阻，决然地出了院。我留了下来，变成了能给母亲带来温暖的小甜心。

霍华德先去纽约待了一阵，然后去了波士顿。他经常打电话给我,虽然这是医生严令禁止的。我们之间没有身体接触,但这没有关系。这是一种痴迷。我觉得我爱上他了——当然,我对他一无所知能产生美。

大约两个半月后,医生开始来狠的了。他们扒光了我的衣服。像给我做心脏手术。我身上的皮肉仿佛一层层被剥落下来。他们开始探查我最深处的伤口,提我最不想记得的事情。

他们要求我们做一些练习。其中一个名为"入神"的练习我挺喜欢。具体内容就是描述让你念念不忘的那些事儿:什么时候能有酒喝?能有药嗑?你还得写下你的每一天(瘾君子的日常)。

一天,我被要求做一个新练习,名叫"破坏行为",此前还没有人做过。太适合我了,所以我觉得这是他们为了折磨我而特意设计的。它会对我大有裨益,然而我临阵退缩了。我该走了。

我登上了飞往波士顿的航班,一路上狂饮了五瓶白兰地。在纽约期间,霍华德旧态复萌,于是回到波士顿戒瘾。令人费解的瘾君子逻辑。霍华德状况很糟,走路摇摇晃晃,但我想到戒断反应上去了。"他就是走路有点儿不稳,可怜的人儿,不过他很快就会好起来的,因为我俩在一起啦。"我是用特殊材料做成的,问题是他不是。我不明白他有多绝望。我以为他只要振作起来,找份工作,一切就会好起来的。好荒唐,真的。

我们在一栋面朝波士顿港的公寓楼里住了六周,楼房很漂亮，我们住三十六楼。霍华德整天像婴儿般蜷缩在床上瑟瑟发抖。我脑子里成天想什么呢？如果我没有那么自私，满脑子只想着自己，我肯定会想到他需要入院治疗。他的情况很危急，需要特别护理，然而我完全没有留意到。

到波士顿的第二天，我就去开了一个会。我不再吸毒了，无毒一身轻。我和新结识的朋友黛布谈赞助我的事。她是个美丽的女强人，没有什么会让她惊慌失措，包括我。我要求她赞助我，这引起了霍华德的嫉妒。

会议结束后，霍华德走到黛布身边，有点儿挖苦地低声说："你搞得定吗？"他的言下之意是："你搞得定一个真正的瘾君子吗？"

"是的，我搞得定，"黛布说，"你搞得定吗？"她的言下之意是："你搞得定戒瘾吗？"

和霍华德同居期间，我的下巴开始肿胀起来。疼痛难忍。因为下巴摔断和一颗阻生智齿的缘故，我的下颌骨慢慢被腐蚀了。但我还以为是不吸毒了才那么疼的。"原来不吸毒的人天天都疼得打滚啊。"我心想。在波士顿住了一个月后，我才意识到下巴疼和戒断反应无关。黛布不吸毒，没见她哪里疼啊。我眼前的其他人也都没有被剧痛折磨啊。

我去看一位口腔外科大夫。原来，黑泽尔登的医生给我拔智齿时，削掉了一小块下颌骨，导致骨折断端互相摩擦。考虑到我的病史，这位大夫不想动手术，而是采取了保守治疗，用金属丝把下颌骨骨折端固定住。他在我的下颌骨里放了几颗金属钉,在外面放了一个"手柄"(牙弓夹板的钩子),所以我看起来就像一把吉他。我几乎不能说话。

霍华德天天躺在床上发抖,我以为他是犯毒瘾了,渴望吸上海洛因。我浪漫地以为他能像我一样摆脱毒品,然后一切都会好起来的。他很可爱,但他真的有病。"郁金香事件"是个典型的例子。记得当时是春天,有一天,我出门买回一束郁金香,把它们插在一个花瓶里。花朵还没有开起来,所以花瓣紧紧收拢着。那天晚上,我们坐在沙发上,突然,他呆住了,一脸惊恐的神情。

"发生了什么事?"

"花……它们要伤害我,我知道。"

我明白他的意思。带刺的鲜花。

"别犯傻了,亲爱的,没有任何问题,它们就是郁金香而已。它们会盛开的,会很漂亮的,真的。"我像哄小孩子一样哄他。

郁金香开起来后,我指给他看:"看到了没,小傻瓜?它们很好的。"他似乎有疑虑。

霍华德出去找了份工作,在一家照片冲印室里干活。我叫他做什么他就做什么。可怜的霍华德。他只是想过毒瘾。他进过六七个收费高昂的勒戒所。戒了无数次,又无数次地复吸。毫无疑问,六进六出勒戒所后,他们的疗法已经失去了魔力。但那对我来说是全新的。在勒戒所里听到的那些警句,诸如"浮生一日""待人宽则人亦待己宽""明天会更好",对一般人来说再平常不过,但对从十九岁起便开始放任自流的我来说,着实很有智慧。而在霍华德耳里,它们不是箴言,只是听了上千遍的简单的口号,空洞的短语。

我已经有一个半月没吸毒了。我真的想远离毒品,而且已经看到了曙光。但我也看到,如果和霍华德继续在一起,那就说不准了。我对自己说:"我可以做到,但和他在一起就做不到。我得告诉他。"

那天晚上,我俩和他姐姐一起吃了顿美好的晚餐。我和他共度了一个美好的夜晚。我和霍华德水乳交融,令人震惊的是,那是我这辈子最酣畅淋漓的一次性爱。他把他的全部都投进了那个夜晚。我从未经历过如此极致的夜,后来也没有。

第二天早上,他起床的时候,我对他说:"霍华德,亲爱的,我得和你谈谈。"我们走进客厅,我直截了当地跟他摊牌。我哪根筋搭错了啊?跟一个状况如此糟糕的人摊牌。

他光着身子坐在沙发上,我穿着睡衣站在门口。我点了一根烟,坐到他面前,尽可能友善平静地跟他说我打算怎么做。我的牙关咬得紧紧的——我一周前刚做了金属丝牙弓夹板结扎。

"关于我们之间的事我想了很多,尽管我非常爱你,但我们有缘无分。我们都知道的,亲爱的,继续下去对我俩都不好。我们应该分开生活一段时间,然后也许……"

"你准备怎么着?"

"噢,亲爱的,我决定搬到剑桥了。我要离开你了,亲爱的,你必须去勒戒所,真的。你一连好几天躺在床上哎呀哎呀地叫着。你的问题很严重,我帮不了你。你自己难道看不出来? 你不能完成任何事情,你不能正常运转,你不快乐。你需要治疗,需要回勒戒所。你母亲明天会过来,这就是你要做的。"

他坐在那儿听着,一句话也没有说。他非常漂亮。等我说完,他站起身,令人难以置信的一幕发生了。他的心从他身上蹦了出来。我简直不敢相信自己的眼睛。肌肉挤了出来,他的胸口多了一个大肿块。太惊人了。他也看到了,被吓得要死。仿佛他的恐惧显形了,凝结成了物理力。

"蜜月结束了?"他病恹恹地说。

我笑着说:"是的,我想是的。"然后我看了看表,"噢,好吧,霍华德,八点了,应该准备准备上班了。"他没有作声,默默地走进浴室。我进厨房泡茶,打开收音机,等着水壶烧开。茶泡好后,我坐在厨房里抽烟,等着他离开。但过了许久,我都没听到他出门。我开始满屋子找他。他一定躺在哪儿。但哪儿都找不到他。我吓得脸色都变了,心怦怦狂跳。我找遍了屋子的每个角落,一遍又一遍地呼唤他的名字:"霍华德,你在哪儿? 霍华德!"最后我走回卧室,看到了打开的窗户。我走到窗前,站上窗台,低头看了看。好高啊,三十六层。在最下面的地上,我看到了什么,像一束花,一束躺在公寓楼入口处的木槿花。它们看起来很美,美丽的红色花朵……然后我突然打了个激灵，意识到是霍华德。我呆呆地站了很久很久，最后才走下窗台，打电话报警，同时打电话给他姐姐和黛布。

黛布一开始怀有敌意。她以为我和霍华德在玩过家家——霍华德躲在壁橱里，等我进来时倏地跳出来，和我滚到床上之类。我终于说服了她，这不是一场游戏。

黛布过来接我，我收拾好东西搬她那儿去了。我参加了霍华德的葬礼，去看望了他的母亲。我在波士顿待了一年。我知道自己对他的家人负有责任。我得尽我所能地帮助他们。我帮了他们一年。我们假装一切如常，但是早已大不一样。

我经常做噩梦，内容全是我失去了一些非常珍贵的东西。霍华德不是我的丈夫、我的孩子、我的母亲、我的父亲或我的兄弟。我不知道他是什么。这是我第一次给自己机会哀悼。我开始直面内心的恐惧，不再像以前那样躲得远远的。

布莱恩·琼斯之死对我打击很大，但我不觉得我负有直接责任。我没怎么卷入其中。而且我当时吸毒，脑子昏沉沉的。霍华德之死就完全不一样了。报完警后，我心中暗想："他们会认为是我把他推下去的吗？"我虽然知道自己没有杀他，但不能完全确定自己在其中扮演了什么角色。在各自人生的最后阶段，霍华德和布莱恩的状况几乎一致，但我见证了霍华德最后的日子，看着这一切一天天发生，压根不知道到底发生了什么。

我们干吗住三十六层？真令人匪夷所思。我再也没有回去过，我无法面对它。黛布把冰箱里的食物都拿了出来，全是我做的，烤鸡肉和汤等等。真是天晓得，霍华德罹患可卡因精神病，而我在煮豌豆汤，摆餐桌，告诉自己这是正常人的生活。冰箱里的食物，规律的饮食。这就是我从勒戒所学到的：早上起来刷牙洗脸，整理床铺。我现在还是这么做，有时间就会祈祷。

爱情能治愈一切伤痛是一种执拗的错觉。尽管爱情是超凡的，但它不能修补一切。我感觉像是失去了自己的孩子。他们把一样珍贵的东西交给我来照顾，结果被我弄丢了。

很长一段时间里，我觉得自己完了。我觉得是我把他推下去的。我出现了幻觉。到处都是血。

我问伯格曼医生："这是怎么一回事？我疯了吗？"他是麦克莱恩医院的精神科医生。他回答说我经历了一系列的延迟反应。那是我第一次体验所有这些东西。以前遇到烦心事时，我会吸上两口。

伯格曼医生让我读弗洛伊德的文章《哀悼与忧郁》（*Mourning and Melancholia*）。我在文中清楚地看到了霍华德，也看到了我自己。"我们无法解释各种力量之间的哪种相互作用能够将这一目的（自杀）贯彻实施……"

弗洛伊德是这样回答那个无法回答的问题的（自我在什么情况下才会毁灭自己），"只有在下述情况下，自我才能杀死自己：当自我把自己当作一个对象对待时，当它把对他人的敌意转嫁到自己身上时"。

得了严重的抑郁症后,痛苦和愤怒变得非常强烈,你会裂成两部分。你与充满厌恶感和羞愧感的那部分脱离开了。你对它说:"你显然是病了,会做出可怕的事情,所以我要和你分开,独立出来。"我决定丢弃它,将它完全根除。我想象着它跳出窗外——我彻底甩掉它了。我看着它坠向深渊,幸灾乐祸地说:"哈!哈!哈!瞧,我弄死你了!傻瓜!"但我忽然意识到自己犯了一个可怕的错误。没有另一半。没有人在幸灾乐祸。被嘲笑的那个人是我自己,我笑不出来了。

纵身一跃的那一瞬间,你会突然反悔。报复和毁灭就在一线之间。我明白这一点,因为我在澳大利亚吞下了一百五十颗安眠药。太疯狂了,为了报复不惜毁灭自己。就在那一瞬间,你撞到地上,一切灰飞烟灭。

在霍华德的葬礼上,我意识到我从来没有想过自杀会给亲朋好友带来多大的痛苦,没有想过他们会为此痛苦不已。我自杀过两次。

在那之前,我把人生看作一场游戏。霍华德之死让我明白了人生并非游戏,是没有彩排的。

事后我扪心自问,这事儿之前有苗头吗?答案是肯定的。他做过一些奇怪的事情,其中之一是把他后悔对家人做的那些事情全告诉了我。所有那些有点儿冷酷的事情,尤其是对他母亲做的。他过世后,我试着把他的话告诉了他母亲。

我得停止胡思乱想,停止怪罪自己。当我终于做到的时候，我仿佛从地狱逃了回来。我得了失忆症，日常生活中最基本的事情都不会做了。我忘了怎么操作洗衣机，忘了如何平衡支票簿（到现在还是不会）。

霍华德去世后，我搬进了波士顿的一栋小别墅，这次是一楼。母亲过来与我同住。这是我和她共度过的最好的时光。黛布也在，还有我的朋友霍华德。另一个霍华德。霍华德·托斯死了，所以我去找来一个也叫霍华德的人。他是个不幸的瘾君子，威廉·巴勒斯的忠实拥趸。

伊娃每天都要喝掉半瓶酒，所以亲爱的老霍华德每隔两天就得去帮她买一瓶。我尚处在早期恢复阶段，所以黛布和霍华德觉得还是不让我去买为妙。

我在渐渐康复，然而伊娃没有欣喜若狂。她为我挺过最艰难的阶段感到高兴，但又觉得我有点儿过于清醒。她认为我变得无趣了。奇怪，我一直渴望过平静的生活，然而我从来没有实现过。不管怎样，我变得不苟言笑了——有点儿像我父亲。伊娃要的正是这样的伴儿！幸运的是，我无法一夜之间变成一个研究文艺复兴的教授。

我充满热忱地研读匿名戒酒会的大部头教科书，如同刚皈依新宗教的僧侣一般。戒瘾十二步骤法里我最喜欢的是第二步，这是野蛮人走向正常心智的振作之点。瘾君子和酒鬼的本质暴露无遗，你回到了一个完全野蛮的状态。

唉，走出野蛮不代表你自动进入了恩典之境，不再吸毒不代表一切问题都迎刃而解。事实上，"一切"与从前并无大不同。我不再碰毒品和酒精，可一样要为金钱而烦恼，内心的恐惧并未减少（实际上更多）。

我摔断的下巴还没有长好，说话的时候得咬紧牙关。用来固定的牙弓夹板和两颗螺钉露在外面。鲍勃·迪伦来波士顿演出时，我过去看了。他和汤姆·佩蒂同台。他一脸错愕地盯着我，我这才意识到自己看起来有多奇怪。

"啊，啊，你怎么了？"他说。

"噢，鲍勃，发生在我身上的事情简直不可思议！"我得意扬扬地说。

"那是肯定的。"

"我不再吸毒啦，你知道我以前大吸海洛因的，啦，啦，啦。我去黑泽尔登戒毒的，然后我来到了波士顿……我爱上了一个家伙，他从三十六层跳了下去。现在我很好。天天都去开会。我准备做新专辑了。是不是很棒？"

鲍勃的反应是："什么？你？不！"仿佛我在撒谎。

摇滚明星们通常都是这种反应。他们更喜欢吸海洛因的我——易于臣服，易于控制。他们视才貌双全的女人为莫大的威胁。如果让她们陷入毒品不能自拔，她们就会变得顺从，也更容易相处。

听到我的喜讯，鲍勃似乎不太开心。我不确定自己愿意扮演受害者。当然我绝不后悔。人们习惯于说"悔不该当初……"，但我不觉得我做错了什么。人们认为我一定感到无尽的懊悔。从哪儿得出这个结论的？（兴许是从我的歌。）除了为没有尽到照顾尼古拉斯的责任感到愧疚外，我极少为过往的所作所为感到羞愧。

我打了通电话给基思，把我终于远离酒精和毒品的好消息告诉了他。他有同情心，但是有点儿担心。他停顿了一下，说："啊，玛丽安！圣杯的事咋说的？"

未竟之事

> 一切都会好的
> 形形色色的事情
> 都会好的。
> ——《诺维奇的朱利安》(*Julian of Norwich*)

康复头一年,我做过一些奇妙的寓言式的梦。这段时间我心情愉快,充满自信。然而它们并非好梦。

有一次我梦见自己穿过巴洛克式宫殿里的一个大房间,走下无尽的楼梯,通过盘旋的柱廊。气氛紧张得可怕,像走进了皮拉内西的雕版画。穿行其中的时候,我意识到我在往我的过去走。阳台和凉廊上挤满了记忆里的人物和场景。

它是弗朗西丝·叶芝[1]笔下的记忆宫殿,我读到过。这些巨穴般的房间是绝望的失乐园。我的旧识们别过头去,那是我心底的地狱中的痛苦场景。梦的尾声,是宫殿通向

---

1 Frances Yates(1899—1981),专注于文艺复兴研究的英国历史学家。

罗马竞技场,我被捆在八匹白马后面,拖拽着绕着竞技场跑,直到被活活拖死。

此后不久,在那年夏天最炎热的一个中午,我躺在乡间的地上打起了盹。我做了一个不安的梦,主角是出类拔萃的米克·贾格尔。

梦中的我是一位雍容华贵、深受尊敬和爱戴的老太太。我在美丽的四帷柱大床上看书,周围是我的斑点狗狗们。突然,一个戴头巾的信使闯了进来,捎来了米克·贾格尔去世的消息。他开口说话的时候,墙壁开始坍塌,一段楼梯平地而起。门道变成了石棚,天花板变成了天空,墙壁变成了大树,地面变成了草地,一切都是透明的。好像房子里朝外翻了个个儿。

当我醒来时,我听到头顶有只苍蝇嗡嗡作响。我不知道我在哪儿,甚至不知道我是谁,虽然我可能只睡了十分钟。我开始紧张起来。第二天,我去看伯格曼医生。我每次过来请他解梦,他都很兴奋。

"这意味着我希望米克·贾格尔死?"我问。他说"不是",至少说了四次。

"噢,不是,不是,不是,不是,玛丽安。(太令人欣慰了!)这意味着我们真的有进展了,意味着你家房子的地基有缺陷。现在地面已经挪移了,新的前景展现眼前。"太好了,我想。是时候录新专辑了。

前面三张专辑,我包办了一大半歌曲的创作,但这个时间点上我写不出东西。我太痛苦了。夏天是我最痛苦的季节，满地是血。到了秋天，我会慢慢好起来。和学校都在秋天开学有关。九月来临时，我心想："好！回到学校，回到日常作息。"

我想翻唱关于失去和渴望的爵士抑或布鲁斯情歌，把霍华德之死带来的切肤之痛渗入其中。像是某种驱魔仪式。我跟每个愿意倾听的人交流我的想法，诸如海尔·维尔纳（Hal Willner）和汤姆·维茨（Tom Waits）。我和汤姆建立了一段电话友谊，他也是小岛唱片旗下歌手。

汤姆·维茨建议我做一张主题为"妓女的复仇"的专辑，去新奥尔良录，专辑名就叫《斯托里维尔》(*Storeyville*)。斯托里维尔是新奥尔良的红灯区。我穿着渔网丝袜和吊袜带高唱淫秽歌曲。奇怪的是，人们总把我和性扯在一起。尽管我愿意相信自己能激起男人的性欲，但我真没把自己看作在妓院里引吭高歌布鲁斯的妓女。

进棚之前，你和合作伙伴需要花大量的时间聆听老唱片。汤姆想跟我合作，但他忙着结婚生子和做自己的唱片。我们聊天的成果是定下了专辑同名主打歌。这首歌叫《奇异的天气》(*Strange Weather*)，是汤姆和他妻子凯思琳·布兰娜（Kathleen Brennan）合写的。

海尔·维尔纳有时间和耐心来波士顿，和我一起聆听成堆的唱片，所以《奇异的天气》的制作人就是他了。他的唱片收藏蔚为壮观。他的工作方式也和我的多位前制作人不一样："为什么不去弄清玛丽安想要什么？"

进勒戒所前,我参与了海尔制作的科特·维尔(Kurt Weill)致敬专辑《迷失在星空里》(*Lost in the Stars*),在里面唱了一首歌。从遇见他的那一刻起,我就知道他将成为我生命中最重要的朋友之一。

与此同时,我可怜的前制作人迈克·索恩对那张夭折的专辑念念不忘。他想把它做完,但我早没了当初的感觉。正拿不定主意的时候,我接到了克里斯·布莱克威尔的电话。他紧张兮兮的,以为我会答应迈克·索恩。

"听着,玛丽安,你去黑泽尔登戒毒之前,和迈克·索恩一起做的那张专辑……"他的语气很犹疑。

"怎么了?"

"好吧,亲爱的,我真觉得这不是个好主意。"

"你真觉得?"

"是的。我觉得你应该和海尔·维尔纳做这一张。"

"嗯,也许会吧,"我控制住自己的情绪,说,"我们能想做什么就做什么吗?"

"当然,放手去做吧。有我这个后盾呢。"克里斯如释重负地说。

一切发生得太快。四月,霍华德跳楼自尽。九月,海尔和我做前期筹备,十月,我们进棚录制。我们把《奇异的天气》献给霍华德。它像霍华德生前送我的自制卡带。汤姆·维茨创作的同名主打歌影射了霍华德。"我认为白兰地是我的……"我从黑泽尔登飞赴波士顿和霍华德会合,在飞机上喝的就是白兰地。这句歌词是我和汤姆煲电话粥的产物,我把我们的故事原原本本地讲给他听了。

海尔开心极了,因为我们做的是一张翻唱专辑。他就没喜欢过我写的歌。专辑录制期间,我发现自己居然很会诠释别人的作品。如果没有做过《奇异的天气》,我就不会发现这件事。

我想翻唱迪伦的《我会视如己出》(*I'll Keep It with Mine*)和《复式公寓小夜曲》(*Penthouse Serenade*)。海尔希望我演绎比莉·哈乐黛[1]和黛娜·华盛顿[2]的歌。我录了多克·波穆斯(Doc Pomus)和约翰博士合写的《你好,陌生人》(*Hello Stranger*)。我们失去了理智,录了很多行不通的歌,够发几张专辑了。一首罗伯特·约翰逊的,一首贝茜·史密斯的,全是职业歌手做梦都想录的歌。克里斯要的是一张美丽而伤感的悲剧专辑,他如愿以偿。

每当看到自己的朋友陷入绝望和悲伤,我就会对他们说:"去听《奇异的天气》吧。"专辑推出后,有评论称:"来自玛丽安·菲斯福尔,听了想让人割腕。"我把它当作一种恭维!

录《奇异的天气》的时候,一幕幕往事在我脑海里浮现。每首歌里都有我熟悉的人物和地方,比如《复式公寓小夜曲》。我第一次听到它是在喜马拉雅山麓的一座小木屋里。

---

[1] Billie Holiday(1915—1959),美国知名爵士乐女歌手。
[2] Dinah Washington(1924—1963),美国布鲁斯及爵士歌手,于一九八六年进入阿拉巴马州爵士名人堂。

我进屋的时候，奥利弗放起了它，我们边喝茶边听。我的想法有点儿癫狂：如果在专辑中翻唱这首歌，我就能和一个可爱的男人住进复式公寓。噢，好吧。

一九九〇年五月，伊娃与世长辞，享年八十岁。在生命的最后五年里，母亲变成了一个愉快和蔼、容光焕发的女人（她很少是这个样子）。当时我在澳洲巡演，约翰打电话告诉我的。飞行变得那么漫长，我在机上重读了《白女神》(*The White Goddess*)，以纪念我的母亲。对我来说，她是某种形式的女神，是凯尔特吟游诗人笔下创造了万物的女神。

母亲在棺材里看起来很漂亮，一点儿不像人类，像从沼泽里拖出来的女人，脸像雕刻出来的。我们走进花园，采摘了一大抱迷迭香和山楂花，带到殡仪馆，盖在她身上，脸上，心口，手上，用真正的异教徒仪式为她送行。

母亲真正的信仰是艺术。有人曾经问我："你母亲怎么看《你为什么这么做？》？"毫无疑问，我母亲认为它是一首绝佳的作品。"亲爱的，你终于写出好东西了！"她对我说。她知道艺术有不同的评判标准。她是欧洲人，是贵族，身上丝毫没有英国式的假正经。她知道真正的贵族是爱艺术的。所有的艺术都是在向女神致敬。

伊娃过世后，我去火盆公园探望父亲。走在一片紫杉树林中，一草一木都让我想起了母亲。月亮，风儿，窸窣作响的树叶，爱尔兰五大魔树之一的紫杉树。尤其是月亮，它是女神的镜子。母亲显然是我的女神。天父不是我的神，圣母马利亚不是我的女神，男权宗教不适合我。我的祈祷词永远是"我们的母亲……"。我得找到一个我理解的、相信的神或女神。我自己的神殿。伟大的女神和伟大的潘恩大帝。我把我的酒全部献给潘恩大帝。我请求保护。对我来说，我母亲是伟大女神的首个化身。

伊娃过世后不久，我在布莱希特名作《三分钱歌剧》里扮演了海盗珍妮一角。弗兰克·麦吉尼斯（Frank McGuinness）改编，帕特里克·梅森（Patrick Mason）执导。排戏时我稀里哗啦地哭个不停。回到家，妈妈的脸庞无处不在。在星星里，在水里，在树里，在月亮里。

首演之夜，杰莉·霍尔[1]和米克送我一束美丽的白百合。我一直钟爱的一种花。花里有张字条："祝你好运！"

戏评界一片叫好。在被记者讽刺挖苦了多年之后，一夜之间，我变得受人尊敬了。这很有趣，我必须承认。

不过……虽然一个人能与自己的过去和解，但与之吻别就休想了。我的过去时不时会抬起它丑陋的头！

进勒戒所戒毒前，虽然明知不妥，我还是给一本关于滚石的八卦书贡献了不少猛料。作者 A. E. 霍奇纳（A. E. Hotchner）写过一本备受好评的海明威传记，所以我以为

---

[1] Jerry Hall（1956— ），美国名模、演员，曾与米克·贾格尔同居多年，为他生育了四个孩子。两人于一九九〇年在巴厘岛举行婚礼，但最后被判定无效，于一九九九年宣布分手。二〇一六年与传媒大亨默多克结婚。

他会给予滚石同样的待遇（哈！）。他诱骗安妮塔和我吐出了不少秘密。这本名叫《惊奇》（*Blown Away*）的书原来是本骗人的垃圾，把耸人听闻的小报头条当真理使。

他采访了我和安妮塔，并且录了音。那是我俩非常脆弱的一段时期。我们被他利用了。他把我灌醉了！抱歉，这是真的。喝高了或吸嗨了时，我会东拉西扯地说个不停。把米克在热那亚暴揍我的事儿说出来了。米克怒不可遏。霍奇纳把米克描写得像个打老婆的惯犯，而他并不是。我认识好几个家暴男，米克不是他们中的一员。

巡演路上，我听说米克很是火大。我给他发了一封简短的传真："亲爱的米克。那次采访是很久以前的事了。为了一百块干的。脑子昏沉沉的。假惺惺的记者把我灌醉了。请原谅。爱你的，玛丽安。"

米克很生气，因为这事儿登上了《每日邮报》。这下可好，连他父母都知道了。《惊奇》上市一周后，我原定要和克里斯·布莱克威尔一同去温布利看滚石。克里斯打电话给米克，问方便带上失宠的玛丽安吗。

"可以，好吧，但我爸妈不欢迎她。"

派对在后台举行，米克劲头十足地社交，同时又冷冰冰得恰到好处。这种姿态只有米克能拿捏得了。

他爸爸乔和妈妈伊娃都在。他妈妈很可爱，但她是米克的噩梦。她在数落米克，说他整天颐指气使：

"他整天对我发号施令，真是罪过。他叫我几点喝水，几点小便，几点……太可怕了。"

乔试图让她闭嘴,但相信我,没有什么能让伊娃闭嘴。我听乐了。

我对伊娃说:"噢,好吧,是啊,他就是这种人。面对现实吧,我们改变不了他的。他有成为控制狂的潜质。"

"噢,得啦,老妈!你够了。"米克也试图让她闭嘴。

"尼古拉斯一定对你颐指气使,是吧,玛丽安?"他转过来问我要精神支持。

米克向我伸出了橄榄枝,我应该友好地接过来。我希望自己能有一点儿同情心,然而我情不自禁地说:"什么,尼古拉斯对我颐指气使?怎么可能!他无论如何也不会叫我做这做那,我无论如何也不会叫他做这做那。我俩之间可没有那种关系。"

然后杰莉·霍尔讲了一点儿周天娜[1]的八卦。杰莉很得州,一切都要大一号:个头,头发,珠宝,炫耀的个性。她是个懂得感恩的人。然而我忘恩负义!

但是米克没那么殷勤有礼。这年晚些时候,可怕的"紫杉树事件"发生了。紫杉树是一栋建于十六世纪的乡村别墅,米克于一九六七年将它买下给我母亲住。母亲在那里住了二十多年。它是我经常回去的家,对尼古拉斯来说是个神奇的地方。母亲去世后,它该何去何从?

这事儿必须拿到台面上讨论。安妮塔安排我到她家等

---

[1] Tina Chow(1950—1992),二十世纪七八十年代的国际时尚偶像、顶级模特、珠宝设计师,死于艾滋病。其前夫是京剧大师周信芳之子、纽约周氏餐厅老板周英华。

米克的电话。等我到了她的公寓,才发现她家电话坏了,所以我只好去楼下的公寓,等待那通著名的电话打进来。当这个话题被提及时,我对电话那头的米克说:"房子拿回去吧,我不想要,我从来就没喜欢过。你想怎样就怎样吧。"

他是那么的迷人,我是那么的骄傲。基思理解女人的自尊心,然而米克一点儿都不理解。对米克来说,自尊心强的女人根本就不存在。在他眼里,女人全是摇尾乞怜的动物,就想着从他手里拿走更多的钱。

和他与其他女人之间的关系不同,我们之间从来就不是金钱关系,从未有过财产易主。然而,在我骄傲而优雅地谢绝了紫杉树后,我发现我的独子尼古拉斯想要,非常想要。他非常依恋紫杉树,天真地以为米克在听到他想要后会送给他呢。哈!

所以我决定收回自己说出的话。我去找杰莉·霍尔,央求和尖叫。我没有得到米克的任何回应。好可怕,尤其是对尼古拉斯来说。他不明白米克为什么不回电话。好像我们不重要似的,当然,我们是不重要。

我向米克索要紫杉树的不幸后果是,米克终于把我和那些冲着他的钱去的女人归为一类。我们甚至连紫杉树都没有得到!

我就此事写了首《燃烧的九月》(*Flaming September*),充满了"不劳烦你告诉我,不劳烦你打我电话"这样的歌词。我傲慢地叫他别给我打电话——他根本就没这个打算。我试图和他达成协议:我给了你一切,现在只要这一样东西。

我还是希望获得一个圆满的结局。

我愚蠢地以为这是一个天赐良机,让米克能够圆满地把我们的事儿翻篇。换成基思就没有问题。

颓废生活的好处之一是可以遇见妖怪名人。过去十年间,我最喜欢的两个妖怪是麦当娜和罗伯特·米彻姆(Robert Mitchum)。

有一次在洛杉矶,我的朋友、时尚摄影师史蒂芬·梅瑟(Stephen Meisel)打电话给我说:"四季酒店七点见。"当时已经是六点半,我赶紧捯饬一番去见他。他和一个漂亮的男孩在一起。他盯着我说:"我们现在去麦当娜家。"我傻眼了,吓得要死。他让我放心,说没事的,她会崇拜我的。

然后我们去了麦当娜家,绝对令人惊叹。浴室里有一个健身房,好大呀。她收藏了好多画作。她做的每件事都很奇怪。她穿着内衣走来走去。"我的天哪!"但最有趣的是她家的厨房,里头有一个杂志架,牙医候诊室里的那种,但架上每本杂志的封面人物都是她!哇!

我们一同去剧院看鲁伯特·埃弗雷特演的《漩涡》(*The Vortex*),这部戏超级乏味,是诺尔·考沃德的作品。然后我们去了一家夜店,让麦当娜过一把舞瘾。这是一家同性恋夜店,里面的每个人都认识她。她进来时没有一个人大呼小叫,甚至没有一个人扬起眉毛。

我觉得自己有点儿像政界元老。看得出她对我抱有一定程度的尊重。她邀我跳舞。我想死的心都有了。她跳得太棒了，跟在舞台上表演似的。我觉得怪怪的。但是史蒂芬·梅瑟希望我跳。所以我想："噢，好吧，如果能让他开心，那我就跳吧。"

不幸的是，这时候我饿了。饿得饥肠辘辘。我希望大家去吃点儿东西，而且已经过了我的就寝时间！但我只能干等。她不走，我们就不能走。与麦当娜在一起有点儿像跟王室成员在一起，你知道的。事实上，和玛格丽特公主一起喝鸡尾酒要更放松一点儿。挺有趣的，尤其是现在回头看。

一九九三年，布鲁斯·韦伯（Bruce Weber）邀我在他拍的罗伯特·米彻姆纪录片中出镜。布鲁斯为查特·贝克拍了部经典纪录影片《让我们一起迷失》（*Let's Get Lost*），他想按这个路子再给米彻姆拍一部。但这二位来自迥异的世界。贝克是感性内省的比波普爵士小号手，米彻姆是守口如瓶的好莱坞大明星。

从表面上看，布鲁斯拉我入伙的原因，在他从米彻姆主演的黑色电影中借来的冷硬行话里。

"只有三件事能让罗伯特兴奋：伏特加马提尼、好彩香烟和漂亮女人。"

但我觉得真正的原因是布鲁斯想借我打开米彻姆的心扉。可我心有余而力不足。要罗伯特·米彻姆袒露自己的灵魂简直比登天还难。他很老派。在好莱坞的黄金时代，没有男影星会把私生活透露给影迷杂志或其他任何人。有次布鲁斯问米彻姆:"你抽大麻被捕时脑子里在想什么?"

"谁他妈在乎我当时的感受。"米彻姆不予理会。

去马尔蒙庄园酒店赴晚宴前,我看着镜子中的自己说:"嗯,嗯,你看起来就像豪车司机和荡妇的复合体。这身行头最适合了!"黑色短裙,高跟鞋,低胸短衫。

米彻姆喝了几杯伏特加马提尼。他迷人极了,很高、很瘦、很优雅,老好莱坞的传奇。布鲁斯对我说:"你不觉得有点儿像在跟玛丽莲·梦露共事吗?"

"您的意思是?"我说。

"他是最后几位性感偶像之一。"

他非常性感。我们步出餐厅,走在好莱坞大道上。突然,他一把把我抱入怀中,往后一靠,给我一个二十世纪四十年代的拥抱和一个经典的银幕之吻。我震惊得几乎忘了回吻。每次置身于这种潜在的浪漫场景,我都不知道该怎么做。如果在电视上看到这样一幕,我想我会喜欢的。

步入老年,我变得保守起来。不是因为天主教,真的。是太麻烦了。太多的危险,太多的陷阱。我也不想像米克和杰莉那样,安定下来,生儿育女,过正常人的生活。女人要比男人难得多。如果我是男人,我想我可以找到一个能容忍我的女人!当然,如果我是同性恋……

我不幸地被梵蒂冈媒体斥为女巫。文中提到了米克·贾格尔、安妮塔·帕伦伯格和我。米克是有邪恶力量的男巫师,安妮塔和我是他的女巫。荒谬极了。我把报纸拿给安妮塔看,她对此不屑一顾。安妮塔向来不管别人怎么说。不过我们都想知道怎么多年之后又出现了这种论调。亘古以来,难以驾驭的女人就被视为危险的生物(至少从男权社会开始压制我们之后)。

阅读别人写的我的故事也令我感到不安。他们他妈的在写谁?我敢打包票,马克·霍金森(Mark Hodkinson)从动笔开写我的传记时就巴望我因吸毒而死。他在媒体上大放厥词,说希望听到我吸毒过量,晕死在街边厕所的消息。别做梦了!

出这种蹩脚传记的书商们同样翘首以盼。他们以为我四十五岁时一定会挂掉,然后他们就能将书付梓,给这本书画上一个完美的句号!

我结过两次婚,应该知道闪婚非明智之举。但就像我说的,我从来没有吸取教训。

在匿名戒毒会的一次聚会上,我邂逅了乔吉奥·德拉·特扎(Giorgio della Terza)。他英俊、聪明、温文尔雅,能让我绽开笑颜。他是一位作家,会跟我引用但丁的话,我对此毫无抵抗力。他来自一个美满的家庭,我对此同样毫无抵抗力。他父亲是哈佛教授,是世界上首屈一指的但丁研究学者。这给我爸留下了深刻的印象。

带着点儿疯狂的理想主义,我嫁给了他,一个能把我逼疯的男人。心智正常的人才不会把自己拖进如此困境。

乔吉奥对我的看法有失偏颇，我在他眼里不过是个金发大波女。婚后大部分时间我都在外面巡演，他恨透了这个。住在贝壳小舍里对他来说形同软禁，他酷爱垃圾食品和大城市的霓虹灯，结果却被困在爱尔兰的一个前不着村后不着店的地方！他开始鬼混。一天，我无意中发现我的某位女友写给他的一封信。文笔极差，病句连篇，无病呻吟。我和她的最后一幕颇具黑色喜剧色彩。当时我还蒙在鼓里，不知道她和乔吉奥有一腿，居然请她帮我弄造型。她把我带到一个发型师那儿，那家伙三下五除二剪去了我的一头秀发，还把剩下的染成了灰色！

两年前，我又开始拍电影了。我喜欢演戏，因为在片场忙活会带来一种令人欣慰的错觉，仿佛我成了一个大家庭中的一员。没有什么比忘掉自己、融入角色更酷的了。

我在萨拉·德赖弗（Sara Driver）的《无稽之谈》（*When Pigs Fly*）里演一个女鬼；在爱尔兰剧情片《月之舞》（*Moondance*）里演一位母亲。她是人类学家，离开孩子去过自己想要的生活，然后又及时回来，变成了一个女预言家。她知道答案，非常睿智。

《月之舞》在盖瑞奇·布朗（Garech Browne）的卢加拉庄园取景拍摄，那是地球上最美丽的地方之一。庄园里有一座建于十八世纪的古堡，为一座被薄雾笼罩的小山所环绕。长满苔藓的巨石、摇摇欲坠的古树和如银镜般的美丽湖泊浑然一体，组成了一幅古老优美的画卷。

范·莫里森[1]在为《月之舞》做电影原声，我献唱了其中一首插曲《乔治夫人》（*Madame George*）。一眨眼工夫就搞定了。我飞往都柏林，路上睡了两个钟头，然后直奔录音棚。莫里森和菲尔·库尔特（Phil Coulter）在棚里等我。菲尔是当红乐队湾市狂飙者（Bay City Rollers）的发掘人，超级金曲《弦上的木偶》（*Puppet on a String*）的创作者。他司职钢琴。就录了两遍。和莫里森合作，不大会出现痛苦和折磨。

真的，莫里森像是我的导师。我把我的个人问题讲给他听，他会给我提些建议。就像上帝在接热线电话。比上帝还管用，因为他在这里。

每次拥抱别人，我的乳房都会碍事。莫里森有点儿受不了。他在我耳边低声说（带着非常滑稽的贝尔法斯特口音）："我俩就不能发展一下吗？"我立刻板下脸来，一副要吃了他的样子。

范·莫里森是我最亲爱的朋友之一。他非常幽默。

"你知道，范，我觉得牙买加真的很像爱尔兰。"从牙买加回来后，我对他说。

"有一个很大的区别。"

"啥区别？"

"在爱尔兰没得操。"

烈酒、宗教、音乐、美景……爱尔兰什么都有，就是

---

[1] Van Morrison（1945— ），北爱尔兰传奇创作歌手、制作人、多重乐器演奏家。

没有性。我不是唯一一个想出门找点儿乐子的人。

但我爱爱尔兰,我搬来这儿五年了。我不想再回英国了,要么巴黎要么爱尔兰。我在爱尔兰的朋友们伴我度过了一段非常脆弱的时期。爱尔兰是避难所。在这儿不用小心地活着。我会说错话,但他们很宽容。

这几年我经常梦见建筑。我梦见自己在六角形、八角形等等奇形怪状的房间里。初次走进我现在住的贝壳小舍时,我简直惊呆了。客厅有五面墙,以便维多利亚女王访问爱尔兰时驻足饮茶。外面镶有用来纪念她的彩色鹅卵石和心形物。马铃薯大饥荒期间,她曾来爱尔兰一日游。贝壳小舍坐落在高耸的饥荒墙(Famine Walls)环绕的卡顿庄园里。

贝壳小舍的另一部分是一间十八世纪的美丽房间,里面用贝壳、苔藓、宝塔和中国村落精心装饰。庄园里还有一座废弃的古塔和一座埃及的方尖碑。从我的五角形客厅望向窗外,一道拦河坝和一片人工湖跃入眼帘。它们出自十八世纪的景观设计师"万能"布朗(Capability Brown)手笔。宛如天堂。

我一直想做一张专辑,把我脑海里不停播放的电影再现出来。一幕幕生活场景,一曲曲电影原声,洗涤着听者,带他们进入梦幻般的状态。致幻的亲昵,内心的对白!

意识流。即便一看就是关于政治的歌,比如写红军旅的《蹩脚英语》,其实也是唱给我自己的。我发现了潜在的麻烦。(《你为什么这么做?》也是两人之间的对话,大多数人没听明白。)

就在我一心想为我的心灵电影做一张原声时,我的朋友凯文·帕特里克建议我和安杰洛·巴达拉门蒂(Angelo Badalamenti)合作。大卫·林奇的《蓝丝绒》(*Blue Velvet*)和《双峰镇》(*Twin Peaks*)的原声就是安杰洛做的。他显然是我心仪的人选,我没完没了地追踪他,像在新泽西的荒郊野岭追踪一只神出鬼没的动物。

然而才开始和安杰洛合作,我就陷入了一个困局。在与大卫·林奇的合作过程中,他形成了自己的工作方式:"碎片化。"安杰洛不停地说:"碎片,碎片,碎片!我们需要更多的碎片!"他以为我是谁,赫拉克利特吗?

对我来说,创作的一大乐趣是发展和完善素材。写下粗糙的原始素材,这儿去一个字,那儿加一个短语,推它,拉它,直到它开始成形。

经过数周的润色打磨后,我把自认为很精美的歌词发给安杰洛。

"不,不行!还不够碎片化。"他在页底写道。

这是什么意思?用碎片支撑我的废墟!生活是碎片化的,但艺术不是。

一九九三年,我升级做奶奶了。尼古拉斯爱上了女演员卡罗尔·贾米(Carole Jahme),她给他生了个漂亮的小男孩奥斯卡(以我们最爱的作家奥斯卡·王尔德命名)。奥斯卡和我像一个模子刻出来的,没有比这更棒的事儿了。

尼古拉斯毕业于哈佛行星科学系，现在投身电影业了！薪火相传。

最近我老在机场遇见基思。他不再是我认识的那个拜伦式男孩了，更像是莎士比亚戏剧中的人物，哈尔王子和福斯塔夫的结合体。看到他总让人很宽心。和他在一起时，我感觉我们就像一个消失已久的王国里的最后两个同胞，尚未完全摒弃过去的方式（虽然我们对炼金术的信条有不同的诠释）。我或许已经改进、复原、康复，但我仍对一些事情感到困惑，而基思总是乐于给我上如何应对的速成课。他精于此道。

至于我们队伍里的又一位牺牲品，基思主动说："身边有人自杀总会让人感到困惑。不包括你，在澳大利亚……当然，你有一个完全合理的理由。"谢谢你，老伙计。

关于药物的话题不可避免地被提及。

"我们真的需要下一个伟大的化学真理，"基思热情地说，"我还在等待制药公司合成出该死的突破性分子。他们现在制造的大部分药物都会搞坏你的脑子。"

对终极药水的求索是伟大的炼金术的传统，但是我已经过了把毒品当圣杯的阶段。

毒品就像一副面具。当我终于戒掉毒瘾时，我震惊地发现它是如此难以摘下。粘在我脸上了，得逐层剥离。我害怕余生都被困在里面。

去年夏天，趁滚石来爱尔兰录新专辑的当儿，我把基思忽悠来给我作了一首歌。我参与了爱尔兰艾滋慈善专辑的录制。除了翻唱帕蒂·史密斯和伦尼·凯耶（Lenny Kaye）合写的《鬼魂舞》（Ghost Dance），我还要与希妮德·奥康娜和比约克合唱两首歌。基思是个出色的制作人，能把兔子从三角帽里哄劝出来。

过去几年，我一直在演唱科特·维尔的歌剧作品《七宗罪》。完美。它与我的喜怒无常完全呼应，同时也让我想起母亲和她身处的世界。

三年前，我被艾伦·金斯堡授予教授一职。证书上写着："玛丽安·菲斯福尔，诗歌教授，杰克·凯鲁亚克无体诗歌学院。"颁证仪式上，艾伦说："起立，你受过教育了，因为是我说的。"

下个月我要给一张交响乐版滚石致敬专辑录唱《红宝石星期二》。一群有意思的人翻唱滚石的歌，由伦敦交响乐团担纲伴奏，制作人是滚石的多年合作伙伴克里斯·金姆赛（Chris Kimsey）。轮回，轮回……在我们身后，是基思·理查兹大师的圣手，跟演杂技一样同时应付着这桩事儿和其他事儿。

有忘了写的吗？在我看来，来点儿实用的建议是结束一本人物传记的正确方式。用来总结传主漫长而艰难的人生。如何收拾行李箱，如何给饼干涂黄油之类。我爱读玛琳·黛德丽的自传，里面除了如何缝薰衣草香包，摆放抽屉，梳刷狗狗，真的没别的了。

让我想想……写写我做的蒜香柠檬鸡？

好，来吧。鸡肉、黄油、大蒜、新鲜的龙蒿（必须是新鲜的，用剪刀剪好）。把鸡里里外外撒上盐和胡椒粉。将半个柠檬、一小块黄油和新鲜的龙蒿塞进鸡肚子里。在外面涂抹大蒜、柠檬汁和黄油。土豆泥上别忘了撒一撮肉豆蔻。

图书在版编目（CIP）数据

泪水流逝 /（英）玛丽安·菲斯福尔著；陈震译
—北京：北京联合出版公司，2021.1
  ISBN 978-7-5596-4639-2

Ⅰ.①泪… Ⅱ.①玛…②陈… Ⅲ.①回忆录—英国—现代 Ⅳ.① I561.55

中国版本图书馆 CIP 数据核字 (2020) 第 197897 号

泪水流逝

作　　者：[英]玛丽安·菲斯福尔
译　　者：陈　震
出 品 人：赵红仕
责任编辑：夏应鹏
策 划 人：方雨辰
特约编辑：陈雅君
装帧设计：孙晓曦 pay2play.design

北京联合出版公司出版
（北京市西城区德外大街 83 号楼 9 层　100088）
北京联合天畅文化传播公司发行
山东临沂新华印刷物流集团有限责任公司印刷　新华书店经销
字数 210 千字　889 毫米 × 1194 毫米　1/32　11 印张
2021 年 1 月第 1 版　2021 年 1 月第 1 次印刷
ISBN 978-7-5596-4639-2
定价：65.00 元

版权所有，侵权必究
未经许可，不得以任何方式复制或抄袭本书部分或全部内容
本书若有质量问题，请与本公司图书销售中心联系调换。
电话：64258472-800

Faithfull: An Autobiography
by Marianne Faithfull
Copyright © 1994 by Marianne Faithfull
Published by arranged with FRANCOIS RAVARD
MANAGEMENT LIMITED
through Bardon-Chinese Media Agency
All rights reserved.